Fjärilen i rummet

Till alla som

tror på

det omöjliga

© Päivi Karabetian 2019
Förlag: BoD – Books on Demand, Stockholm, Sverige
Tryck: BoD – Books on Demand, Norderstedt, Tyskland
ISBN: 978-91-7851-056-6

Arne strök med handen över det vita virkade säng-
överkastet. Det var det närmaste han kunde komma sin
bortgångna mor, Siv. Han hade vetat att dagarna skulle
komma då hon inte längre fanns i livet. 53 år hade han fått
med sin mor. Hon hade hunnit fylla 97 år, men ingen av
dem hade anat att hädangången skulle ske fredagen den
15:e mars, någon gång mellan att Arne hade kastat en
soppåse i soptunnan till att brevbäraren snabbt hade släppt
ner ett kuvert i brevlådan. Det hade inte varit så noga med
vad brevbäraren kom med, bara han kom i tid. Saker och
ting skulle göras som de alltid hade gjorts, tyckte mor. Och
folk gjorde bäst i att lyda henne.

Arne hade inte haft något emot att vänta på posten, för
han passade på att tänka på Elisabeth, en kvinna han hade
bekantat sig med i återkommande drömmar. Arne hade
givetvis inte berättat för mor om henne och nu behövdes
det inte längre. Mor skulle ha vickat med sitt pekfinger och
anklagat fantasin för att Arne inte hade kommit i tid till sin
mors död.

Mor hade som vanligt hållit låda, skrikit i sedvanlig
ordning om något han borde ha utfört i rätt ordningsföljd.
Ropen hade snabbt tagit slut i en lång, utdragen rossling
som följdes av en hostning som varade i flera minuter. Det
var inget konstigt med det, men när klockan hade närmat
sig halv tre, och det var dags för en kopp kaffe, hade hon
inte skrikit att horungen bäst gjorde rätt i att ta upp det
satans kaffet innan hon klev ner själv.

Arne hade försiktigt tassat upp på andra våningen och undvikit det tredje knarrande trappsteget. När hon var så här tyst skulle Arne passa sig, för hon kunde stå redo bakom sovrumsdörren med uppfostringskäppen i handen, laddad för att utdela slag, vilka efter årtionden av övning var träffsäkra och slagkraftiga. Mycket sällan betydde tystnaden att hon var död. Det hade faktiskt bara skett en gång och det var fredagen den 15:e för två veckor sedan. Hon hade legat där på det vita sängöverkastet med uppspärrade ögon och munnen på vid gavel. Det var som om döden hade överrumplat henne och tagit henne på bar gärning, medan hennes son stod vid soptunnan och skulle tala brevbäraren till rätta. Under postens glansdagar hade posten kommit mellan tolv och tolv och trettio, ett rejält tilltaget tidsutrymme enligt mor.

De första timmarna med den obekanta döden var nog alltid svårast, innan kroppen och tankarna hade anpassat sig till de nya sakernas tillstånd. Hon till likstelheten och han till tanken att vara både föräldralös och ensam. Samma morgon hade hon varit pigg, plirat på honom med dimmiga ögon fulla av starr, sett ut som hälsan själv med feberrosiga kinder. Med synen hos en hök, trots sina uppenbart halvblinda ögon, hade hon iakttagit att sonen inte kunde föra en matsked med gröt till hennes mun utan att spilla på täcket. Mor, som var ett pensionerat vårdbiträde och kunde ett och annat om sjukdomar, avgjorde att Arne hade fått en släng av reumatism och borde stanna hemma tills det hade läkt ut av sig själv. Ringa till jobbet fick han göra själv. Det kunde en åldrad son sköta utan en mor som hängde honom i hasorna.

Ett lustigt sammanträffande att mor hade bestämt sig för att dö samma dag som Arne sjukskrev sig för första gången i sitt liv. Arnes chef på Färgpytsen AB hade satt sitt kaffe i halsen när han ringde den ovanligt händelserika dagen.

Det hade inte blivit något kaffedrickande den eftermiddagen för vare sig mor eller honom. För säkerhets skull kokade han ändå upp en kopp kaffe i pannan, van som han var vid att göra saker som de alltid hade gjorts. Han hade satt sig på stolen bredvid mor med kaffebrickan i knät under några timmar för att se om hon kom till liv igen. Hon kanske bara höll andan.

Om bara Elisabet fanns på riktigt. Då kunde han ha ringt upp henne på Roma äldreboende och frågat vad han borde göra. Hon kunde ha tagit doktorn med sig om han vågade sätta sig i hennes rostiga bil med trasigt avgasrör.

Medan Arne stirrade på mors livlösa bröstkorg slog en brun fjäril med sorgkantade vingar sig ner på mor. Hon låg där i sin allra vackraste marinblåa klänning som hon hade köpt från Kapp-Ahl för tjugo år sedan. Den lilla fjärilen såg ut som en fladdrande brun brosch på hennes bröstficka. Arne hade aldrig sett en sådan fjäril på riktigt och ställde försiktigt ner brickan på golvet och lutade sig fram för att se den på nära håll. När hans näsa var på en halv armlängds avstånd flyttade sig fjärilen i sidled som om det var dens tur att granska Arne ordentligt. Fjärilen blev klar med sin inspektion, slog ihop sina vingar och flög bort till fönsterbrädan.

Arne reste sig varsamt upp och klev över kaffebrickan, för man kunde aldrig vara extra försiktig när det gällde mor. Om han så mycket som spillde en droppe kaffe på golvet skulle hon nog se till att hon även i döden kunde skrika åt honom att genast hämta en fuktig trasa att torka upp med. Han drog upp fönsterhaspen, lirkade försiktigt upp det, karmen hade svällt av regnet. Den bruna fjärilen tittade inte ens på honom när den flög ut genom glipan. Tack för besöket, sorgmantel, viskade Arne och stängde fönstret.

Hans mor låg fortfarande kvar på sängen, lika död som innan. Arne funderade på alla de möjligheter som fanns till förfogande, att underrätta myndigheterna om bortfall av en seglivad gotlänning. Så mycket hade inte Arne tänkt på en och samma gång. Det var hans mor som utförde allt tankearbete i hemmet medan han själv utförde det mesta av göromålen. Vad skulle mor ha gjort? Hon skulle inte ha ringt till sjukhuset, för vem som helst kunde se att hon var död. Ögonen hade varit uppspärrade i flera timmar utan att blinka en endaste gång. Eftersom det inte var fråga om mord var det ingen idé att ringa till polisen. Det enda som kvarstod var att få ner henne i jord enligt hennes anvisningar, och det var prästens uppgift.

Mor hade varit noga med att hon skulle hamna i graven så fort som möjligt. Hon ville inte ligga kvar i frysen som en påse lammkött, och redan sommaren 1983 hade hon skrivit utförliga instruktioner i en receptbok på vad Arne behövde göra vid hennes frånfälle. Det fanns en lista med närmast sörjande som av besparingsskäl hade hållits mycket kort. Det skulle vara en ordentlig begravning med kyrkkaffe och det skulle bjudas på saffranspannkaka med salmbärssylt och vispgrädde. Det var ingen idé att spilla pengar på släktingar som var så snåla att de inte ens iddes skicka julkort.

Av naturliga frånvaroskäl var den enda närmaste sörjande vid liv, Arne. Han, prästen och två kyrkvärdar såg till att hon hamnade i frälse jord på samma sätt som alla andra som dog i Fole socken. Prästen hade blinkat till flera gånger med ögonen, som om det hade fastnat något stort i dem, innan han harklade sig och blickade över de tomma kyrkbänkarna där inte ens de trogna kyrkobesökarna Astrid och Evert satt. De som aldrig förut missat en gudstjänst. Men som prästen sa räknades inte sorgen efter antalet sörjande i kyrkan. Alla människor lämnade ett hål efter sig som de efterlevande skulle se till att snabbt skyffla igen, ett mentalt hål där den döda inte längre svarade när den blev tillfrågad.

Arne förstod inte riktigt vad prästen menade, men han höll med om att huset kändes tomt efter att mor hade dött. Harald, en av kyrkvärdarna, gick fram till prästen efter att den första psalmsången hade tonat ut och föreslog att ceremonin skulle kortas ner. Prästen dängde psalmboken mot altaret och med rädsla i rösten förkunnade han att Siv Amalia Pettersson ville ha sin begravning på exakt samma sätt som andra sockenbor. Ingen special- eller sär-behandling, utan som vanligt som det alltid hade gjorts, varken mer eller mindre. Därefter yttrade sig kyrkvärdarna inget om den saken, och inte heller organisten. Kyrkvärdarna hade ingen annan möjlighet än att göra som de alltid hade gjort och räckte över kollekthåven till Arne var sin gång.

Arne strök med handen en sista gång över de virkade mormorsrutorna på överkastet. Mor hade varit duktig på att virka och sticka. Alla dessa timmar hon lagt på att tålmodigt smeka garnen under sina fingrar för att skapa något vackert. Ting hade alltid haft större betydelse för henne än människor, för de protesterade inte, sa inte emot eller inbillade sig saker.

Klockan var bara sex, men Arne kunde inte komma på fler saker han borde göra. Han hade redan ätit middag, diskat och torkat tallriken och glaset. Sedan hade han blivit sittande i mors rum där inte ens möblerna hade någon lust att prata med honom.

Nu återstod det bara att gå och lägga sig. Alla de dagliga hushållsuppgifterna var klara. Mor tyckte inte om när han sölade med tiden för den skulle utnyttjas på rätt sätt. Nu var hon inte där och skrek åt honom vad han skulle göra. Det var nog bäst att bara gå till badrummet, borsta tänderna, kissa en sista gång och slutligen släcka ljuset.

Vad hade Elisabeth sagt precis innan han vaknade? Något om att han hade glömt köpa kattmat till Tiger. Han måste se till att handla innan Krampbroboden stängde. Det var inte lätt att i de oberäkneliga drömmarna sätta tillbaka tiden. Det enda som återkom som en beständig detalj var Elisabeths leende, omgivet av det sprakande kopparröda håret som böljade över hennes runda kropp.

Innan Arne somnade för sin sedvanliga sömn, där han klev in i en drömvärld olik hans verkliga värld, flög en främmande tanke i honom. Vad skulle han göra med all den tid som nu blev över efter jobbet? Nu fanns det ingen som visste bäst och den tanken skrämde honom.

2

Allt var upp och ner i Arnes liv. Visserligen inte det lilla vitkalkade huset med sina två våningar där man på övervåningen inte kunde gå upprätt om man var längre än en och åttio. En och sextiofem, som Arne, hade hans mor Siv tyckt var en lämplig längd på en fullvuxen karl. Hon berättade att hans far hade fått huka sig när han gick upp till andra våningen och det var kanske därför han inte hade trivts i huset. Hans far Hugo Vindby försvann när Arne var tre år, men orsaken till försvinnandet hade han fått gissa sig till. Mor hade inte sagt så mycket om honom och han hade vett nog att inte fråga.

I Fole socken och grannsocknarna Hejnum och Lokrume skvallrades det om mors häftiga temperament och kunskaper i svart magi som fått en och annan brunn och mjölkko att sina. Den enda som stått ut med henne under alla dessa år var Arne som blivit kuvad och hunsad sedan han var en liten pojke.

Hans mor var nu inte där och skrek åt honom vad han skulle och borde göra och därför fick han inte någonting gjort. Han blev stående vid diskbänken med blicken låst på diskhon. Skulle han diska först eller torka av bordet först? Skulle kastrullerna diskas före stekpannan eller skulle de ligga i blöt bredvid varandra i några timmar? Sådana frågor som hans mor alltid hade haft svar på. Inte kunde hon lita på att sonen skulle göra någonting rätt. Allt han gjorde utfördes på fel sätt eller i fel ordning. Även när han gjorde som han borde göra eller som mor sa var det fel det med. Med tiden stängde Arne av sin inre röst, den som gav honom förslag, och nu kunde han inte hitta den hur mycket han än letade. Det var alldeles tyst i huset utom väggklockan på vardagsrumsväggen som tickade i takt med att minuterna gick. Nu hade han stått sysslolös i flera minuter. Vad skulle hans mor ha sagt? Höjden av lathet.

Arne lät tallrikarna bero och gick ut på gården och stirrade på vedboden istället. Veden hade han staplat in i boden ifjol i september. Mor hade velat ha dem i luftiga högar för att de inte skulle torka för långsamt och drabbas av röta. Han tog fram skottkärran och lastade i vedträ från den främsta högen. Han skulle gå tre varv med kärran, vilket var en lagom mängd för en veckas förbränning. Mor skulle ha blivit glad om han eldade mindre nu, efter att hon hade gått bort. Det var ju bara han i huset. Han kunde allt om eldning och om någon frågade skulle han kunna berätta om vedträets dimensioner och hur många vedträn som krävdes för att elda åttio kvadrat hus. Han hade blivit den stora karlen i huset när han var åtta år och han hade fått sköta allt som hade med eldning och ved att göra. Det var inte riktigt sant, för året han fyllde tolv fick han en sträckning i axeln och mor fick hugga veden själv. Doktorn hade uttalat sig om att Arne gjorde alldeles för mycket hushållssysslor och att han borde koncentrera sig på sina studier i stället. Hans mor hade lätt kunnat vrida av armen på läkaren men hon lät bli och nöjde sig med att svära åt honom och be honom sköta sina egna affärer, och då menade hon hans fruntimmersaffärer, som ingen hade vetat något om förutom mor.

Arne slapp hugga ved hela den sommaren och det var han tacksam för, men att han skulle fokusera på studier var befängt. Arne hade inget läshuvud och det hade han ärvt efter sin far. Han var inte ämnad för högre studier utan för kroppsarbete. Att han sedan blev målare, som utförde lättare renoveringar och målning av husfasader, var för att hans skolfröken en gång sagt att han gjorde så fina fjärilsteckningar och att han ägde en konstnärssjäl. Ingen målade så detaljrikt som han och han registrerade sinnesstämningar som han återgav i uttrycksfulla bilder. Nu fick han använda pensel och roller varje dag och det borde han vara glad för. Mor Siv tyckte att det var slöseri att måla på papper som man kunde använda att vira in fisk i.

Arne kastade in vedträn genom ett källarfönster och ställde sedan tillbaka skottkärran i förrådet. Han tvekade att gå uppför trappan till ytterdörren. Det hade varit enklare att gå ner i källaren genom dörren i hallen, men hans mor skulle ha blivit vansinnig och aldrig förlåtit honom om han gick in med gummistövlarna på, fastän hon var död. Hon skulle säkert hitta ett sätt att komma tillbaka och ställa till med besvär och slå efter honom med uppfostringskäppen. Det var det inte värt.

Han ställde sig bredbent vid de stora tunga stormluckorna och drog upp dem. Gummistövlarna drog han av sig vid källardörren, ställde dem intill väggen och gick i strumplästen bort till vedförrådet. Han tog på sig träskorna och staplade vedträna utmed väggen där de måste stå minst en vecka innan de kunde användas, för att inte sota ner pannan. När han var klar betraktade han det han hade åstadkommit och klappade sig själv på axeln. Det var viktigt att berömma sig själv för något bra man hade gjort, för ingen kom någonsin och sa fina ord till honom. Det var bra att någon uppskattade det han gjorde, om det så bara var han själv.

Han tog av sig träskorna, klev i gummistövlarna, gick ut och stängde stormluckorna. Därefter svängde han runt hushörnet och klev upp på trappan där han drog av sig gummistövlarna. Han öppnade dörren och sträckte sig efter gårdagens tidning som låg i tidningsstället i hallen, vek upp tidningen, lade den på farstugolvet och ställde gummistövlarna på den. Det skulle vara en ny tidning varje dag, för Gud skulle minsann inte tacka den som sölade och smutsade ner.

Han gick ut i köket och stirrade på den sorgliga diskhögen. Mitt på en osköljd tallrik hade en gurkskiva fastnat och där satt en sömnig fluga och tog för sig av en festmåltid, sög i sig genom sin snabel.

Skulle han våga sig på att diska och göra det i fel ordning? Mor skulle ha skrikit åt honom att han gjorde det helt fel. Där, i kökssoffan brukade hon ligga, för hon ville ha kontroll över allt som hände. Om hon hade levat skulle han först ha gått upp till andra våningen, lyft upp mor från sängen och sedan burit ner henne medan hon skrek som en stucken gris. ”Ungjävel, våga dig inte på att tappa mig, för då får du så mycket spö att du inte kan sitta på en vecka!”

Ner till köket det ville hon ändå och det fanns inget annat sätt än att bära henne ner. Det var inte så ansträngande, hon bestod mest av skinn och ben och vägde nästan ingenting. Hon brukade lägga sina armar runt hans hals och låsa fingrarna i nacken. Hennes långa vassa naglar skar långa rispor bak i nacken på honom. Det gjorde honom ingenting längre, för huden hade med tiden anpassat sig och blivit tjockare. Hon skulle ha legat i kökssoffan insvept i två tunna filtar, en grön arméfilt och en som hon kallade stallfilt, trots att de bara hade ladugård och inte stall.

Mors blick hade en gång varit sylvass men blivit grumlig av starr, den hade istället kompenserats med en skarp hörsel. Hon hade påstått att hon kunde höra en talgoxe skita på en kilometers avstånd.

"Nej, idiot, jag hör att du tar tallriken, men du är inte klar med glasen eller hur?"

Dagen innan ville hon att han skulle ta tallrikarna före glasen. När han var yngre kunde han protestera och säga att så sa hon inte förra gången. Då blev hon alldeles svart i ögonen och sa att han var glömsk och att han ljög. Påstod Arne att hon ljög? Hans egen mor? Med tiden hade han lärt sig att stänga av den där protesterande rösten, för den gav honom spöstraff och sällan rätt mot mor. Han hade alltid fel, det hade hon bestämt. Nu var hon död, men det gjorde inte uppgiften lättare.

Han tog tallrikarna, frukost- och middagstallriken, som legat i blöt och skrubbade dem i vatten blandat med lite diskmedel.

"Tror du att din mor är miljonär, så som du slösar med diskmedlet? Hur tänkte du när du tog tallrikarna? Att livet skulle bli lättare?"

Arne lyssnade men fortsatte att skrubba tallrikarna. Om han lade dem tillbaka i vattnet och tog glasen i stället skulle hon skrika och säga att de blev randiga, att han inte sköljde av dem tillräckligt bra.

Han diskade tallrikarna, glasen, besticken och därefter kastrullen och stekpannan, i den ordningen. När han stängde av kranen och torkade händerna på kökshandduken hörde han uppfostringskäppen slå mot golvet. Snart skulle den komma vinande i luften och han duckade. Hon hade blivit stel med åren, men svinga det kunde hon.

Arne stod hukad vid köksspisen och väntade på att hans mors ursinne skulle avta. Han mindes att hon var död och öppnade ögonen för att se om kusten var klar. Man kunde aldrig vara riktigt säker, som den gången när han kom hem efter att ha varit på dans. Hans mor hade stått gömd i hans klädgarderob och utdelat slag med sina knytnävar för att han låtit sig frestas av ungdomens synd, kvinnor.

Ingen fanns i köket utom Arne och den besvikna flugan som blivit bortsjasad från gurkskivan. Ett gällt ljud hördes från hallen och de båda hoppade till. Telefonen. Han kunde räkna på ena handens fingrar hur många gånger den hade ringt på ett halvår. Två gånger.

Arne sträckte sig efter luren och fuktade strupen med saliv, så ovan som han blivit de senaste veckorna att prata med andra människor.

"Hallå?" ropade han in i telefonen och förväntade sig att någon skulle säga att de hade ringt fel.

"Är det Arne?"

Det var hans chef som ringde. Inte den förra som

varit hans chef i 25 år utan hans son Magnus som tagit över målerifirman Färgpytsen AB. Enligt några av deras återkommande kunder var de Visbys bästa, kanske inte den äldsta men definitivt den firma som hade de bästa kunskaperna och kom och avslutade i tid. Utom när Petter var på jobbet. Han tyckte inte att det där med tid var så viktigt eller något annat heller för den delen.

"När kommer du tillbaka? Vi skulle behöva dig imorgon. Vi har en stororder på gång och vi vill inte sabba till det som förra gången när Petter skulle sköta det. Har du sörjt klart?" tillade Magnus när han inte fick något svar från Arne.

Arne hade inte tänkt så mycket på det där med att komma tillbaka. Det var första gången som hans mor hade dött och alla hade sagt till honom att komma tillbaka när han kände för det. Han hade inte känt efter så mycket, men hade hoppats att chefen skulle ringa och be honom komma tillbaka. Nu hade han ringt.

Arne lovade vara på jobbet nästa morgon klockan sju, så att de tillsammans kunde ta sig innanför ringmuren och skåda det förfärliga förfallet av ett gammalt hus som låg inte så långt från den gamla brandstationen.

Vad skulle han säga till mor? Skulle hon bli besviken när han redan efter två veckor begav sig till jobbet? Hon hade kommit i graven och allt det praktiska med hennes kropp var klart utom gravstenen som han hade beställt men som ännu inte kommit.

Luften i mors rum var kvav. Arne hade glömt att hålla dörren öppen några timmar under dagen och vårsolen hade letat sig till fönstret och värmde upp det lilla rummet. Arne drog fram stolen och satte sig vid hennes säng. Han klappade tröstande på överkastet.

"Såja, lilla mor, ta det inte så hårt. Jag måste tillbaka till jobbet imorgon. Magnus behöver mig".

Det var alldeles tyst i rummet, men han hörde hur klockan i vardagsrummet där nere klämtade en extra gång. Arne tittade förvånat upp samtidigt som han såg hur handtaget till dörren drogs ner och sedan hur dörren långsamt stängdes med ett klick. Han drömde inte, han hade sett det med sina egna ögon.

"Mor, jag måste till jobbet imorgon, sa jag ju", upprepade han ut i rummet. Han klappade på sängen och reste sig upp.

Dörren ville inte gå upp trots att han drog hårt i handtaget. Den satt fast. Det var konstigt. För en stund sedan hade det varit enkelt att få upp den. Så hastigt saker och ting kunde förändras. Han satte sig på stolen och funderade på hur han skulle ta sig ut därifrån. Om en halvtimma måste han borsta tänderna om han skulle komma i säng i tid.

Han tittade sig oroligt omkring. Någonting rörde sig i rummet. Det kändes i kroppen, som en tråd som hade spänts upp och nu hade brustit.

Mors hårborste hade inte tidigare legat på golvet. Nu låg den där som om den hade blivit slängd mot elementet och sedan rullat tillbaka mot sängbenet och blivit liggande. Den skulle alltid ligga bredvid handspegeln på den valnötsbruna byrån. Han tog tag i borsten och kände hur den protesterade genom att göra sig tung i hans handflata, men Arne gav sig inte i första taget. Om hans mor hade levt så hade hon velat ha den på sitt rätta ställe. Borsten stillnade i hans hand och han förde den tillbaka till byrån. Luften i rummet kändes kall och ny, inte lika kvav som tidigare. Märkligt, för inget hade förändrats i rummet mer än att borsten nu låg på sin plats.

En liten fjäril flaxade på mors kudde. Det var som om den flämtande bad om hjälp. Dess bruna vingar hade spärrats upp och den låg avtuppad på kudden. Det skulle Arne också ha gjort om han var en liten fjäril. När han var ung hade djuren talat med honom och nu kunde hans tidigare kunskaper komma till pass när han skulle rädda den ludna bevingade varelsen. Han lade sin öppna hand försiktigt på kudden och väntade tills fjärilen hade fått tillräckligt med kraft för att kravla upp på hans handflata. När den hade gjort det slog den ihop sina vingar och avslöjade den grönskimrade insidan. Den var vacker i sin anspråkslöshet trots att den inte hade de vackra och pråliga färger som andra praktfulla fjärilar har. Var den inte tidigt ute? Grönsnabbvingar skulle inte dyka upp förrän maskrosorna hade börjat blomma, som ett tidigt vårtecken. Tidig eller inte skulle Arne se till att den inte dog i mors rum. Det räckte med att hon hade dött där.

Fönstret ville inte öppna sig, trots att han tog i med all den kraft han kunde uppbåda. Men hade Arne bestämt att fönstret skulle öppnas för att fjärilen skulle få flyga ut, så skulle det bli så. Han tänkte inte gå så långt som till att krossa glaset, men om det var det enda alternativet skulle han göra det, även om mor blev arg.

Någon läste hans tankar för fönstret gled upp. Den lilla fjärilen lade sig platt mot hans handflata, reste sig sedan upp och med vingarna fick den upp tillräckligt med fart för att våga sig över höjden från rummet och bort till eken lite längre bort från huset.

Arne stängde fönstret och stod kvar en stund för att tänka. Nu var han sen med sängbestyren och skulle han lägga sig i tid var det bäst att han fick upp dörren, om det så innebar att han skulle få sparka upp den. Han kunde laga den en annan gång, men nu var det viktigare att han borstade tänderna i tid.

Han behövde inte sparka på dörren eller ens använda kraft mot den för den gled upp lika lätt som den alltid hade gjort. När han stängde dörren kom han på vad han skulle ha svarat på chefens fråga: "Hade han sörjt färdigt?" Det fanns inget enkelt svar på det. Han hade varken sörjt färdigt eller inte sörjt färdigt. Frågan antog att han sörjde sin mor och därför kunde det inte heller bli färdigsörjt.

Sorg var inget han förknippade med sin mor. Bara rädsla.

3

Det stod en ny bil på Färgpytsens personalparkering. Magnus måste ha bytt in sin bil, för Petters, Ackes och Lars-Oves bilar stod parkerade på sina platser. Dessutom stod BMW:n på Magnus, chefens, parkeringsruta som var närmast entrén. Arnes gröna Audi 80 var inte den vackraste och nyaste, men han tog väl hand om den. Det var hans första bil och han hade köpt den 1974 och var den enda han hade ägt. Han och Audin hade växt in i varandra och Arne hade lärt känna alla motorfelen på oljuden de åstadkom. Magnus bytte bil en gång om året och det verkade som om han aldrig blev riktigt nöjd.

Något var annorlunda i fikarummet. Han kände det på sig redan när han steg in även om det såg ut precis som när han lämnade jobbet för flera dagar sedan. En klase bruna bananer låg i en korg bredvid kaffeapparaten och bananflugorna surrade över dem. Magnus fru Lena köpte nya varje vecka, men ingen hade kommit sig för att säga att de inte gillade bananer trots att hon hade kommit med nya varje vecka under tre års tid. De gamla bruna brukade Arne slänga i kompostpåsen innan Lena kom med de nyköpta. Det var en tyst överenskommelse mellan killarna för att inte såra henne. Hon menade bara väl. Nu såg Arne vad det var som stack ut, nya kaffemuggar. Han lyfte upp en, vände den upp och ner för att läsa vad det stod i botten på den. Kosta Boda. Det hade inte varit något fel på de gamla muggarna. Kaffet hade äntligen börjat smaka som det skulle, men i de här nya skulle smaken försvinna in i muggen tills det fanns en ny brun avlagring som fördjupade aromen. Och då var det dags att byta till nya muggar. Han tyckte om verkstadskaffe i gamla muggar.

Arne tittade på väggklockan. Kvart över sju. Var var de andra? Han ställde sin mugg i diskmaskinen och gick bort till receptionen. De kanske var på Magnus kontor för ett litet morgonmöte. Magnus hade inte sagt någonting om det, men det borde han kanske ha vetat. De var inte där, men han följde ljudet av dem bort till butiken, där kunder beställde färgprover. Längst in fanns ett litet rum som inretts med en stor brun Chesterfield-soffa, som användes för de riktigt stora kunderna såsom Region Gotland, ett matchande brickbord och diskreta tavlor med Monet-planscher. Där fanns alltid färska frukter i en korg och en liten automatiserad kaffebryggare.

Ljudet kom från kundrummet och genom de tre fönstren, vilka var radade utmed väggen och gav utsikt bort till receptionen och lokalen, kunde han se att alla var där inklusive Petters flickvän, Anna. Det stod en svart barnvagn i rummet. Det lilla barnet, klädd i en rosa sparkdräkt med ljusgröna hjärtan på, sprattlade i Magnus famn. Arne stod kvar vid kunddisken och tittade bort mot dem. Skulle han störa dem i deras uppenbarliga lycka? De såg alla glada ut och Petter och Anna höll varandra om midjan. Var det barnet som fick dem alla att le samtidigt? Hans mor hade alltid sagt att barn var i vägen och den enda anledningen människor fick barn var för att män inte kunde hålla snoppen i styr. Ingen tyckte egentligen om barn och de var ett lika nödvändigt ont som att skita när det knep om ändtarmen.

Arne tänkte vända om och gå tillbaka till fikarummet, men Anna hade redan sett honom och ropade att han skulle komma in och titta på Elsa. Petter pekade på Magnus som höll Elsa i famnen och sa stolt: "Har du sett något sötare?" Det hade han, men han antog att han skulle hålla med så han log.

Det lilla barnet var alldeles rött och skrynkligt i ansiktet och hade inget hår, men var ändå perfekt på sitt sätt. De stora ögonen tittade på honom vilket fick honom att känna sig underlig till mods. Så liten och värnlös.

"Vill du hålla?"

Arne skakade på huvudet och backade undan så att de inte skulle lyfta upp den lilla till hans famn. Han hade lärt sig att man ibland frågade artigt utan att förvänta sig ett svar.

Petter tittade på honom och Arne såg besvikelsen i ögonen. Petter satte armarna i kors.

"Du har visst aldrig rört vid en bebis, eller hur? Du fick inte för mamma."

Arne tittade ner i golvet. Hon hade visst tillåtit honom att hålla små barn, men hon hade sagt att han var klantig och hade sig själv att skylla om han spräckte barnets huvud mot golvet som ett okokt ägg. Den visionen skrämde honom och han ryggade tillbaka. Magnus gav tillbaka dottern till Anna och klappade sedan Arne på axeln.

"Nu ska ni inte vara dumma mot Arne. Han är en sjujäkla målare, det är vad han är. Ska vi åka och titta på husvraket?"

Magnus vände sig tillbaka mot Petter.

"Fin unge det där, men nu måste vi jobba."

Petter skrapade med ena foten i golvet.

"Jag trodde att jag skulle få ledigt, så att jag och Anna kan gå till parken. Det är vår tvåårsdag."

Magnus suckade.

"Menar du allvar? Parken får vänta till eftermiddag. Du har redan varit borta så mycket. Det har varit många ledigheter med kort varsel."

Anna lyfte tillbaka Elsa i barnvagnen och lade en tunn stickad filt över henne. Hon viskade till Petter, men Arne och Magnus som stod bredvid kunde höra vad hon sa.

"Jag visste att det inte skulle gå."

Magnus skakade på huvudet och tog med sig Arne bort till kunddisken. Lars-Ove och Acke gick samtidigt ut genom dörren och fastnade med axlarna i dörröppningen. Arne log, för de två var riktiga komiker och försökte alltid lätta upp stämningen efter att Petter och Magnus hade hamnat i sin sedvanliga dispyt, som för det mesta handlade om att Petter inte var på jobbet eller varför han hade fått avdrag på sin lön igen. Petter och Anna kom efter dem med barnvagnen. Petter ropade till Arne tvärs över lokalen.

"Du, jag slår vad om att du aldrig ens har haft en flickvän."

Ingen sa något, men de vände sig mot Arne, för att vänta in hans replik.

Arne hade aldrig haft en flickvän. I skolan hade det funnits en flicka, Märta, som han hade tyckt om. Han hade till och med plockat en bukett prästkragar till henne, men hade sedan aldrig vågat ge den till henne utan bara lagt den på hennes skolbänk. Hon hade varit så vacker med sitt långa, mörkbruna hår, bruna ögon och de röda kinderna. Arne trodde nog att Märta hade gillat honom på sitt sätt, för det var hon som hade bjudit honom till dansen och han hade gått utan att be sin mor om lov. Han hade hittat en burk brylkräm i ladugården på en trähylla som innehöll rostiga hästskor och så burken. Den måste ha varit hans fars en gång i tiden. Han hade smetat in nästan hela innehållet i håret och sedan kammat det bakåt. Märta hade känt på hans hår och tyckt att han passade i den frisyren. Hon skulle säkert ha kysst honom om inte hennes riktiga pojkvän hade dykt upp.

Hemma hade hans mor stått bakom dörren med uppfostringskäppen och slagit honom så mycket att han inte kunde gå ut på två veckor. Märta hade under de veckorna stått utanför hans fönster varje kväll och ropat på honom, bett honom komma ner. Det var en sak hon ville berätta för honom. Efter det hade han aldrig mer sett henne. Mor sa att hon hade flyttat med sin familj till Norge.

Enligt mor Siv bar kvinnor på arvssynden. De pockade på män med löften om sex. Han förstod inte, för hans mor var ju också en kvinna.

Märta hade varit mycket vackrare än Petters Anna, som hade en ring i läppen och ett hål stor som en kork i örsnibben. Hennes hår hade varit brunt och inte lila. Om han hade en kvinna skulle hon vara en riktig kvinna, en med vanligt, naturligt och långt hår. Han kunde se framför sig hur hon skulle se ut. Hon var lite kortare än Arne, rund om höfterna och med det långa håret som såg ut att ha svalt solstrålarna.

”Elisabeth”. Han smakade på namnet. Det doftade jord och äpple som en varm höstdag precis efter ett regn. Luktade hemma och välbekant som en doft han alltid hade runtomkring sig. Han öppnade ögonen som han slutit för en kort sekund och såg att alla stod som frusna på sina platser. Petter försökte inte ens dölja sitt tvivel.

”Hörde ni honom? Ärligt talat, vem skulle vilja ha honom?”

Magnus öppnade entrédörren åt Anna och barnvagnen. Han skrattade samtidigt som Petters mun blev till ett rakt streck.

"Elisabeth, du hörde honom. Hon vill ha honom", sa Magnus.

Magnus bad Arne hoppa in i passagerarsätet på den vita firmabilen som pryddes av en stor logga med en färghink där färgen rann över i regnbågens alla färger. Den hade Magnus far, Lars, ritat en gång i tiden, när det hade blivit modernt med designade firmaloggor. Innan dess hade de inte haft någon logga utan bara skrivit namnet rakt på firmabilen med överbliven målarfärg.

"Du behöver inte bry dig om Petter."

Arne brydde sig inte om Petter. Han hade aldrig tyckt om honom, inte ens när Magnus anställde honom för några år sedan. Han hade kalla ögon och log sällan, och när han gjorde det nådde det aldrig upp till ögonen. När han grimaserade kunde han se hur lössnuset rann utmed framtänderna och han brukade spotta ut det på marken.

"Jag har lovat pappa att jag ska ta hand om dig. Du har ett jobb hos oss tills du går i pension."

Arne hade inte tänkt på att han kunde förlora sitt jobb. Nu hade han jobbat i firman i trettio år, det vill säga i augusti. Magnus hade varit fyra år när Arne fick sin anställning i firman.

Magnus parkerade skåpbilen på parkeringen strax utanför Österport. De promenerade uppför Östra Tullgränd. Solen värmde kullerstensgatan och isfläckarna hade tinat och låg som små vattenpölar mellan stenarna och reflekterade solljuset.

Arne var född på Gotland, men det fanns alltid någon ny detalj i ringmuren som han inte hade sett förut. Nu upptäckte han hur de olikformade stenarna ändå passade och smälte in i muren som om de var gjorda för varandra.

Magnus pekade på husfasaden. Arne kunde se att huset var i verkligt behov av renovering. En snabb titt omkring och han upptäckte att fler hus kunde må bra av lite spackel och målarfärg.

”Du och Lars-Ove tar det här. Det måste bli klart innan turistinvasionen, och innan Almedalsveckan. Tror ni att ni hinner?”

Arne nickade till svar. Lars-Ove tyckte om att fika och han snackade en hel del och ibland glömde han bort att jobba, men när han väl jobbade var det ingen som kunde klå honom i snabbhet.

Magnus gick över sprickorna med fingrarna. Han studerade vilket bruk som hade använts och suckade över amatörerna som målat gången innan. De hade använt fel bruk. Arne löpte med fingrarna över fönsterkittet och såg att det hade lossnat på flera ställen. Han tog fram sin kniv och skar loss en bit som han stoppade i fickan. Husägaren måste ha känt draget från fönstren. Om man vickade dem för mycket skulle de falla rätt ut på gatan.

”Berätta lite om Elisabeth. Du fick mig nästan att tappa hoppet om dig”, skrattade Magnus och puttade honom lekfullt i sidan.

Arne kände hur hans kinder hettade till. Vad skulle hans chef tro om honom om han erkände att han hade ljugit om kvinnan som återkom i hans drömmar. Han hade aldrig ljugit om en så stor sak. Det fanns bara ett tillfälle man kunde ljuga en människa rakt upp i ansiktet. Det var om någon frågade honom om han tyckte att de såg tjocka ut i ett visst klädesplagg. Andra gånger lät han bara bli att berätta vad han såg. Om ingen frågade behövde han inte ljuga.

"Hon stavar Elisabeth med th på slutet, som de gör i England. Hon tycker att det är finare så."

Herregud, nu ljög han igen. Hur kunde han veta hur hon stavade sitt namn, hon som inte finns?

"Hur gammal är hon och vad jobbar hon med?"

Arne tittade på småfåglarna som hade flugit ner och satt sig på en gammal ek. Han var säker på att de sjöng "lögnare, lögnare".

"Hon är fyrtiosju, nej jag menar hon fyllde fyrtioåtta i mars. Hon bjöd på gräddtårta, min favorittårta, på konditori Norrgatt. Jag fick en kopp kaffe också."

"En yngre kvinna, bravo Arne."

Vad brukade kvinnor jobba med? I klädaffärer, med barn eller i matbutiker. Inte hans Elisabeth. Hon var en stolt yrkeskvinna och hon hade läst mer än gymnasiet.

"Hon är sjuksköterska och jobbar på Roma äldreboende."

Magnus skrockade.

"En kvinna som kan sjukvård och tjänar egna pengar. Du har dragit högsta vinsten, min vän."

Arne höll med. Hon kunde mer än gärna få plåstra om hans sår om hon fanns.

"Vet du, hon tar med sig överblivna bandagerullar och häftklämmor från jobbet, plåster och sådant. Hon har en medicinlåda med ett rött kors på och där finns det läkemedel för alla krämpor."

Magnus nickade förstrött och tog fram sitt anteckningsblock och skrev något i det. Han stoppade därefter ner det i bakfickan och plockade fram sin mobiltelefon. Arne trodde att han skulle ringa till någon men i stället räknade han på den inbyggda miniräknaren. Han mumlade högt för sig själv hur många timmar det skulle behövas för att göra iordning framsidan på huset, vilket var det enda de skulle göra. Fasaden mot turisterna var det viktigaste. Snål hade Magnus kallat husägaren för men var samtidigt tacksam för att de inte hade valt en firma från fastlandet med polacker som inte betalade skatt i Sverige och som målade med syntetiskt skit och inte tog hänsyn till husets historia. Det här var Visby, inte en dussinstad, utan ett ställe med kultur. Staden fick inte förvandlas till en gräll turistattraktion, turistfälla med klock- och tavelförsäljare i varenda gränd.

Magnus viftade med händerna för att säga till Arne att han var klar och att de skulle tillbaka till firman.

”Det blir dyrt det här, men det blir bra. Framsidan kommer att hålla i några årtionden till.”

De fastnade bakom en taxi vid parkeringen. Taxi-chauffören och kunden verkade inte vara överens om priset, för kunden höll i dörren och pratade på, medan chauffören försökte köra iväg.

”Vilka idioter de släpper fram på vägarna.”

Magnus kinder hade antagit en röd nyans efter att han spänt sina kindmuskler. Han vände sig om mot Arne med en vänligare ton i rösten.

”Heter hon något mer än Elisabeth?”

Arne satte händerna på knät och stirrade rakt framför sig. Det var inte rätt tid att berätta för chefen att han hade ljugit. Hennes andra namn var Karin. Det passade så bra till hennes danska namn.

Han tittade ner på sina händer och vände handflatorna
uppåt och sedan neråt igen. Det hade förvånat honom att
han visste att hon var dansk. Det var inte så att han hade
tänkt på att han var speciellt förtjust i danska kvinnor, men
det bara blev så. Han visste också att hon egentligen inte
var dansk från allra första början utan hennes släkt var från
början från Tyskland, runt Schleswig-Holstein, men att de
för cirka tvåhundra år sedan hade lyckats tillskansa sig makt
och berömmelse i Danmark för att de kände Kristian den
åttonde.

Arne log, för även om han egentligen inte tyckte om att
ljuga, var han ändå förvånad över sin uppfinningsrikedom.
Så här mycket hade han inte fantiserat ihop sedan första
klass, när han och Märta blev försenade till lektionen för att
de hade suttit i en trädkoja i skogen och pussats. Läraren
hade beordrat hela klassen att leta efter katten som satt fast
i ett träd, där den hade klättrat ända upp till toppen. De
hittade aldrig katten, vilket var omöjligt då katten inte
existerade mer än i hans och Märtas huvud. Hans mor Siv
hade alltid sagt att Arnes hjärna var som en öppen bok med
poänglösa meningar, så intetsägande tråkiga att det räckte
med en kort citering för att falla i djup sömn. Nu skulle
mor bara veta hur mycket han hade hittat på med sin
tråkiga hjärna under de tre veckor som gått sedan hon
gravsattes.

”Hon heter Elisabeth von Uberhausen. Prickarna ovanför
U har hon själv tagit bort.”

Han måste ha sett eller träffat någon som hette så eller
sett henne på teve. I ett nyhetsinslag kanske, om den
danska kungafamiljen. Fast han visste att hon inte skulle ha
platsat där. Hennes syster Ingrid hade inte skaffat sig
yrkesutbildning och hon gick bara i högklackat, om hon

inte spelade tennis förstås. Både till fest och till vardags bar hon dyra kläder där designerns namn stod på plagget.

Elisabeth trivdes bäst i en av sina urtvättade bomullsklänningar med romantiska blommor på. På fötterna hade hon helst ett par rejäla gummistövlar som satt fast i den gotländska myllan upp till vristerna. Det var så han tänkte henne. Hennes ostyriga guldlockar som skiftade i koppartoner, men som på sistone hade börjat mattas av i färg och fått små stråk av grått och vitt, håret som hon gärna satte en stor sjal runt eller ett tjock gummiband, det enda som kunde hålla ihop lockarna.

Han kunde se henne framför sig som om hon fanns på riktigt. Det var kanske så hans drömkvinna såg ut. Inte perfekt på något vis, men ändå någon han kunde tänka sig att ta en kopp kaffe med och kanske något annat. Han tittade på sig själv i bilens sidospegel. Inte kunde väl Elisabeth tänka sig någon som han? En tämligen rund medelålders man vars hårfäste backade bakåt mot nacken. Han kunde inte kallas för vacker, men när aknen hade torkat upp efter tonåren och de röda kopparärren bleknat av utomhusmålning kunde han åtminstone säga att han inte var den fulaste på jorden. Det fanns säkert fem stycken han kände till som var fulare än honom. Och han kunde tänka sig flera kvinnor som var fulare än Elisabeth, det kunde han. Hon var kanske inte heller den vackraste som hade beträtt den här jorden, men det var något med hennes blommiga klänningar. De slipade ner hennes vassa tunga, som kunde säga så träffande ord utan att drabbas av tunghäfta. Lite som hans mor Siv, men hon hade aldrig sagt något trevligt till en levande människa om hon inte råkade göra det av misstag och då tog hon genast tillbaka det. Elisabeth var tuff, men mjuk. Det hade livet lärt henne, för att inte drivas vind för våg var det bäst att skärpa till sig, så att ingen någonsin kunde säga till en vad man borde och måste göra.

Magnus letade efter Petter i verkstaden och i köket. Ingen hade sett honom gå trots att han enligt Beatrice varit inne för några minuter sedan.

Magnus slängde bilnycklarna på receptionsdisken och Beatrice i receptionen tog dem och hängde dem i nyckelskåpet. Hon frågade om något hade hänt. Arne skakade på huvudet och tittade ut mot parkeringen. Petters bil stod inte där. Han måste ha smugit ut när de var på väg in, för den hade stått på parkeringen några minuter tidigare.

Magnus gick en sväng i målarverkstaden och tittade sedan ut genom fönstret bort mot parkeringen.

"När ni ser Petter vill jag att ni skickar honom till mitt kontor. Idag, imorgon, i övermorgon. Nästa gång ni ser honom."

Petter skulle ha åkt och målat Säveskolans gymnastiksal tillsammans med Magnus och Arne. De hade redan spacklat och förberett, så det var bara att ta fram rollern och rulla ut färgen. Det kunde inte vänta för skolan behövde sin lokal om några dagar, när färgen hade torkat. Acke och Lars-Ove var redan upptagna och hade åkt iväg till Slite, så Arne och Magnus fick göra det bästa av situationen.

"Och så säger människor att man inte kan lita på hantverkare. Jo, jag tackar. Med sådana anställda är det bara att spika igen dörrarna. Dig, Arne, kan man lita på. Du är här oavsett väder och vind. Jag borde ha flera som dig. Elisabeth kan skatta sig lycklig att ha dig och inte en sådan som Petter. Han lovar runt och håller tunt."

4

Det stormade i Fole. Egentligen stormade det på hela Gotland, men Arne kunde bara känna av det som hände runt hans hus. Asparna och brakveden böjde sig ner mot marken, kysste den och böjde sig sedan åt motsatt håll som om de inte kunde bestämma sig vilken mark de skulle dyrka. Han var glad att han var inomhus och han hörde hur takpannorna reste sig och dunsade tillbaka mot taket med ett skramlande. I januaristormen hade tre av dem lyft och flugit hem till grannen och landat i deras gödselhög av alla ställen.

Stormen oroade honom inte lika mycket som den högst oroväckande anspänningen i mors rum. Modern borde vid det här laget vara ett med sin grav, men det hade inte hänt. Han gick varannan dag till hennes rum för att vattna orkidéen som stod på hennes fönsterbänk, och rummet släppte motvilligt in honom. Handtaget ville inte alls lyda. Han drog i det men dörren gick i baklås och gav inte efter förrän han tryckte ner handtaget sju gånger. Det hade börjat samma dag som kyrkoherden ringde och berättade att mors gravsten hade hamnat på villovägar och ingen visste var den var. Arne hade beställt en gravsten av granit och den hade försvunnit. Det gick inte heller att beställa en ny, för tänk om den andra plötsligt hittades, då skulle de dubbeldebitera Arne.

Det var inte så att folk dog i tid och otid i Fole. De dog visserligen någon gång, men det var några år mellan varje sockenbo. På Gotland var folk av den seglivade sorten som inte dog som de på fastlandet. Gotlänningarna torkade in. När de inte hade rört sig eller svarat på tilltal på en hel vecka kunde man misstänka att det låg något annat än surmulenhet bakom den långa betänketiden.

”Mor, du är väl inte arg?” sa Arne och smekte det motsträviga överkastet.

Givetvis svarade hon inte, men han kunde känna hur luften i rummet blev tät som om den hade packats ihop. Det gick knappt att andas. Det var inte hans fel att gravstenen var borta och mor skulle inte bli glad om han beställde en ny. Bortslarvet var helt och hållet begravningsbyråns fel. Mor, om hon hade levt, skulle ha hotat dem i förväg om att inte slarva bort stenen.

Alla som någonsin hade träffat mor hade fått känna på hennes häftiga temperament och de som råkat på det spred informationen vidare. Hon hotade med helvetet på jorden i svavelosande termer om de tappade bort det hon hade beställt. Och i regel var alla gotländska företag och affärer extra noggranna med leveranser till henne, om de inte hade bestämt sig för att jävlas med henne. Det gjorde man i regel bara en gång, för när det hände kom mor alltid vinnande ur disputen, med eller utan trolleri.

Nu bevakade inte mor inköpet och då gick det som det gick. Hon fick inte ens en riktig begravning, hennes son hade klantat till det, även om det inte var hans fel.

Arne höll inte med mor, för saker kunde faktiskt hända och det behövde inte betyda att något hade gått fel. Saker och ting hände bara. Någon kanske spillde kaffe över namnet på beställningen. Då stod det inte Siv Pettersson längre utan namnet kunde ha blivit Sara Pettersson och då skulle gravstenen kanske hamna i Hablingbo.

Det hade hänt Petter som hade åkt på ett jobb i Hemse och råkat måla gaveln på fel hus. Det uppdagades av husägaren som hade jagat honom med en spade efter att han hade klättrat ner från byggställningen som han ägnat hela förmiddagen åt att sätta upp. Ägaren till huset de egentligen skulle måla fick sig ett gott skratt och det bjöd Magnus på. Det han däremot inte ville bjuda på var målarfärgen Petter hade målat på fel gavel. Det hade slutat med att firman målat två hus istället för ett, men bara fått betalt för ett. Petter var ofta inblandad i udda förvecklingar. Magnus ville dra av felaktiga kostnader på Petters lön, men det fick han inte för facket som sa att olyckshändelser och misstag kunde hända vem som helst. Det var inte en facklig fråga utan skulle tas med försäkringsbolaget. Magnus hade sagt att de hade någon form av drulleförsäkring, men ingen Petter-försäkring.

Arne berättade för mor om Petters husförväxling men hon var inte road av det. Det blev mörkt i rummet trots att solen inte hade gått ner för dagen. Vad kunde han säga för att blidka mor? Han måste försöka, annars kanske han inte kom ut ur rummet.

"Mor, jag är en idiot. Jag försöker, men jag klarar mig inte utan dig. Det går inte att diska utan att det blir fel. Om du bara kunde komma tillbaka."

Handspegeln på byrån glänste till när ett moln utanför fönstret släppte igenom ljusstrålar som reflekterades i spegeln.

"Är det du, mor?"

Spegeln kastade en solkatt på väggen och gjorde en liten dans på trägolvet innan den försvann ner i golvlisten.

Det borde inte vara svårt att hitta en gravsten. Gotland var inte så stort och det fanns inte mer än nittio kyrkor. Gravstenen kan ha levererats till fel kyrkogård. Mor var den enda Folebon som hade dött i år, och ännu hade inga fötts så det var negativ tillväxt i Fole socken. Tänka sig att mor skulle ha så stor betydelse för befolkningsmängden. Hennes namn borde nämnas i kyrkotexterna.

Arne hade en gång undrat om hans far också hade hetat Pettersson, men han hette Vindby. De hade inte varit gifta och Arne hade undrat varför. En man kan inte vara gift med två kvinnor samtidigt hade mor svarat argt och han hade inte vågat fråga mer. Ett tag trodde Arne att far hette Den Jäveln Vindby, men läraren hade sagt att det kunde man inte heta. Mor hade alltid varit arg och kallat människor hon inte tyckte om för jävlar, men det kändes som om hon var ännu argare nu när hon inte levde. Mors ilska hade varit koncentrerad till hennes fysiska kropp och med stigande ålder och skröpligare fysik hade hon inte kunnat kanalisera och få utlopp för sin ilska på samma sätt som när hon var yngre. Nu när hennes kropp inte begränsade henne knäppte hennes ondska i väggar och dörrar och var på alla ställen samtidigt.

Vad ville hon att han skulle göra? Han kunde inte ringa och hota dem på begravningsbyrån. Han kunde inte heller säga att mor skulle hemsöka dem, för vem skulle tro honom? Spöken och andar fanns överallt på Gotland, men det var inget man talade om, för att inte reta upp dem, och så länge man inte talade om dem fanns de inte. Han kunde inte heller lägga in en dubbelbeställning för mor skulle få reda på det. Mors ögon fanns överallt i huset. Han hade sett hennes ögon stirra ut genom tvättpulvret i hinken och från kaffets mjölkskimrande yta.

En fjäril lossnade från väggen och landade på hans handflata. Och nu det här. Hans mors ögon på fjärilens vingar. Efter en närmare titt såg han att de inte var hennes ögon. Det var Elisabeths blåa ögon. Hjärtat slog dubbla slag eller så var det tiden som stannade medan hans hjärta fortsatte att pumpa.

Fjärilen slog med sina vingar och den fladdrade till som om den skulle sluta existera när som helst. Här kan inte en fjäril leva. Det var tredje fjärilen på några veckor han skulle släppa ut i frihet. Den här gången bråkade inte fönstret med honom när han drog av haspen och han knuffade till fönstret lite lätt på karmen så att det gnisslande gav med sig.

Arne lade sin hand på fönsterbänken och viskade till fjärilen att den kunde ge sig av. Den kröp på handflatan närmare fönsteröppningen, men den gjorde sig inte redo att flyga. Vad var det med fjärilen? Ville den hellre stanna kvar i fångenskap istället för att välja friheten därute, där vad som helst väntade på den. Flyg, fjäril flyg. De blå ögonen på fjärilens vingar tittade upp mot honom. De var fulla av sorg och de undrade om de skulle träffas någon gång. Så dumt, men ändå visste han att det var Elisabeth som frågade honom. Hon anade att det inte skulle bli de två. Så länge hans mor hade varit i livet och så länge hon var död hade hon makten att förstöra och förgöra hans liv. Han och Elisabeth skulle aldrig mötas, det skulle mor se till. Vem var det som höll honom fången i huset med sin ilska och ondska? Nog visste han vad som kröp utmed skorstenen om nätterna och inte var det råttor.

Elisabeth, lovade han, om du finns ska jag göra allt som står i min makt att få träffa dig. Han stängde fönstret efter att fjärilen hade flugit sin väg. De där ögonen ville han se igen.

Två steg kvar till dörren och han bävade för att den hade gått i baklås. Han var hungrig och ville inte stanna kvar i rummet hela natten. Låset behövde oljas.

Dörren slog emot honom som om den utdelade en käftsmäll. Han kunde inte tro sina ögon men gick snabbt ut ur rummet utifall att rummet skulle ångra sig. Lika hastigt som dörren hade öppnats slogs den igen. Hans mor skrek åt honom i hans huvud.

"Så, gå då. Gå till horan och se om hon bryr sig ett skvatt om dig. Hon älskar dig inte. Inte ens jag älskade dig och du är min son, men vi hade åtminstone varandra."

När han gick ner för trapporna gungade huset till. Huset var inte nöjt med honom. Han hade hittat nyckeln till buren som hållit honom fången och nu försökte huset med alla medel skrämma honom att inte sätta nyckeln i låset och släppa ut sig själv. Om Arne hade frågat huset vad nyckeln bestod av skulle det trotsigt svara, att det var kärleken till sig själv och sin nästa. Endast kärleken kan göra dig fri.

5

Maskrosor och rapsblommor turades om att glänsa, den ena som ogräs som kantade vägkanterna och den andra i fälten likt ett böljande gult hav där den låga kastvinden rörde om bland blommorna. En vanlig dag skulle Arne ha skänkt dem en blick och lett, men idag fanns det inget som kunde få hans mungipor att vändas uppåt. Den vänstra handen styrde Audins ratt, med den andra handens fingrar trummade han nervöst på låret.

Magnus hade ringt och bett honom ta en omväg till jobbet innan han startade med dagens målaruppdrag. ICA-butikens pantrum behövde målas om i brunt för att matcha skvättet från colaflaskorna och ölburkarna. Arne frågade honom om det var ett arbetsplatsmöte han hade missat att skriva upp, men det var det inte. Det var något annat och han kunde inte säga vad det var över telefon. Magnus hade låtit hemlighetsfull och uppgiven, besviken på sig själv för att han borde ha vetat bättre.

Det kunde bara betyda en sak. Chefen hade kommit på honom med att ljuga och ville ha ett svar från honom. Arne hade aldrig ljugit för honom och han visste inte vad han skulle säga om han frågade. Skulle han säga rakt ut som det var eller slingra sig som Petter brukade? Han var en mästarlögnare och var man inte riktigt säker på att han ljög eller kunde överbevisa honom så hade Petter rätt och kom undan med sin lögn. Om han var Petter skulle han säga att det var deras fel att han ljög, för att de inte hade låtit honom berätta sanningen. De hade valt att tro på lögnen, hur osannolik den än var.

Magnus dörr var stängd, men han hörde att två personer pratade därinne. Den andra lät som Petter. Arne knackade på dörren och Petter ropade att han kunde komma in. Magnus stirrade på Petter när Arne klev in.

"Det här är mitt rum", sa Magnus.

"Jag vet", sa Petter.

Petter halvlåg i kundstolen framför Magnus och lekte med sin mobiltelefon. Arne såg att han inte hade bytt om till arbetskläder. Arne satte sig i stolen bredvid Petter som nickade kort mot honom.

Han kunde inte läsa av stämningen i rummet. Arne hade förberett sig på att ta fullt ansvar för sin lögn, men det verkade istället som om chefen var arg på Petter som i sin tur låtsades som ingenting.

Magnus vände sig mot Arne, men pekade med sin bläckpenna på Petter.

"I torsdags försvann Petter efter att vi hade åkt till Östra Tullgränd."

Petter rätade upp sig i stolen, men tittade fortfarande ner på sin mobil.

"Det gjorde jag inte alls", sa Petter.

Magnus tystnade och vände sitt ansikte mot Petter som trotsigt mötte hans blick. Magnus tog ett djupt ljudligt andetag och slog handflatorna på skrivbordet. Pennorna som hade stått snällt i det svarta metallstället hoppade till och rullade från bordet ner mot golvet.

"En gång till. När vi kom tillbaka var du inte här."

Petter log mot chefen och drog sina fingrar genom det axellånga, blonda håret. Han svarade långsamt och betonade varje bokstav, som om Arne och Magnus plötsligt hade blivit hörselskadade.

”Just det. Då var jag inte här, för jag hade åkt bort till Säveskolan. Skulle vi inte måla gympasalens väggar?”

”Vi var där och det var inte du.”

”Jag trodde ni var där och jag hade inga nycklar med mig. Jag åkte tillbaka hit igen för att hämta nycklarna, men de hade ni tagit.”

Magnus skakade på huvudet.

”Du kom inte tillbaka till Säveskolan. Vart åkte du?”

”Eftersom jag inte visste var ni var, åkte jag bort till en som var intresserad av att anlita oss för att måla om alla fönster i hans kåk. Jag räknade till tjugofem fönster, så det är ett stort jobb.”

Magnus böjde sig ner för att plocka upp en bläckpenna från golvet och sköt sedan fram ett anteckningsblock som han kluddade i för att få fram bläcket på pennan.

”Var någonstans? Namn, adress och telefonnummer, tack.”

Petter klämde sin näsa mellan tummen och pekfingret och knackade sedan en snorkråka mot stolens armstöd.

”Det blev inget. Han tyckte att vi var för dyra.”

”Vi brukar inget nämna priset rakt av. Många faktorer spelar in.”

Petter skakade på axlarna.

”Jag gav ett beräknat pris och tog till i underkant och ändå tyckte han att vi var för dyra.”

”Och du vill att jag ska tro dig? Ingen kund och ingen som kan bekräfta det du säger. Du gjorde inget den dagen. Du försvann efter morgonmötet efter att du hade bett om ledighet. Ledighet som du inte fick, för att vi hade jobb att göra.”

”Jag sa till Arne var jag var.”

Magnus nickade bort mot Arne.

"Stämmer det han säger? Sa han verkligen att han skulle bort på ett prospekt?"

Arne kunde inte minnas något sådant. Efter att de hade beundrat Petters baby hade de inte växlat många ord med varandra. Petter hade nämnt något om att ingen skulle vilja ha Arne. Han kunde inte klandra honom. Ingen hade någonsin velat ha honom, inte ens hans mor. Märta hade tyckt om honom, men hon hade flyttat till Norge. Hon kunde inte ha tyckt om honom särskilt mycket, för annars skulle hon ha återvänt hem till Gotland efter att hon hade blivit myndig. Det hade mor sagt. Den man älskar överger man inte.

Arne skakade på huvudet till svar. Petter tittade på honom, och hans ansikte visade avsky.

"Du glömde det, eller hur? Jag sa till dig precis efter morgonmötet, när Magnus var och startade bilen."

Magnus funderade.

"Vad jag minns gick jag och Arne tillsammans ut till skåpvagnen.

"Då är ni väl glömska. Tur ni har mig."

Arne tittade på Petter och sedan på chefen.

"Jag kan inte komma ihåg att du sa något till mig."

Petter reste sig upp och sträckte urskuldande ut händerna.

"Det är inte mitt fel att Arne glömde. Jag sa till honom. Han är inte den vassaste kniven i lådan, om du fattar vad jag menar."

Magnus ansikte blossade upp, blev rött och han log ansträngt.

"Petter, se det som en varning. Du går inte på några uppdrag, om du inte hör med mig först. Två varningar till och du får börja se dig om efter ett nytt jobb."

Petter lutade sig över Magnus där han satt på kontorsstolen.

"Vad är det jag har gjort? Jag har inte gjort någonting."

"Tror du verkligen att jag ska tro på all smörja som du säger? Jag ringde dig på mobilen och du svarade inte."

Magnus reste sig upp och gick fram till dörren som han öppnade på vid gavel. Petter följde efter honom, men blev stående i dörröppningen.

"Telefonen är paj."

Det ringde i hans arbetsmobiltelefon, men han stängde snabbt av ljudet. Magnus pekade mot receptionen.

"Har du inte ett jobb att sköta?"

Petter öppnade munnen och stängde den som om han var en fisk med blanka och uttryckslösa ögon. Han lutade sig över Arne, tog kepsen som det stod Färgpytsen AB på från kroken, tryckte ner den på sitt huvud och gick ut ur rummet.

Magnus skakade på huvudet innan han stängde dörren. "Han är helt otrolig."

Arne satt kvar på sin stol och hans fingrar kunde inte låta bli att skrapa mot de byxklädda låren så som han brukade göra när han var orolig. Som barn hade han låtit naglarna borra sig in i huden och sedan hade han dragit långa revor som han iakttagit när det började blöda ur dem. Det lugnade honom. Han rev sig själv när hans mor inte straffade honom, trots att hon säkert skulle ha funnit ett skäl till det. De gånger hans mor inte hade sett honom göra något dumt, såg han till att straffa sig själv och ärren fanns kvar på låren som en påminnelse om skuldkänslorna. Vad ville chefen honom?

Magnus satte sig på sin stol och lade en penna bakom örat. Arne tvekade, men det var bättre att han började, för att visa att han inte var rädd och att han skulle berätta om han frågade.

"Du bad mig komma till kontoret."

Magnus tittade frågande på honom. Han kliade sig i tinningen, medan han tänkte. Sedan smällde han händerna på bordsskivan.

"Jag ville att du skulle höra Petter, hur han slingrar sig. Jag gör mitt bästa, men han drar ner arbetsmoralen och får oss att framstå som en bunt idioter hos våra kunder, som om vi inte vet vad vi gör. Vi har förlorat flera uppdrag på grund av Petter då vi inte kan hålla våra löften."

Magnus tystnade och lade handen för munnen.

"Jag borde inte prata så med dig, men du och min far är så goda vänner och det känns som om du är en del av vår familj. Du har liksom alltid funnits här."

Arne hade aldrig tänkt på det, att han skulle vara deras familjemedlem. Han blev varm inombords. När Magnus var en liten spenslig pojke, med gluggar i munnen, hade Arne ibland låtsats att Magnus var hans son. Arne smusslade ner serietidningar i hans skolväska när någon hade varit dum mot honom i skolan. När han inte ville äta kunde Arne ibland lura honom att äta flera potatisar genom att samtidigt läsa ur Fantomen. Då gapade han och Arne stoppade in gaffel för gaffel med köttbullar och potatis.

Magnus mamma hade varit sjuk när han var liten och dog när Magnus gick i ettan. Han hade tillbringat stora delar av sin barndom på målarfirman och målargubbarna hade turats om att passa den lille pojken. Hjälpa honom med läxorna och bära honom bort till pappas soffa när han somnade över kontorsbordet, där han hade radat upp sina crayonkritor i en prydlig rad bredvid de blanka ritpapprena. Arne hade varit en viktig del av Magnus barndom. En deltidsson, men det skulle han inte kunna säga till honom nu när han var hans chef och dessutom vuxen. Det lilla barnet syntes det inte ett spår av längre, om man bortsåg från ögonen som ibland kunde se sorgsna ut.

”Apropå familj. När får vi träffa Elisabeth? Lena vill bjuda hem er någon kväll så att vi får träffa henne.”

Magnus blinkade konspiratoriskt.

”Vi är din närmaste familj och måste godkänna henne först.”

Arne blev skräckslagen. Hur hade de tänkt det skulle gå till?

”Se inte så förskräckt ut. Det är klart att vi kommer att gilla henne. Hon tycker om dig och då tycker vi också om henne. Det är mer som en formell sak, kvinnor emellan. Frugorna måste lära känna varandra och Lena har nämnt att de är en man kort i kyrkoföreningen. Jag hoppas hon är kristen.”

Arne var ganska säker på att hon inte var kristen, för han trodde inte att hon lyssnade till någon auktoritet mer än sin chef och det för att hon var tvungen för att behålla sitt jobb. Om hon bara hade funnits på riktigt.

”Hon jobbar kvällar just nu och sover på dagarna. Jag måste kolla med henne om hon kanske måste ta ledigt.”

Magnus nickade gillande. Han förstod att som sjuksköterska på ett äldreboende hade hon inte ett vanligt dagtidsjobb och att det skulle vara svårt att få till en passande kväll.

”Bara man vill brukar det ordna sig”, sa Magnus.

Arne var inte så säker på det. Även om han ville kunde han inte trolla fram en kvinna ur tomma intet.

Arne satte sig på bänken utanför kundentrén för att inta sin medhavda lunch, en smörgås, ett äpple och en Risifrutti. Han hade ett behov av att känna den solida asfalten mot sina fötter, för hela dagen hade det känts som om han sjönk djupare och djupare ner i kvicksand. Här var han helt ensam. Ingen mer han behövde ljuga till.

Lars-Ove hade frågat vilken musiksmak Elisabeth hade och han hade svarat att hon tyckte om countrymusik och att hennes favoritartist var Jill Johnsson. Han hoppades att ingen märkte att han inte hade koll på vilka artister som sjöng country och om det ens fanns någon med det namnet. Den enda artisten han kunde komma på i countryväg var Dolly Parton, men han var helt säker på att Elisabeth avskydde henne. För plastig och konstgjord. Det skulle vara naturliga människor i naturliga miljöer. Hon ogillade inte Dollys låtar, men hon tyckte om Jills sätt att sjunga dem.

Han kunde föreställa sig hur Elisabeth stod där i den gamla gödselhögen, det som var kvar av de sedan länge döda kossorna, med foten på spaden som hon tryckte ner i dyngan för att gräva upp metmask. Hur hon stampade takten, först med den ena foten och sedan med den andra, efter att ha släppt taget om spaden. Hur lustig hon såg ut i sina skitiga gummistövlar, med den gula stallrocken över den rödblommiga klänningen och flätorna som hon svärande flätat i minst en halvtimma. Hennes hår var strävt som tagel och nu frigjorde sig flätorna från huvudduken, en av Arnes gamla halsdukar som han själv en gång i tiden hade stickat i syslöjden. Vad annars skulle man sjunga ute på landet om inte country?

Sedan hade Acke frågat honom vad han föll för hos henne. Vad var det första han blev kär i innan han blev kär i hela henne? Han svarade att det nog var hennes blå ögon, för han mindes hur han övertalade påfågelögafjärilen att flyga ut genom fönstret. De tecknade ögonen på fjärilen hade varit intensivt blåa och sorgsna. Som om de hade sett mer än vad de ville se av världen. Sedan ville han inte säga så mycket mer om henne, för hur skulle han hålla reda på allt han ljög om? Tänk om han i nästa stund kom ihåg hennes hasselnötsbruna ögon och hur vackra de var. Skulle inte Acke då undra var de ögonen hade kommit ifrån? En kvinna kunde väl inte byta ögonfärg.

Solen värmde skönt mot väggen som hade blivit varm i den tidiga majsolens sken. Han blundade för ett ögonblick och föreställde sig vad Elisabeth gjorde vid den här tiden på dygnet. Han kunde för sin inre blick se att hon fortfarande låg och sov. Hon hade borrat in hela sitt ansikte i örngottet och dragit upp täcket så långt upp att hennes målade röda tånaglar stack ut från den andra änden. Sängen kunde han inte placera i sitt hem. En dubbelsäng med hans bekanta örngott och påslakan, omaka på var sin sida för att han inte hade par av något sänglinne. Hans mors rosa örngott med vallmomotiv. Han hoppades att hans mor inte misstyckte att han hade placerat hennes örngott i sin fantasi. Hon hade knappt använt det och det låg längst in i linneskåpet. Hans mor hade inte tyckt om örngottet för att det såg alldeles för glatt ut. Det gick ju inte att sova på något som skrek i himlens aftonfärger.

En skugga föll över Arne och han huttrade till. Han öppnade ögonen för att se om solen hade gått i moln. Han föll nästan av bänken, för Petter stod lutad över honom och han såg inte glad ut. Snarare motsatsen.

”Är det inte chefens lilla gullegris som sitter här och blir alldeles skär i solen.”

46

Arne lyfte upp handen och höll den över ögonen för att inte bländas av solen när Petter flyttade på sig. Petter stod så nära att han kunde känna snuslukten och se de gula framtänderna där snuset alltid rann. Petter sög in den bruna saliven och spottade en snusloska i en lång båge över parkeringen. En meter till och han skulle ha träffat Audins motorhuv, där den sedan skulle ligga och fräta sönder lacken. Man måste vara försiktig med veteranbilar.

"Du ska ha en sak klart för dig, att när jag säger att jag har sagt något till dig och du sedan har glömt, då ska du hålla med mig. Det är väldigt fult att springa chefens ärenden hela tiden och nafsa honom i arslet. Jag ligger jävligt illa till hos chefen nu och det är ditt fel."

Arne flyttade sig på bänken, längre bort från Petter.

"Jag har inte glömt någonting, för du sa ingenting. Det sista du sa var att ingen vill ha mig och sedan gick du iväg med Anna."

Petter grimaserade och visade upp hela den gula tandraden. Arne såg snuset som låg som en påse gödsel och frätte mot tandköttet.

"Det har inget med saken att göra. Säger jag en sak ska du bara hålla med mig, begrips?"

Arne förstod. Det var som när hans mor levde. Hennes ord var hans lag och inget av det Arne sa räknades någonsin. Inte ens när han talade sanning. Mors sanning stod alltid högre i kurs än hans. Nu var det Petter som ville att han skulle förstå. Han förstod.

Petter tog tag i Arnes jackkrage och för ett ögonblick såg det ut som han skulle lyfta honom, men sedan ändrade han sig och putsade bort dammkorn och annat skräp som han tycktes finna på den.

”Ingen vill ha dig, Arne. Jag håller fast vid det. Om du så har betalat en hora för att vara din fru ett tag, så får jag reda på det. Chefens gullegris ligger illa till.”

Skrockande lämnade Petter honom. Arne hade tappat matlusten, virade in smörgåsen i plastfolie och stoppade tillbaka den i plastpåsen. Han kunde äta den i kväll. Det var synd att slänga mat, nästan lika stor synd som att ljuga.

6

Det kändes inte alls bra. Känslan av att ha gjort något fel förföljde honom och det gjorde att han fick ont i magen. Först trodde han att det var något han hade ätit, men det högg inte till eller sög på samma sätt utan var mer som ett ihållande illamående och en olustkänsla. Känslan förvärrades när han tänkte på allt han ljugit på jobbet. Det susade i öronen, han tappade balansen och snubblade till vid kökströskeln. Det slutade med att han dundrade in i skafferiet med huvudet före och drog ner en burk med konserverade plommon som rann ner över en tidning som låg som skydd över en säck potatis. Hur skulle det här sluta? Synden straffade sig snabbt. Vad var det mor alltid sa? Du ska inte ljuga för mor eller Gud, för då skulle han bli straffad av dem båda, den första med slag och den andra med en vedergällning i efterlivet, tusenfalt lögnen.

Räknades det verkligen som att ljuga om han själv trodde att hon fanns? Någonstans i världen fanns det säkert någon Elisabeth von Uberhausen som jobbade som sjuksköterska. Och hon kunde väl likaväl som på andra ställen bo på Gotland och jobba i Romakloster. Hennes utseende var väl heller inte unikt, men han var säker på att om han någonsin såg de där ögonen skulle han omedelbart bli kär.

Det var något med dem. Den där vilsenheten som om hon inte visste sin plats på jorden. Ögonen är själens spegel. Elisabeth var född in i adeln och det gav henne en hög status i samhället, något hon inte ville ha. Allt hon själv ville var att vara en enkel kvinna med ett enkelt och okomplicerat liv.

Han kunde se henne, med en stor turkos kopp som pryddes med handmålade fjärilar, där hon på trappan till äldreboendet fångade solstrålar med sitt röda sprakande hår. Eftersom hon var så livlig i hans fantasi var det inte alldeles omöjligt att han inbillade sig att hon fanns på riktigt. Inbillning var inte ett lika allvarligt brott som en lögn, utan mer som en dumhet orsakad av sömnbrist och alldeles för livlig fantasi. Och var det inte så att moderns plötsliga död hade skakat till hans hjärna så att han inte längre kunde skilja mellan fantasi och verklighet?

Saken blev inte bättre av att det hade börjat spöka i huset. Det var som om det kröp något under tapeterna, som om huset ändrade form när han inte såg. Han vände bort blicken för ett ögonblick och kunde sedan svära på att karmstolen i vardagsrummet, den som stod närmast kaminen, hade flyttat på sig och stod vid väggen istället. Han drog den tillbaka mot kaminen, men när han gick därifrån hade den flyttat på sig igen. Någon tyckte inte om att stolen stod mitt i rummet och krusade mattan. Saker försvann och saker dök upp. Idag hade en Allerstidning dykt upp på vardagsrumsbordet, prydligt placerad med korsordssidan uppslagen. Hans bläckpenna som han fått efter en rundvandring på Gotlands Allehanda låg på tidningen och någon hade använt den för att fylla i korsordet; annat ord för ande och skrivit spöke.

Det fanns två nycklar till huset, en som var hans och en som hade varit hans mors. Den sistnämnda hade suttit på samma krok i nyckelskåpet i tjugofem år sedan den dagen när hans mor slutade åka någonstans utan honom och Audin. Ingen kunde ha tagit sig in i huset, för han låste dörren noggrant efter sig och såg till att låskolven vreds om helt. Han drog och ryckte i dörren minst fem-sex gånger

50

för att vara helt säker på att den var låst. Allerstidningen hade dykt upp när han satt i köket och drack kaffe och han var helt säker på att han skulle ha hört någon komma in, för de flesta träplankorna gav ifrån sig ett knarrande läte när någon gick över dem.

Det var något i görningen och Arne var inte säker på om han tyckte om det. Fast det hindrade honom inte från att kritiskt granska sitt utseende. Han hade tittat sig i spegeln och kommit fram till att han inte dög. Nu när han var stadgad, även om hon inte fanns på riktigt, måste han ge skenet av att någon kvinna brydde sig om hans utseende. Att en kvinna hade varit i farten och gjort folk av honom.

Lars-Ove var en duktig målare, men hade svårt att behålla en kvinna särskilt länge. Arne brukade iaktta hur han såg ut före och efter ett förhållande. Han var periodare när det gällde kvinnor och sprit. Utan en kvinna kunde han bära samma kläder i en vecka med skäggstubben spretande åt alla håll och kanter. Det flottiga håret, som han drog sin bärnstensfärgade plastkam genom, lockade sig i nacken av hårfettet och svetten vätte ner hans rygg när han målade, och torkade sedan till vita saltkornsfläckar. Det var tur att utrymmena där de målade var välventilerade, men ibland räckte inte ens lacknafta för att dölja hans stank. Om ingen hindrade honom kunde han kröka till morgonkvisten och sedan ta sig till jobbet på sin skrangliga cykel eftersom hans körkort blivit återkallat. När han hade en kvinna stod en splitterny Lars-Ove framför dem, nykter och ren. Hans hår var nyklippt, mustaschen ansad och skjortorna luktade fräscht och var skrynkelfria. Hans mun luktade inte avlopp utan mintpastill och folköl.

Så illa ställt var det inte med Arne. Hygienen var han mycket noga med. När han kom hem på kvällen var det det första han gjorde innan middagen, att duscha. Han såg noga till att allt armhålshår täcktes med deodorant. Han bytte underkläder varje dag och ibland flera gånger per dag. Han hade lärt sig att han kunde ha samma tröja i två dagar, men helst bara en dag, medan byxorna byttes var fjärde dag om de inte blev nedsmutsade innan dess.

Mor tolererade inte lortgrisar. Ingen skulle komma och anklaga henne för slapphänthet för att hon ensam sörjde för sin son, så att myndigheten ansåg sig tvungen att släppa förmynderiet till staten. Alkohol fick inte heller förekomma i huset. Mor, hade han hört på omvägar, hade i unga dagar varit engagerad i nykterhetsförbundet och det var en av anledningarna till att förhållandet mellan mor och far hade spruckit. Det hade gått rykten på Gotland om hans dryckesvanor.

Den andra anledningen till att de gick skilda vägar var att han sådde sitt vildhavre lite här och var och hade fler barn än han erkände. Den tredje anledningen var att han fortfarande var gift med sin fru som lämnat honom och flyttat till föräldrarna i Hangvar tillsammans med deras två döttrar.

Mor hade förbjudit Arne att smaka på sprit så länge han bodde hemma hos henne. Alkoholismen gick i arv på fädernet. Nu var det ingen större idé att börja med drickandet, dels för att det kändes dumt att börja med missbruk när man kommit upp i hans ålder, och dels för att han hade sett vad spriten gjorde med hans arbetskamrater. Han hade smakat på dricku, för det skulle en riktig gotlänning ha smakat åtminstone en gång i sitt liv, men den hade smakat som överjäst träkåda med salamismak.

Vad det gällde Arnes utseende fanns det förbättringsmöjligheter eller som Magnus sa om hus vars färg hade slipats av vatten och vind, att det hade potential. Hans utseende kunde inte bli värre, resonerade Arne, och om Elisabeth såg honom skulle hon omedelbart be honom putsa till polisongerna så att de blev lika långa. Den ena slutade ovanför örsnibben och den andra strax under. Det hade blivit så efter en rakning och han hade låtit det vara för hur han än gjorde blev det inte bra. Frisyren hade också potential, den hade han själv klippt och den kunde beskrivas som en ojämnt klippt gräsmatta med tuvor som han vek åt samma håll. Hårfästet hade också krupit bakåt de senaste åren.

Han hade frågat Beatrice på receptionen var hon klippte sig och hon gav honom numret till salong Sax & Kam.

Idag skulle han för första gången klippa sig hos en professionell frisör och han satt och väntade och trummade med fingrarna på låret. Han såg hur de andra kunderna satt i sina stolar med plastförklädena runt sina halsar och pratade vänskapligt med sin frisör. Hårtussar föll ner på golvet där sax mötte hjässa. Ingen verkade vilja ha likadan hårform. En kvinna som höll i en stor rund hårborste närmade sig honom försiktigt.

"Har du bokat tid?"

Han nickade till svar och hon visade honom att han kunde ta en kopp kaffe medan han väntade. Han tittade på kaffeapparaten som stod mellan de två butiksfönstren. Han såg inte några kaffemuggar och vågade inte fråga var de var. Hon som stod i kassan tvinnade sitt hår, tuggade på ett tuggummi och skrattade till ibland när någon i luren sa något roligt. Frisörerna var upptagna med att klippa, föna och färga. De pratade nästan lika mycket som de klippte och kunderna verkade vara nöjda med det. Det fladdrade till i magen som av fjärilar, för Arne var inte van att prata med en främling så länge som en klippning skulle ta.

Arne tog upp en veckotidning, öppnade första sidan, stängde den fort och lade den tillbaka långt in i tidningshögen. Det var halvnakna kvinnor i den och han rodnade när han tänkte på att han hade sett deras intima delar även om de var täckta av små trianglar och hölls ihop av snören. En kvinna närmade sig honom, en ung ljushårig kvinna med håret i knut. Hon stoppade en kam i sitt förkläde och visade honom till en stol, satte en pappersbit runt halsen innan hon knäppte förklädet runt honom.

"Vad vill du att jag ska göra?" Vilken märklig fråga. Gick man inte till en hårsalong för att få sitt hår klippt? "Kort", svarade Arne.

Kvinnan suckade, tittade sig själv i spegeln och strök en hårlock bakom örat. Hon föreslog att hon skulle klippa till den frisyr hon tyckte passade honom bäst och han höll med. En frisör borde kunna mer om hår än han själv. Polisongerna försvann först och han som alltid hade undrat vilken längd som var bäst och så behövde man dem inte alls. Det skulle definitivt underlätta rakningen. Lisa, som hon hade presenterat sig som, arbetade lugnt och metodiskt och när hon var klar förde hon en spegel till nacken och han kunde se att hon hade klippt kort i nacken med en rundning. Han kände på håret där bak och det var lent som kattpäls.

"Jag tycker att du är modig som inte färgar ditt hår, att du vågar vara dig själv i din ålder."

Arne visste inte att män färgade håret. Hans svartgråvita hår hade kommit för att stanna tills det föll av. Arne sträckte på sig. Han var modig. Eftersom han var så modig tänkte han ställa en påflugen fråga.

"Min flickvän tycker inte om min klädsmak. Den passar en ungkarl, men nu har jag ju henne."

Han nämnde inte att hon var påhittad, för han var inte säker på att Lisa skulle förstå. Frisörskan höll med om att klädstilen kunde förbättras. Hon föreslog att han skulle ta en titt på Dressman. Det var inte så dyrt där och om han nu ville ändra hela sin klädgarderob var butiken en bra början.

Det fanns för många kläder att välja på och han blev vimmelkantig över utbudet. Det fanns inte bara en tröja, utan det skulle väljas garn, färg och mönster. Hur skulle han kunna veta vilken Elisabeth tyckte om?

"Kan jag hjälpa dig?"

En kvinnlig expedit log tillmötesgående mot honom.

"Vilka kläder skulle en kvinna tycka om?"

Hon tog ett steg tillbaka och blinkade förvånat med sina långa ögonfransar. Hon förstod inte vad han menade, men vinkade till honom att följa med henne. Hon stannade vid ett snurrställ med skjortor och synade honom från topp till tå. Hon tog fram en skjorta och placerade galgen i brösthöjd på honom och tittade honom i ögonen. Hon gick fram till ett nytt ställ där det hängde byxor och drog fram ett par chinos till honom. Från en hylla drog hon fram en stickad v-ringad tröja och pekade bort mot omklädningsrummet. Hon följde efter honom och tvekande gick han in och drog gardinen om sig. Var det verkligen meningen att han skulle ta av sig medan hon stod på den andra sidan? Han blev illamående av tanken på att han skulle stå där i omklädningsrummet iklädd endast kalsonger medan hon fortfarande stod så nära.

"Har du bytt om?" frågade hon och lade handen på gardinen som om hon tänkte skjuva den åt sidan.

Arne bad henne vänta för han hade fastnat med skärpet. Det var sant, för medan han tänkte på expediten på andra sidan gardinen, hade han glömt bort hur det skulle tas av.

Han blev nöjd med det han såg i spegeln. Det var som om det stod en annan man framför honom. Kunde Lars-Ove bli en ny man varje gång han hade en kvinna, så kunde han också.

Han drog i gardinen och klev ut. Kvinnan nickade gillande och hon sa att hon tyckte att skjortans blå rutor fångade den exakta nyansen i hans ögon. Tröjans svartgråa färg passade med hans hårfärg. Hon gav fler tips till honom att hålla så få färger som möjligt, men inte enkelfärgat för det var tråkigt. Man skulle ta upp färgen på sitt hår och sina ögon i kläderna eller ta någon komplementfärg för att skapa spänning. Arne förstod vad hon menade, men han hade aldrig tänkt på att han skulle kunna använda sina målarkunskaper på sig själv. Färgen skulle liksom smälta in i en och framhäva de bästa detaljerna. Och Arne hade upptäckt sin bästa detalj. De klarblå ögonen och de lätt rosiga kinderna som hos en klädsamt rund och gladlynt farbror i sin bästa ålder. Han såg harmlös ut.

Expediten drog fram fler kläder till honom och han behövde inte prova dem, för hon visste nu hans storlek. Fem skjortor, fyra par byxor, sju par strumpor och tre stickade tröjor med v-ringning och alla matchade varandra.

Hon föreslog att han skulle satsa på en ny ytterjacka, då plaggen inte skulle passa med hans gamla jacka. Arne tittade på den, men kunde inte hitta något fel på den. En kamouflagefärgad vindjacka, men det gjorde inget om han köpte en ny för den här var säkert tjugofem år gammal, men av bra kvalitet. Det var inte varje dag han bytte ut hela klädgarderoben. Han ville inte ta av sig kläderna han hade bytt om till. Expediten stoppade hans gamla kläder i en Dressmanpåse.

Utanför butiken höjde han blicken sekunden innan han skulle till att krocka in i Lena och hennes barnvagn. Han hälsade glatt på henne men hon verkade inte känna igen honom. Först när han sa vem han var fick hon en igenkännande min.

"Herregud, jag kände inte igen dig. Kan du inte snurra runt så att jag får se dig? Är allt det här Elisabeths verk?"

Han nickade och visade sedan upp resten av plaggen som han hade i påsarna. Hon visslade till, imponerad över inköpen. Hon log och sa att hon alltid hade vetat om hans inneboende potential och att Elisabeth hade gjort en svan av en ankunge.

Lena drog ner regnskyddet runt barnvagnen och Arne kikade in. Hon log stolt mot honom.

"Är han inte det vackraste barn du någonsin har sett?" Han höll med för de havregula hårlockarna krullade sig i pannan och ögonlocken var stängda med en miljon ögonfransar som spände som en tunn fjäder och kantade hans skimrande ögonlock. Han var så lik Magnus. Arne sträckte försiktigt fram sin hand och strök honom på kinden. Den lille spärrade upp ögonen, tittade förvånat på Arne och gjorde sedan en ljudlig gäspning innan han stängde ögonlocken igen.

Lena lade handen på hans arm.

"Jag hade tänkt fråga dig, men ni kanske har mycket att göra nuförtiden, du och Elisabeth? Jag frågar i alla fall och du kan säga nej. Kan du tänka dig att hjälpa mig på bakluckeloppiset på gamla flygplatsen om en vecka? Ingen har tid. Jag behöver gå ifrån och amma Elliot och då skulle någon behöva passa kassan. Skulle du och Elisabeth kunna? Då kanske du kan sälja lite av din mors gamla saker. Göra en husrensning och samtidigt tjäna lite på det."

Han hade aldrig någonsin blivit tillfrågad att hjälpa någon på fritiden och han blev glad. Det var som om han var vem som helst och inte Arne Pettersson som bott med sin mamma i hela sitt liv.

Magnus kunde inte hjälpa henne den lördagen, för han skulle åka till fastlandet och hon hade bokat bordet långt innan han sa det. Typiskt karlar, att bara dra iväg så där. Arne kunde inte lova att Elisabeth skulle ställa upp, men han lovade att fråga henne. Hon jobbade väldigt många kvällar och sov på dagarna för att orka kliva på nästa skift.

Lena vände sig om och vinkade till honom efter att hon hade passerat Åhléns. Ovant höjde Arne upp handen och vinkade tillbaka. Han tittade på klockan som snart var sex. Middagen skulle bli försenad idag. Hoppas inte mor blev arg, för på den senaste tiden hade det varit mycket aktivitet i hennes rum.

Och så fick han inte glömma bort att fråga Elisabeth om hon kunde hjälpa till med loppis.

"Kan du?" frågade han rakt ut i luften och förväntade sig inte ett svar.

"Du vet att jag jobbar natt."

Han vände sig om för att se vem det var som hade sagt det. Det fanns ingen där.

7

Beatrice gapade med öppen mun när Arne klev in på firman. Hon hade tänkt resa sig upp, men tog ett felsteg och föll mot golvet. Generat ställde hon sig upp och klappade på sin stol som om det var den som hade slängt av henne. Arne stelnade till. Vad hade hänt? Han strök tafatt sitt nackhår och kände hur det lena håret lugnade ner honom.

Strax därefter kom Petter in och även han stelnade till och tittade på Arne utan att säga ett ord. Arne tog sig för håret och försökte känna efter om det låg fel, men det kunde inte vara det. På morgonen hade han tagit fler minuter än vad han brukade med morgonbestyren. Håret var kort och när han vaknade stod det rakt upp. Han hade ingen hårgelé, brylkräm eller hårspray för att rätta till det och fick påminna sig själv om att köpa en flaska från salong Sax& Kam som hade rekommenderat flera hårprodukter till honom. Vattenkamning hade löst problemet och flera gånger hade han fört den täta kammen genom håret för att platta till det mot hjässan. Håret hade kanske torkat och spretade åt alla håll igen.

Magnus kom ut ur sitt kontor och stannade framför Arne.

"Jag trodde du var någon annan. Jag väntade på en kund."

Beatrices tunghäfta försvann.

"Jag kunde inte heller tro mina ögon. Kläderna passar jättebra på dig. Dressman, eller hur?"

Petter tog av sig sin träningsjacka som det stod Puma på och slängde den över axeln.

"Jag köper aldrig något från Dressman. Det är bara skit."

Beatrice skakade på huvudet och Magnus tog Arne om axeln och drog med honom bort till sitt kontor.

Arne undrade vad det var han hade gjort.

"Jag är tacksam för att du hjälper Lena med loppiset. Jag hade lovat henne, men så glömde jag bort och bestämde mig för att åka till fastlandet istället. Lena ser framemot att träffa Elisabeth."

Arne tvekade. Vad skulle han säga? Han var tvungen att ljuga hela tiden och nu fanns ingen återvändo. Lika bra att ljuga lite till och sedan försöka hålla reda på lögnerna som poppade ut ur munnen så att de inte spred sig som ogräs.

"Jag frågade Elisabeth igår och hon ska jobba natt. Hon kan inte byta med någon annan. Det blir bara jag som kommer."

Magnus tyckte att det var tråkigt, men var säker på att Lena och Arne skulle klara av att göra det tillsammans. Lena skulle ha gjort det själv om det inte vore för Elliot.

"Du kanske ska passa på att sälja lite av din mors saker. Du blir av med det, du slipper frakta dem till återvinningen och så får du lite betalt samtidigt som någon annan tar hand om dem."

Han kunde sälja sakerna som hade tillhört mor. Det fanns några tavlor i hennes rum som Arne alltid hade varit lite rädd för. De var målade i mörka färger och så skugglika att de väckte obehag i honom, som om de var besatta av svart magi. Motiven i tavlorna förändrade sig från gång till gång, som om skepnaderna i dem vände sig några grader för varje gång han tittade på dem. Någon ville kanske ha dem. Toini, Arnes moster, hade målat dem under trans. De föreställde Skuggfolket. Hon sa att hon hade kontakt med andevärlden och hon pratade ofta om den undre världen. Hon sa att hon var en nåjd, en som kan se in i framtiden.

Det var inte därför Magnus hade kallat på honom, för att prata om loppis. Målarjobbet innanför murarna blev det inget av med. Jobbet skulle gå till en firma på fastlandet som skulle göra jobbet mycket billigare. Magnus var inte glad. De blandade säkert ihop billig målarfärg och sedan skulle skiten rulla av de känsliga väggarna ett år senare när firman var avregistrerad och ägarna hade flyttat utomlands. Då skulle Magnus och de andra få ta hand om de grundlurade husägarna som hade trott att billigt var nästan lika bra som dyrt. Nog visste Magnus vad billiga skitfirmor sysslade med. Det var tur att de fått entreprenadjobbet på ett äldreboende. Med det skulle de i alla fall kunna hanka sig fram till sommarsemestern. Nästa år måste de komma med något nytt. Kanske öppna en kundbutik och utöka med tapeter och lätta snickerier. Inte rör för de kunde inte VVS och hade inget intresse heller av att lära sig det. Folk vill göra allt själv nuförtiden, do-it-yourself, som det hette, men ville de få vattenläckor fick de vända sig till en annan firma.

Det var tomt i omklädningsrummet och Arne skyndade sig att byta om. Lars-Ove och Acke satt säkert i fikarummet och väntade på honom så att de kunde åka. De skulle måla en trädkoja, ett roligt projekt som erbjöd alternativboende till almedalingarna, fastlänningarna som kom hit en gång om året under politikerveckan. Kojan var utrustad med allt utom toalett, som fanns i en liten byggnad på marken. Hade man bråttom kunde man kasta sig nerför en linbana som slutade vid toaletten eller ta bron som ännu inte var klar.

Någon hade slängt hans skor i papperskorgen vid handfatet bredvid duschrummet och han plockade upp dem. Han ryckte av det våta handdukspappret som var lindat runt skorna. Han ville gärna tro gott om folk, men vem som helst kunde se att det inte var något fel på skorna. Han kunde ju inte ta på sig sina nya skinnskor, som han hade ägnat en kvart åt att polera med polish som skulle vara bra mot både väta och slitage. Det var oundvikligt att man skvätte lite målarfärg när man jobbade.

Arbetsskorna var fuktiga som om någon hade spolat vatten på dem, men det fick gå för han hade inget val. De fick nya arbetsskor vartannat år och de här var bara ett år gamla och inget större fel på dem mer än att han hade upptäckt att han ofta fick fotsvamp.

Arne märkte inte att Petter hade kommit in förrän han stod framför honom. Petter hälsade inte och Arne hälsade inte han heller för Petter låtsades inte om honom utan grävde efter något från sitt skåp. En snusdosa. Han slängde igen dörren på skåpet så att det skramlade och ekade i rummet. Sedan vände han sig mot Arne.

"Har du sagt något till chefen?"

Det var en så vag fråga att Arne inte visste vad han skulle svara utan skakade bara på huvudet.

"Du vet inte vad jag snackar om, eller hur?"

Arne rörde sig inte utan höll ögonen på Petters händer medan han närmade sig Arne och ställde sig på ett hotfullt kort avstånd. Det påminde om skolan. Det var många år sedan, men den där känslan av att få stryk utan att ha gjort något. Hur han alltid kissade på sig och fick gå hem med blöta kläder och sedan få mer stryk hemma. Hur ett gäng pojkar närmade sig honom och skrek:

"Hörde du inte vad jag sa? Kom hit! Är du trög? Fattar du inte vad jag säger, horunge."

Anders var den som stod redo med knuten näve som han tryckte in med hård kraft mot näsan så att Arne blödde näsblod. Nu höjde Petter näven och Arne backade undan. Petter följde efter och låste fast Arne på platsen genom att greppa om hans axel.

"Jag vet att du och chefen snackar skit om mig. Ni vill bli av med mig. Magnus säger att vi får så lite jobb att vi måste minska ner på personalstyrkan. Skitsnack! Han tar ut för mycket ur firman."

Arne försökte andas lugnt, för att Petter inte skulle se att han var rädd. Han behövde gå på toaletten, och om han inte släppte taget skulle han kissa på sig. Han hade lärt sig att inte visa rädsla, för då skulle det bli mycket, mycket värre. Bara stå stilla och andas lugnt genom munnen och näsborrarna.

Petter släppte taget om Arne, knäppte upp locket på snusdosan och stoppade en prilla under läppen.

"Om någon får gå, så inte är det jag, ska du veta. Anna är föräldraledig. Du klarar dig. Du har ingen annan än dig själv. Du kan ju inte ens ha hyra för du har bott hela ditt liv hos morsan. Pengarna har du väl samlat i en hög under madrassen."

Det hade han inte alls, men det var sant att det inte längre fanns något kvar att betala på huset. Och pengarna som blev över på lönen sparade han på ett konto på banken.

Petters mobil ringde och han plockade upp den och kollade på displayen. Han tryckte på en knapp och satte tillbaka den i bakfickan. Han lyfte varnande upp fingret, lämnade Arne som satt sig på träbänken och korsat benen så att Petter inte skulle se den blöta fläcken i skrevet.

I fikarummet satt Acke och Lars-Ove och väntade på honom. Acke knuffade Lars-Ove i sidan och han gruffade tillbaka.

"Fråga honom."

Lars-Ove satte en sockerbit i munnen och satte kaffekoppen till läpparna.

"Spelar du poker?"

Arne hade sett hur man spelade poker på teve och han trodde att han skulle vara bättre än dem. När han var tretton år hade han lånat en bok på biblioteket och sedan spelat poker i ladugården. Det var bara han som spelade, men han brukade låtsas att han spelade mot två andra. Han hade blivit ertappad av sin mor, som bränt boken och kortspelet i spisen. Djävulens verk sa hon och sedan hade hon skrattat som hon hade tyckt att det hon sa var roligt.

"Jag spelar inte, men jag kan reglerna."

Lars-Ove vände sig mot Acke och höjde menande upp ögonbrynen. Acke reste sig upp och klappade Arne på axeln.

"Det är bra. Mitt hem, i kväll. Poker. Ta med dig mynt."

Arne hade aldrig varit hemma hos någon arbetskamrat, om han inte räknade med gången han stått i farstun hos Lars, Magnus pappa, den gången de blivit överraskade av regnet och fick åka hem för att byta om. Hur skulle han koncentrera sig på jobbet, när det kändes som om tusen fjärilar hade bosatt sig i hans mage och nu fladdrade runt uppe i halsen? Var det meningen att han skulle ta med sig något och vad skulle han göra om han blev tvungen att gå på toaletten? Han tyckte inte om att gå på främmande toaletter för ibland kunde de lukta illa. Köpcentrets toaletter luktade alltid urin. Magnus frågade flera gånger under dagen om han mådde bra och det gjorde han inte, men sa det inte till honom. Det var fånigt att må illa över en sådan sak, men det var det att umgås med människor utan att ha ett arbete att utföra. Det hade han aldrig gjort. Han borde kanske tacka nej.

Spegeln i badrummet skrattade åt honom och den hade moderns röst.

"Ingen älskar dig, inte ens jag. Men vi har ju varandra."

Han såg bättre ut efter klippningen och efter att ha köpt de nya kläderna, men han skulle inte kunna lura någon. Han var fortfarande samma person inuti.

Klockan var sju och han borde ha ätit middag, duschat och borstat tänderna. Sedan skulle han ha läst lite i Gotlands Allehanda och släckt lampan. Istället hade han spytt av nervositet. Bitar av lunchens Risifrutti och polarkaka hade kommit upp. Han skulle vara hos Acke halvåtta och om han åkte nu skulle han hitta till rätt adress i Gråbo i tid. När mor hade bröstcancer och låg på sjukhuset för att få dropp, hade han gått alla vägarna upp och ner i området, och även då hon låg inlagd med misstänkt propp i låren och när hon fick en stroke. Hon ville inte att han skulle åka hem utan hålla sig i närheten, så han promenerade genom Visby, gata upp och gata ner.

Han hade försökt ringa till Acke, för att säga att han inte mådde bra, men han hade inte svarat. Det var oartigt att inte komma om man inte ringde först. Han försökte intala sig själv att det skulle gå bra. Acke och Lars-Ove kunde vara mycket trevliga. Det var på tiden att de umgicks, för de hade jobbat tillsammans i tretton år nu. Han måste bara först titta in i toaletten och kontrollera att den inte luktade urin. Om den gjorde det skulle han ursäkta sig och gå hem efter två timmar. Längre än så skulle han inte kunna hålla sig om han räknade med minst en tjugominuters bilresa hem.

Det luktade rakvatten i Ackes tvårummare. En kvinna som presenterade sig som hans sambo öppnade dörren och släppte in honom. Hon slank in i sovrummet där han hörde högljudda skratt från en teve-apparat. Något kändes fel. Han kunde inte hitta till köket. Ackes och Lars-Oves röster var blandade med en främmande mansröst. I öppningen till köket blev han stående tills Acke höjde upp huvudet från kortleken.

"Slå dig ner, för fan! Vad ska du ha att dricka?"

Arne kunde tänka sig ett glas mjölk.

Den okände mannen som satt med en ölflaska i handen tittade upp mot honom med simmiga ögon.

"Är du Jehovas vittne? Det är bara de som har slips innanför en tröja. Du ser ju för fan ut som en korgosse."

Acke lade armen på mannens axel.

"Ta det lugnt med ölet. Det är Arne från jobbet."

Mannen lade ner sina kort på bordet och stirrade på honom med öppen mun. Han såg ut som en pilfink som gapade efter mat, med färgat brunt onaturligt hår och två svarta kindskägg som såg ut som någon hade klistrat dem där och två blanka svarta knappögon.

"Är det idioten från jobbet?"

Acke tittade ner på bordet och skrapade med tumnageln på en öletikett som fastnat på bordet.

"Lägg av Perra. Ta inte ut alla roligheter samtidigt."

Mannen som tydligen hette Perra log mot Arne och visade upp alla sina missfärgade tänder. Arne tyckte inte om honom. Det var något slugt och farligt med honom.

Acke bad honom sätta sig på hans vänstra sida mellan honom och Lars-Ove. Lars-Ove höjde sitt ölglas och skålade i luften. Acke hällde i det sista ur sin ölflaska och skrek bort mot sovrummet:

"Sol-Britt, vi har slut på öl!"

Kvinnan ryckte i sovrummets dörrhandtag och ställde sig i hallen:

"Kan du fan inte hämta från källar'n själv. Det är ditt öl."

"Men älskling, vad ska man ha källingi till om de inte kan göra smååärenden åt sin gubbe. Du vet att jag älskar dig"

Han kastade en slängkyss mot henne och hon fångade den med handen och förde den leende till sin mun.

När Sol-Britt hade gått ut skrattade Lars-Ove högt. Han skulle aldrig ha sagt till Eva att han älskade henne, i alla fall inte framför folk. Det kunde hon väl ändå fatta, för de hade hängt ihop i nästan ett år och det gjorde man inte om man hatade varandra. Nu var de inte ihop längre för hon hade hittat en mespropp som var smygbög, och det var tur att han inte hade sagt till henne att han älskade henne. Hon skulle ha blivit mallig och sedan skulle hon och hennes nya sambo skrattat åt honom bakom ryggen. Arne var säker på att Lars-Ove hade fel. Hans mamma hade inte älskat honom, men ändå hade de tillbringat alla lediga stunder med varandra. Hat var kanske att ta i. Mer som rädsla.

Lars-Ove lade sina händer på Ackes axlar, lutade sig framåt och stirrade honom stint i ögonen.

"Du kan inte skämma bort din kärring så där. Snart vill hon väl ha rosor också."

Acke lutade sig fram slog undan hans hand.

”Det är kanske därför du inte har en kärring.”

Lars-Ove satte sig tillrätta och höjde sitt glas.

”Ombyte förnöjer, fast det vet väl du inget om, som borrar i samma hål.”

Acke blev illröd i ansiktet, men sa ingenting. Han tog kortleken och blandade korten. Perra tittade på båda männen och slog näven i bordet.

”Vet ni vad det är för skillnad på en hora och en fru? Vet ni det? En hora skinnar ens plånbok, men en fru skinnar en på allt man äger och har. Tro mig, jag har varit gift två gånger och båda slutade med två tomma händer och en resväska. Allt jag ägde fick plats i en resväska.”

Hans ansikte skrynklades ihop av smärta och han lade huvudet på sin korthög och grät högljutt.

Arne kände sig obekväm bland de tre kortspelarna som tycktes ägna mer tid åt prat än åt kortspel. De turades om att klappa Perra på axeln och på skulderbladen och Sol-Britt kom mitt i allt och stack en nyöppnad ölflaska i Perras hand. Det tycktes ge mer effekt än de andras tröstord, för han tystnade och tog en klunk av ölet.

Perra torkade sina rödkantade ögon med en bit av sin smutsiga rutiga arbetarskjorta, som lämnade en grå rand under ögonen. Han snyftade till en sista gång och plirade nyfiket på Arne med sina svullna ögon.

”Har du en kärring? Är hon jobbig?”

Tre par ögon var på honom, tysta som om de väntade på en lång utläggning. Vad skulle han säga? Att hon var påhittad?

”Inte direkt jobbig, men hon är kvinna.”

De tre nickade i samförstånd och tittade på varandra. Det var dagens sanning.

"Kvinnor tycker inte om att saker ska vara som de är, utan vill alltid förändra någonting. De blir inte nöjda utan tjatar tills de får rätt och de har alltid rätt även när de har fel."

Arne tyckte inte att det räknades som att ljuga när han pratade allmänt om kvinnor, alltså de han kände till och hade hört talas om. Lena kunde till exempel vara som en blodigel på Magnus om han hade glömt göra någonting hon tyckte var viktigt. Hon kunde komma till jobbet och be honom erkänna att han med avsikt hade glömt hämta hennes mamma på flygplatsen så att hon fick ta taxi istället och förkortade sin vistelse med en vecka som hämnd.

Anna hade, innan förlossningen, skickat sms en gång i kvarten så att Petter till slut av "misstag" tappade mobiltelefonen i toastolen, vilket sedan gjorde att han missade den första delen av förlossningen, den långa väntan där inget hände mer än att hon öppnade sig centimeter för centimeter, av vad visste han inte. Det hade hon aldrig förlåtit honom för, trots att han hade köpt ett tunt guldhalsband med ett litet guldhjärta från Guldfynd som försoningsgåva. Då blev hon arg för att han köpte guld istället för blöjor, trots att han sa att den var på REA. Och sedan blev hon arg för att han köpte REA-varor till henne som om hon inte var värd mer.

Kvinnor verkade vara svåra att tillfredsställa och allt en man gjorde kunde uppfattas som fel och det kunde bero på humöret vilket som var fel. Det som var rätt en gång var fel nästa gång. Magnus hade muttrat något om PMS och Lars-Ove hade någon gång nämnt det hemska klimakteriet, som om det var en alien som intog kvinnorna i en viss ålder. Kvinnor var alltid i hormonell obalans och det var inte så lätt att veta när de var balanserade. Och frågade man dem fick man en örfil. Men hans Elisabeth stod över allt sådant. Hon var bestämd, men rättvis och visste hur saker och ting skulle vara. Hon visade inte alltid att hon älskade honom, men det kunde han lista ut att hon gjorde. Det var ju trots allt han som hade hittat på henne. Männen tittade häpet på varandra och brast ut i skratt.

”Skål på dig, Arne. Du är fan i mig den bästa kvinnokännaren i sällskapet. Kvinnor är jobbiga, men vi kan inte leva utan dem och de kan inte leva utan oss.”

Det var allt som blev sagt om kvinnor. De hade tömt ut sina hjärtan och nu var det kortspel för hela slanten. Acke delade ut under tystnad. Arnes kunskaper i det ädla spelet översteg de andras och han vann fyra gånger utav sex. Ingen av de andra blev ledsna när han tog alla mynten på bordet. Det var viktigare att spela än att vinna. Det och att dricka öl.

Klockan skulle slå ett när som helst. Katterna Jansson och Smulan hade varit och tiggt mat från deras bord flera gånger och Perra klagade på sin prostata och att det var därför han var tvungen att gå på toa en gång i kvarten. Det konstiga var att han luktade mer sprit när han kom tillbaka.

Sol-Britt hade suttit tyst i sovrummet där amerikanska såpaserier rullade på efter varandra på teven, men strax innan klockan var ett slog hon upp sovrumsdörren så att den slog in i hallväggen.

”Jag gav dig till klockan ett.”

Acke tittade på henne med en skamsen och plågad min.

”Älskling, vi är mitt inne i ett spel. Kan vi åtminstone få avsluta det?”

”Och hur länge tror du det tar?”

”Ja, se det vet ingen. Jag håller på att vinna för första gången ikväll.”

Sol-Britt satte armarna i kors, placerade benen brett isär och såg ut som om hon kunde kasta ut dem i trapphuset. Acke plockade snabbt ihop korten som de andra hade kastat på bordet. Perra kunde inte låta bli att säga något och fick Sol-Britts ilskna blickar på sig.

"Kärringen har sagt sitt. Nästa gång spelar vi hos dig Arne."

Arne protesterade. Han måste kolla med Elisabeth först. Han var ganska säker på att hon inte tyckte om att huset invaderades av män med bristande hygien och som stank av alkohol. Hon skulle inte alls bli glad. Hon skulle vara på jobbet när de spelade, men hon skulle inte tycka om att komma hem till ett hem med överfulla askkoppar och tomflaskor i diskhon. Då skulle de ha sitt första gräl.

Acke föreslog att de skulle vara hos Perra nästa gång, men det gick inte för han var inneboende hos sin syster och hennes två barn. Lars-Ove hade inga bord, stolar eller vardagsrumsmöbler. Vad hade hänt med dem? Han var inte riktigt säker på det. Antingen hade någon tagit dem eller så hade de bara råkat försvinna.

Arne log när han körde hem på den kolsvarta vägen som på några ställen, vid Bro grönsaker och Tingsbrogården där han svängde in, tändes upp av gatulyktor. Han hade haft en trevlig kväll vilket han inte hade trott. Man behövde inte ha så mycket gemensamt, bara man hittade på något, pratade om sina kvinnor och sedan hade vett att hålla tyst och inte pladdra när de andra inte gjorde det. Han var säker på att han inte skulle ha fått en inbjudan om han inte hade en flickvän. Tänk att en liten lögn, som den om Elisabeth, gav honom hans första vänner. Elisabeth skulle inte tycka om dem och det fick honom att känna sig illa till mods, som om hon hade bett honom att välja, dem eller henne. Hon skulle kunna tolerera Acke utan ölglaset i handen och kunde kanske tänka sig att byta virkmönster med Sol-Britt, men socialt umgänge vid grillen skulle det nog inte bli tal om.

8

Arne betraktade de tre tavlorna som föreställde Skuggfolket. De var obehagliga att se på, fick honom att må illa som om de sugits ner i hans tarmar där de låg och grodde och bidade sin tid. Han hade undvikit dem i flera år, och låtit bli att titta mot väggen där de hängde.

Några dagar efter hans tionde födelsedag kom en samekvinna på besök. Hon sa att hon hette Toini och var hans moster. Hon kom för att stanna under flera månader, månader som Arne helst ville glömma.

När Toini steg in i huset var det som om allt syre försvann ut genom de öppna springorna som på natten fick huset att klaga när blåsten tryckte in mot de små hålen. Alla möbler i huset, mattorna, Arne och allt annat som inte var fastspikat kröp närmare väggarna som om de försökte fly något de inte kunde se med blotta ögat. Hon hade två ögon, men en blå fläck mitt i pannan, det allvetande ögat som hon spände i en och var man inte tillräckligt snabb med fötterna kunde hon förutspå på vilket sätt man skulle lämna jordelivet: dag, tid och sätt. Elof, en i socknen, hade skrattat åt henne och sagt att de fått två trollpackor, Toini och Siv, till köpet av en i socknen. Det var de som låg bakom att mjölken "ruttnade". Utan omsvep sa hon att han skulle bli påkörd av en traktor, vilka däck den skulle ha, klockslag och dag. Och vad skulle han ut på vägen att göra när han skulle vara på fältet, men steg ut på vägen det gjorde han och dog det gjorde han också på utsatt tid. Arne ville vara ovetande om när han skulle dö, annars skulle han inte kunna leva återstoden av sitt liv utan att fundera över hur han skulle undgå sitt öde.

Toini var mors fem år äldre syster och de båda hade magiska krafter. Vad än folk sade trodde Arne att mor aldrig hade använt sina krafter på människor. Hon visste saker före de inträffade. Mor var same, vilket Arne fick veta av moster Toini. Mor hade växt upp i Luokta-Mava, men fått en fosterhemsplacering på Gotland av anledningar ingen visste något om, för alla som visste var döda för länge sedan. Toini hade inte gått samma öde till mötes för hon rymde hemifrån och bosatte sig med en tjugo år äldre man som inte hade frågat henne vad eller vem hon sprungit ifrån, så länge maten stod på bordet när han kom hem.

Siv hade hatat sina fosterföräldrar och önskat dem döda, men hon hade ärvt huset efter dem, det han nu bodde i. Mor hade sagt att det inte hade varit något fel på hennes riktiga föräldrar. De svenska myndigheterna höll inte med. De sa att de hade gett sig i lag med onda krafter och det var menligt för Siv. De tog henne långt bort från de älskade renarna, fjällen, älvarna och den rena luften. Gotland var fint på sitt sätt, men ingen förstod hur det drog i hennes hjärta varje vinter när de första snöflingorna föll till marken. Hon kunde stå vid fönstret och viska tyst på samiska, och inte ett nonsensspråk, det hade han förstått när han var tio år gammal.

Den mystiska Toini hade stått utanför dörren en dag och krävt att Arne skulle släppa in henne. På ryggen hade hon en björkkont spänd och resten av hennes tillhörigheter rymdes i hennes fickor, förutom ett inslaget paket som innehöll tavlorna, Skuggfolket 1, 2 och 3.

Den första ingav mer en känsla än ett synintryck. Den föreställde ett rum där ett barn låg och sov i en säng med täcket uppdraget till halsen. Från dörrspringan såg man en ljusglipa in till köket där modern torkade bordet med en kökstrasa. En skugga reste sig ur ett hörn och var i sin förvandling till att bli en högrest man. Modern stod med ryggen till och såg inte den växande faran i barnets rum.

Den andra målningen föreställde en lycklig familj på söndagspromenad med sin barnvagn. Från barnvagnens underrede flöt en obestämd mörk fläck som längre bak bildade ett barn som kröp iväg på stigen bakom dem. Barnet försvann bort från dem, medan föräldrarna spatserade vägen fram i den granrika skogen.

I den tredje tavlan var skuggfolket i fokus. De stirrade på en med ögon fulla av hat. En man och en tre kvinnor som var ritade som konturer, medan deras ögon var detaljerade och fingrarna knotiga. Mor sa att de inte tyckte om människor, för de hade glömt att de själva en gång varit levande.

Nu stod Arne vid tavlorna han undvikit i fyrtiotre år. Någon ville kanske köpa dem. Lena hade bett honom ta med sig några egna saker att sälja på loppis och då kom han att tänka på Skuggtavlorna i mors rum. Ramarna i sig kunde vara värda något. De var handgjorda och trots att de nu hade hängt där de hängde i fyra årtionden var det som om tidens tand inte hade påverkat dem. De var som nya. Den som ville köpa ramarna fick målningarna på köpet.

Arne tittade inte på dem när han satte händerna mot ramarna för att lyfta bort tavlorna från spikarna de hängde på. När den första tavlan inte ville lossna studerade han den förvånat och lyfte på underkanten. Den satt inte fast. Han gjorde ett nytt försök, och hans bestämdhet fick tavlan att spjärna emot med full kraft och den rörde sig inte en millimeter. Arne tyckte att det var fånigt, för så svag hade han inte blivit att han inte kunde lyfta en lätt tavla från väggen. Han gjorde ett försök med den andra tavlan. Det gick inte heller. Han blev inte förvånad när han inte kunde få loss den tredje tavlan.

Arne gick ner i källaren och plockade ner en hammare från lagerhyllan. Han gick upp igen, slog till spiken med hammaren som den tredje tavlan hängde på. Spiken trillade ner på golvet, snurrade och gled iväg under byrån där den stannade. Tavlan hängde kvar av egen viljekraft utan något att hänga sig fast vid. Blinkade skuggmannen i bilden åt honom? Han visade tänderna. Det var trolldom i bilderna och det hade han alltid vetat om. Han slog ner spikarna som de andra tavlorna hängde fast i och de rullade också in under mors byrå. Tavlorna hängde kvar på väggen trots att de inte borde.

Han tänkte inte gå från rummet utan att ta med sig något att sälja på den gamla flygplatsens loppis. Kvinnosaker hade han ingen användning för. Han öppnade mors garderob och tittade in. Det hängde tre klänningar där inne, som hon hade växlat mellan att använda tills hon dog, och ett par stallbyxor från tiden de hade haft grisen. Ett försök till självförsörjning, men som slutade med att den rymde till skogs. Det fanns en nedsliten resväska som med tiden fått en fin patina av nött läder. Den hade ett vackert lås som tjänade mer som prydnad än att hålla tjuvarna borta. Han drog ut den för att granska den på närmare håll. Mor hade aldrig använt resväskan, för de hade aldrig rest någonstans. Allt fanns på ön och det som inte fanns behövde man inte, för annars skulle det ha sålts på ön. Besinna var ett ord hon ofta använde och det betydde att man skulle tänka efter innan man gick åstad och förköpte sig på saker man trodde man behövde. Det var ofta Arne som fick besinna sig.

Med Lenas hjälp kunde han sälja resväskan på bakluckeloppiset. Hon kunde kanske sätta ett pris på väskan. Det var svårt att veta vad den kunde vara värd. På Toggas återvinningsbutik kunde små oanmärkningsvärda prylar betinga högre pris än sådant som var vackert och pråligt. Ju äldre desto dyrare och var det slitet fanns en historia bakom som var värd pengar.

Han lade väskan på sängen för att senare bära ner den till bilen. Han vände sig om för att dra i den valnötsbruna byråns lådor som gnisslande gav efter. Mor hade, trots att hon nått en hög ålder, samlat på sig förvånansvärt lite saker. Det fanns inget i översta lådan om man inte räknade med en knapp som hade kilat sig fast i en glipa mot lådkanten. I den andra lådan fanns det bara underkläder och en korsett. I den tredje lådan hittade han en trasig Bibel. På första sidan hade någon skrivit Axel Pettersson, men han visste inte vem det var. Mor hade varit tyst om släktingar och familjeförhållanden, men någon hade rivit ut flera sidor ur Bibeln och sedan skrynklat ihop dem till små bollar som låg utspridda i botten på lådan. Arne föste bort de rivna sidorna och fick då se att de dolde flera bokmärkesark. Varje ark bestod av ett flertal bokmärken med tecknade fjärilar av svenska fjärilsarter, och alla arken var kopior av varandra. På ett av arken saknades några bokmärken. De var av tjock kvalitet och var säkert mycket gamla för de hade gulnat och färgen på fjärilarna var nedtonade. De måste ha varit mors, men hon hade alltid hatat fjärilar. Arne hade tyckt om att sitta på trappan och måla av riktiga fjärilar, men mor tyckte att det var bortkastad tid. Om man inte målade som en konstnär var det inte lönt att måla och var han så förtjust i att måla kunde han gå och måla ladan. Hon hade fnyst åt alla hans teckningar föreställande fjärilar, några som var mer eller mindre verklighetstrogna och andra som han skapat i sin fantasi, som var vackrare än någon han någonsin hade sett.

Han skulle ta med sig dem, bokmärkena och resväskan. Det fanns inget annat att ta med från rummet, för de gamla slitna kläderna ville väl ingen ha och möblerna var alldeles för tunga och för stora för att få plats i bilen. Han skulle kunna lägga bokmärkena i resväskan och ta med sig dem ner till bilen.

Klockan närmade sig nio och han hade lovat Lena att vara där om en timme. Han skulle behöva stryka sin skjorta och kamma håret.

Fingrarna nuddade vid resväskans lås och locket flög upp och visade sitt innehåll. Väskan var inte tom. Den innehöll fem brev som var utspridda på botten. Någon hade rivit upp kuverten som såg mer strimlade ut än hela, men pappret inuti verkade vara oskadat. Han tittade på frimärkena på kuverten. De var alla daterade 1963, från mars till augusti. På poststämpeln stod det Edsbyn. Han visste inte var det låg, men det var i alla fall inte på Gotland.

Han drog ut ett papper och vek upp det. Det var ett vanligt linjerat papper som dragits loss från ett skrivblock. Arne hade varit tre år när brevet skrevs.

"Kära Siv, jag vet inte om du får det här brevet, men jag måste få tro att så är fallet. Du vet att jag inte är mycket till att skriva. Jag ville bara säga att jag har det bra här. Jag är nykter nu, sedan två veckor tillbaka. Inte en droppe till så länge jag lever. Spriten förstörde det mellan oss, men jag älskar dig och jag saknar dig och Arne."

Arne tog en paus i brevläsandet för han hade sett något i ögonvrån som smög utmed väggarna. Han sänkte brevet till knät och tittade sig omkring. Byråns lådor hade varit stängda, det var han helt säker på, men nu var alla utdragna. Han gick och stängde dem. Byrån kunde tippa över, göra stora märken på golvet och det skulle hans mor inte tycka om.

Han höll brevet på armlängds avstånd. Läsglasögonen låg kvar nere på vardagsrumsbordet.

"Jag har inte fått fast jobb. De flesta arbetar inte på orten, men det finns en som har lovat mig skjuts in till Gävle varje dag om jag får ett arbete. När jag har ordnat upp här kan du och Arne komma och hälsa på. Vi kan börja om här."

Brevet avslutades inte med en avskedsfras utan var undertecknat med Hugo Vindby. Hans far "den där jäveln" Vindby. Han hade flyttat från Gotland och kanske trott att hon skulle följa efter honom. Det stod att han ville att de skulle börja om i Edsbyn.

Arne strök med fingrarna över bläcket, det närmaste han kunde komma sin far, för han skulle ha varit runt hundra år om han hade levt. Klockan var kvart över nio och han måste skynda sig, för han hade lovat Lena att vara på plats på Visbys gamla flygplats senast klockan tio. Han måste bara läsa ett brev till. Han tog det som var daterat augusti och den sista i brevsviten. Far började inte brevet med "kära Siv".

"Siv, det här är sista brevet jag skriver till dig. Jag har förstått att du inte vill veta av mig. Du har inte skrivit eller ringt till mig en enda gång. Du har kanske hittat en ny man och det hoppas jag för Arnes skull. Det är inte bra att växa upp utan en man i huset som lär honom ett och annat. Jag betalar inte en endaste penning till er så att du vet. Duger jag inte åt fröken Pettersson, duger säkert inte mina pengar heller. Så länge jag lever."

Arne vek ihop pappret och försökte stoppa in det i kuvertet men något tog emot. Det låg ett annat papper i kuvertet. Han drog fram det. En gulnad dödsannons. *"Hugo Vindby, född i Edsbyn 3 september 1913, död i Edsbyn 1 september*

1963." Han hade dött tre dagar efter att han hade skickat brevet. Annonsen var klippt från en tidning, men det stod inget om efterlevande. Det var som om någon bara hade velat tillkännage hans död och inget mer.

Fönstret slog upp och en kall vindpust drog genom rummet. De tre Skuggtavlorna rörde sig och svängde i vinden, men ramlade inte ner. Arne reste sig upp för att stänga fönstret. Han frös och hade bråttom att komma iväg. Det blåste inte där ute, för han såg inte att grenarna på aspen rörde sig och inte heller i brakvedsbuskarna tycktes någon vind fortplanta sig. Det blåste bara runt fönstret och Arne spjärnade med fötterna mot elementet och försökte stänga till det. Medan han drog i fönsterhasparna allt vad han orkade såg han att en vind lyfte upp breven, men som lät bokmärkena ligga kvar på sängen. Vinden förde breven bort till fönstret. Arne kunde inte göra så mycket mer än att hålla sig fast i fönsterhasparna och se hur breven flög till väders allt högre upp över grannens skorsten och ut i fjärran. Då räckte Arnes krafter plötsligt till och fönstren drogs igen så hastigt att han föll ner på golvet.

Han reste sig upp och sprang ut ur rummet. Han var egentligen inte rädd, värre saker hade hänt i hans liv. Han ville bara inte bli föremål för någons ilska, för allt han rörde vid tycktes ha sin egen kraft och vilja. Han hade velat läsa de andra breven och kanske läsa dem han redan hade läst en gång till, men någon ville inte det. Han skulle ha lärt sig förstå sin mor och vad som hade format henne till den hon var.

Arne stod kvar utanför rummet och tittade bort mot sängen där resväskan och bokmärkena låg kvar. Han kunde sälja bokmärkena på loppis, men han tyckte om dem. Han gick fram till sängen och tittade på dem. Det saknades tre bokmärken på ett av arken och han tittade på de andra arken för att se vilka som saknades. Det fanns ingen sorgmantel, grönsnabbvinge eller påfågelsöga. Tre vanliga fjärilsarter i Sverige. Mor kan ha ge dem till någon annan flicka när hon var liten, men hon hade aldrig gett bort något. Hon hade dem hellre i byrålådan under sönderrivna bibeltexter än lät någon annan få dem. Arne hade aldrig sett dem, men så hade han inte heller dragit ut byrålådan och sett vad den innehöll.

Han skulle bara ta med sig resväskan och lägga tillbaka bokmärkena i byrån. Han tittade sig omkring, inga flygande föremål var på väg mot honom. Han tog snabbt bokmärkena från sängen och skjuvade in dem i lådan genom en liten öppning. Sedan stängde han resväskan och lyfte upp den. Vid dörren tog det stopp. Arne satte foten i hallen utanför rummet och drog i resväskan. Den följde inte med genom öppningen. Det var som om luften hade fått en tjockare densitet och blivit trög. Han släppte taget och väskan föll till golvet. Han tog ett nytt kliv och försökte skjuva ut den, men vid tröskeln tog det stopp igen.

Han stirrade på resväskan och försökte komma underfund med vad det var för fysikalisk lag som gjorde att han inte kunde ta ut den från rummet. Han tog hårborsten som hade legat på byrån och slungade den mot dörröppningen. Den slog mot något osynligt och ramlade mot golvet. Han prövade med en pillerburk med samma resultat. Var det så med alla föremål? Han drog ut sin fickkam ur bakfickan och slängde ut den i hallen där den landade i en pelargoniekruka. Han drog loss en strumpa från foten, slungade ut den och den hamnade på fönsterbänken i hallen. Hans saker gick igenom, men inget av mors. Han tittade på klockan och bestämde sig för att det var färdigfunderat. Ville inte mors saker bli sålda, så ville de inte.

Medan han gick ut till bilen iklädd en ostrykt skjorta, som fick honom att känna sig som om han hade begått ett stort brott, kom han på att när mor hade levt hade han inte heller kunnat ta ut saker från hennes rum. Hon hade alltid protesterat, för saker och ting skulle vara där de alltid hade varit. Hon bytte själv sina lakan och örngott utom de sista åren då hon blivit sängliggande. Hon hade inte tyckt om det, men tillåtit det samtidigt som hon protesterade på vilket sätt han vek sängkläderna. Det var fel, fel, fel.

Lena väntade vid parkeringen utanför den inhägnade gräsmattan. Hon vinkade fram honom och pekade på den tomma parkeringsplatsen bredvid hennes bil.

"Kan du hjälpa mig att få de här på plats?"

Hon pekade på trälådorna som fanns i bakluckan och vid baksätet. På taket låg en hopsurrad matta som vilade mellan de två relingarna.

"Det kommer att bli en fin dag", sa hon och pekade upp mot den molnfria himlen.

De hade fått bordet längst bort bredvid en röd Volvo. En äldre dam med grått och krulligt hår hade placerat ett bord mot baken på sin bil och en stor schäfer satt inne i bilen och flåsade med tungan hängande ut. Hon tittade nyfiket på vad Arne och Lena hade att sälja och visade sedan sitt. Gamla spruckna krukor, världslexikon, en hög med Allerstidningar, bordsdukar av linne och en Singermaskin.

Elliot låg i barnvagnen och gurglade förnöjt med alla fingrarna i munnen samtidigt som det rann saliv ur mungiporna. Arne kittlade honom på magen och Elliot svarade med att tystna, stirra på honom, le och sedan gurgla igen.

Han hade inte haft något emot barn, men han hade aldrig blivit en far. Han kunde ha gift sig med Märta, men hon flyttade till Norge. Han kunde låtsas att han och Elisabeth hade ett barn, men det var betydligt svårare att låtsas fram ett barn än en kvinna som alltid befann sig på jobbet om någon undrade. Dessutom var Elisabeth 48 år och det var ingen bra ålder för en förstföderska. Han skulle inte ta upp barnfrågan med henne och det skulle han ju inte, för hon fanns inte på riktigt.

Flera försäljare hade lagt upp sina saker på borden. Några hade lagt dem i plastlådor direkt på gräsmattan eller på stora presenningar där de bredde ut allt som de inte längre ville ha kvar. Lena tittade nyfiket bort mot bordet mittemot. Det fanns högar med bebiskläder, så om Arne kunde passa bordet en stund kunde hon ta sig en titt. Och han skulle komma ihåg att inget fick tas på krita och att det var kontant betalning som gällde och ingen byteshandel.

Ruljangsen var igång och en strid ström av köplystna människor stannade till vid deras bord. Några snörpte på munnen och gick vidare, medan andra stannade kvar en extra stund, lyfte på saker, funderade medan de värderade föremålen mellan tummen och pekfingret innan de slog till. Arne kliade sig i nacken där en rännil med svett gjorde livet extra besvärligt. Han torkade sig i pannan med skjortärmen och försökte härma de andra försäljarna. Han hade aldrig varit på bakluckeloppis och än mindre sålt på en sådan. Lena skulle inte komma till bordet på ett bra tag, för det verkade som om hon köpslog med kvinnan som hade barnkläderna. Arne märkte att de andra försäljarna bara nickade kort mot de presumtiva köparna och lät bli att låta ivriga på rösten. Först när kunden stod med plånboken i handen reste de sig upp och började leta efter en plastpåse att lägga varan i.

”Vad ska du ha för den?”

En man stod mittemot honom lutad mot sin rullator. Han pekade på kopparföremålet, ett sockerskrin i hamrad metall. Han vände på den och frågade efter priset. Lena hade inte satt något pris. Nu skulle han förstöra det för henne. Han hade alltid varit en klant, skulle alltid vara det och Lena skulle bli arg. Först för att han inte sålde den när chansen gavs och sedan till fel pris. Han tittade bort mot Lena som stod med ryggen vänd och hade Elliot på sin axel.

”Nå, vad ska du ha för den?”

Var 150 kr för mycket eller kanske för lite?

”150 kronor.”

”Det är alldeles för mycket. Du får 140 kronor.”

Arne visste inte vad han skulle säga, men det behövde han inte tänka på för schäferkvinnan som presenterat sig som Gunilla kom till undsättning.

”Det blir bra.”

Mannen betalade och lade den i korgen på rullatorn och gick vidare. Gunilla tog honom avsides.

”Du måste vara bestämd i tonen och inte dröja för länge med svaret. Här går handeln snabbt eller så går den inte alls. Lägg ett högre pris än vad som är det minsta du kan tänka dig så går det som smort. Du har visst aldrig sålt förut? Alla metoder är bra utom de dåliga. Det viktiga är att du inte kommer hem med skiten. Sälj till vilket pris som helst. Sakerna skulle ändå ha hamnat på tippen, men de får en ny chans att hitta ett hem.”

Hans mor skulle aldrig ha sagt något sådant. Det fanns bara en metod och det var hennes sätt, vilket hon aldrig avslöjade i förväg. Hon ändrade sig konstant, så att han aldrig fick chansen att lära sig utan fick utskällningar för att han gjorde fel. Här, för första gången, fanns inga fel. Nu förstod han vad begreppet "alla vägar leder till Roma" innebar. Det spelade ingen roll hur man gjorde, för det blev rätt ändå. Det skulle han pröva med disken nästa gång. Det viktiga var inte hur man gjorde det utan att man gjorde det. Disken skulle bara bli ren och det spelade ingen roll om man tog kastrullerna eller tallrikarna först. Det var sant när han tänkte efter.

Lena hade ännu inte kommit tillbaka, trots att hon hade lovat att bara köpa barnkläderna. Hon och barnvagnen med Elliot syntes inte till.

"Vad ska du ha för den?"

En brunhårig flicka som inte kunde vara mer än fem år undrade vad han tog för den lilla katten som låg och sov. Den såg äkta ut, som en riktig katt, fast i miniatyr.

"Tjugo kronor."

Flickan sprang bort till en kvinna som stod vid ett annat stånd och ryckte i hennes kofta. Med en tjuga flaxande i sin hand kom hon tillbaka och gav den till Arne.

Han tyckte att det var roligt och önskade nästan att Lena inte skulle komma tillbaka. Han hade aldrig tänkt på att han kunde vara en försäljare. Han trodde att det enda han någonsin kunde bli var målare. Och han hade lärt sig nya saker. Han hade lärt sig att säga saker som: "De kostar femtio kronor styck, men du kan få alla tre för hundra." Alla tyckte om att göra fynd och gav han dem ett oemotståndligt erbjudande såg de sig nyfiket om och funderade på fler saker de kunde köpa i klump. Gunilla satte tummen upp och log när ett äldre par kånkade på två trälådor fulla med böcker. Arne hade fått tvåhundra för dem.

Arne kunde inte förstå varför människor ville köpa på sig fler saker, trots att de uppenbarligen ville bli av med sina gamla saker som de sålde ut till vrakpris. Om man redan hade så mycket varför skulle man ha mer? När han såg en cd-spelare på ett bord, några meter bort, glömde han själv bort vad han precis hade tänkt. Den ropade på honom.

Lena kom tillbaka och hon förklarade att hon varit och ammat Elliot, bytt blöjor på honom och sedan stött på en gammal klasskamrat från västkusten som hade flyttat till Gotland för att varva ner. Arne bad att få ta en kort paus för han behövde gå på toaletten och köpa den där cd-spelaren innan någon hann före. Lena öppnade kassaskrinet och ropade till.

"Nämen, vad du är duktig. Du är ju riktigt bra på det här. Bröt du armen på dem?"

Arne lade handen på bröstkorgen, hjärtat slog dubbelvolter och tryckte mot revbenen. Han måste besinna sig. Var det verkligen nödvändigt med en cd-spelare? Han hade ju inte behövt en sådan i fem årtionden så varför skulle han köpa en nu? Men, han måste bara ha den. Just den, för hjärtat slog hårt och sa rent och klart: "Arne, nu skärper du dig. Du går rakt fram och gör slag i saken."

Han tittade artigt på de andra föremålen. Hans ögon gick kors och tvärs över bordet och han försökte låta bli att fastna med blicken på cd-spelaren utan lät den snabbt glida förbi. Han tog till och med upp några mynt från en myntsamling och hummade intresserat innan han lade dem tillbaka. När han sedan kom till cd-spelaren pratade han högt ut i luften samtidigt som han försökte låta ointresserad, som om bara ett lågt pris skulle få honom att köpa den.

"Va'ska du ha för den?"

Kvinnan reste sig inte upp utan satt kvar på sin campingstol.

"200."

Arne skulle gladeligen ha köpt den för dubbla priset.

"Jag tar den för 180."

Han fick den för 190 kronor och som bonus på köpet fanns det en cd-skiva i spelaren med bästa countryhitsen av Jill Johnson. Hon som sålde spelaren tyckte inte om countrymusik. Den hade tillhört hennes exmake så Arne fick göra vad han ville med den. Elisabeth skulle tycka om den och därför skulle han lyssna igenom hela skivan när han kom hem. Sedan kom han på att det kunde han inte, för det var en som skulle protestera. Hans mor, och det fanns bara en sak att göra åt det.

Klockan fyra packade de ihop och Lena kunde stolt meddela att de sålt allting utom ett par gardiner från 60-talet och som hade två stora hål som hon inte hade sett förrän hon hade packat upp dem. Det var ingen större förlust. Hon skulle ta dem till återvinningsstationen på måndag. Arne fick trehundra kronor av Lena för att han hade ställt upp trots att han tackade nej till pengarna. Hon tryckte bara in dem i hans hand och försvann in i sin bil.

Han hade mött trevliga människor idag och hade inte drabbats av tunghäfta. Några hade varit riktigt trevliga och några hade skojat med honom som om han hade varit som vanligt folk. Lena hade tackat för det trevliga sällskapet och om Elisabeth kunde tänka sig att låna ut sin man fler gånger till bakluckeloppis skulle hon bli mycket glad.

Vid trappan till huset blev han stående och tittade upp mot mors sovrumsfönster som alltid var försjunket i mörker, till och med mitt på dagen. Hon skulle inte bli glad. Han ryckte på axlarna. Hon var faktiskt död och bodde inte där längre. Det var bara för henne att förstå det en gång för alla. Han skulle vara bestämd och inte tveka för en sekund.

Hallen låg i skuggor och var obestämd i sina konturer, men Arne klarnade sin hals och ropade bort mot trapporna.

"Jag bor här och det här är mitt hem. Jag har köpt en cd-spelare och jag tänker lyssna på musik."

Ingen svarade, men han kunde känna missnöjet. Sonen hade för första gången blivit trotsig och sagt emot. Hon hade sitt rum, men han hade resten av huset och det skulle han fylla med countrymusik. Vad skulle huset säga om det? Skulle det tycka om den glädjefulla musiken?

Han ställde cd-spelaren på köksborden, stoppade sladden i eluttaget och tryckte på play. De hade en likadan cd-spelare på jobbet. Countrymusiken flöt ut ur spelaren och landade på Arnes fötter som stampade i takt med låten.

Han tittade sig omkring i köket med nya ögon. Han hade glömt bort att diska innan han åkte och hans mor hade bråkat som vanligt om det. Nu fyllde han diskhon med vatten och diskmedel och gnuggade första bästa föremål som hans hand hittade under vattnet. Han tänkte inte fundera på vad han skulle diska först. Det gick betydligt snabbare om man inte tänkte så mycket utan bara diskade. Och det gick ännu snabbare när fötterna tycktes ha drabbats av dansfeber.

9

Arne hade drömt om Elisabeth. Just när hon vinkade adjö och steg in i sin röda Toyota och han själv stod vid trappan och vinkade tillbaka, vaknade han abrupt och reste sig förvirrat upp. Han hade blivit väckt av en parfymdoft som stack till i näsan. Han låg kvar en stund med täcket uppdraget till midjan och undrade vad som hade väckt honom. Hans mor hade aldrig burit parfym och när hon luktade var det antingen svett, matos, eller Barnängens tvål som hon använde till kroppen och håret. Doften han blivit väckt av var annorlunda. Parfymen var söt och tung på ett efterhängset sätt och lika mogen som höstlöv och vinteräpplen. Var det Elisabeths parfym eller lurades hans hjärna? Han kunde ännu känna doften trots att han var klarvaken. Han reste sig upp och med tårna trevade han efter tofflorna under sängen, följde doften till vardagsrummet, köket och ut i hallen.

Förvånat stirrade han på de torkade jordkakorna som verkade ha formats av en sulas avtryck och som sedan i en hastig rörelse skakats av skorna till små bruna pusselbitar, som när någon gick från hallen och ut genom dörren. Han hämtade sopskyffeln och borstade upp dem. Sedan drog han ut en köksstol, satte sig och tittade ut genom fönstret.

Vad var det för däckspår bredvid hans bil, som om någon hade kört fast på gräsmattan och sedan sladdat med bilen medan den backades ut?

Drömmen hade varit så verklig att han kunde ha tagit på den. Den kändes i hans kropp hur hans händer hade vandrat över hennes ryggrad. Hon hade ont i ländryggen och ville att Arne skulle känna efter var muskelknutarna satt, knåda varsamt med fingertopparna och sedan med hela handen. Elisabeths kropp hade varit varm och lyssnat till hans händers rörelser. I drömmen hade han blivit så nervös att han hade stelnat till när hon bad honom röra henne. Händerna skakade när han lade dem på hennes rygg, alldeles svettiga som när han som femtonåring bjöd Märta upp till dans. Elisabeth märkte inte av hans fumlighet utan stötte ut läten och spann som en katt under hans fingrar.

Det var första gången han hade drömt eller ens i verkligheten legat så nära en kvinna. När han var yngre hade Märta ibland satt sig bredvid honom på en parkbänk, sedan försiktigt hasat sig mot honom tills deras kroppar hade fått kontakt. Han hade känt hennes nakna lår under den plisserade rutiga kjolen, men aldrig att han hade legat naken bredvid en kvinna och så nära ett par bröst. Elisabeths mjuka och runda kropp hade gjort honom upphetsad. Han hade varit tvungen att flytta sig längre bort från henne, för hans underdel gjorde sig påmind och kalsongerna spände under pyjamasbyxorna. Om det skulle bli fler drömmar av det här slaget tänkte han köpa ett par boxerkalsonger från Dressman som han hade funderat på, men inte köpt.

Elisabeth hade duschat och sedan stannat till i köket för att skaka av sig vattnet från det blöta håret. Hon ville inte vira handduken om huvudet utan skrattande iakttog hon vattendropparna hon hade ruskat av sig som nu glimrade på kristallkaraffen som stod på köksbordet. Hans dagstidning hade blivit blöt, men han var inte arg, för det skulle torka upp. När hon såg cd-spelaren hejdade hon sig i sin regndans och lyfte upp den.

"Nämen, här var den inte i morse. Var har du fått tag på den?"

Arne gick fram till den, tryckte på eject och cd-skivan med Jill Johnssons bästa trycktes ut.

"Jag köpte den på bakluckeloppiset."

Hon log och tryckte tillbaka cd-skivan som roterade under det genomskinliga locket.

"Jag är ledsen att jag inte kunde komma. Jag hade verkligen velat träffa Lena, men det var för kort varsel. Chefen blir inte glad om jag ställer till det för henne, en fastlänning som jag som fått fast jobb här trots att många är arbetslösa. Jag borde vara tacksam för att jag fick nattskiftet, men efter semestern ska jag be att få byta till dagtid. Hur ska vi annars kunna träffas."

Hon tryckte på play och musiken vibrerade ut i köket. Elisabeth var inte nöjd utan skruvade upp volymen. När hon böjde sig framåt tittade Arne på den mjuka bakdelen där nattlinnet hade fastnat i mittenskåran. Hennes kvinnlighet doldes i det nötta nattlinnet men när hon rörde sig kunde han se konturerna av hennes kropp. I halsgropen glimrade ett guldhjärta och nattlinnet var så uttänjt i halsringningen att han såg ner till de mjuka brösten som låg som varma kuddar mot hennes revben. Elisabeth märkte att han tittade på henne och log med sina vita tänder när hon vände sig om mot honom. Han kunde se kärleken lysa i hennes ögon när deras ögon möttes. Hon drog loss ett svart tjockt gummiband hon haft runt sin handled och snodde ihop håret till en hästsvans. I morgondiset såg hon ut att vara tjugo år och inte fyrtioåtta. Hon bugade sig tillgjort framför honom.

"Får jag lov?"

Han tittade ner på hennes händer som hon sträckte fram. Hon hade inte målat naglarna men han visste att hon tyckte om att måla dem röda när hon var ledig.

"Jag vet inte hur man dansar till den här låten", sa han och log osäkert.

Hon viftade med händerna och grabbade tag i hans.

"Äh, det är faktiskt inte så noga. Det är viktigast att vi rör oss i cirklar och skakar på fötterna."

Arne protesterade, för det fanns ingen plats i köket att dansa på. Det var en och en halv meter mellan köksbordet och diskbänken, det hade han mätt en gång. På bänken bakom bordet fanns det flera lerkrukor med buskiga pelargonior som riskerade att åka ner på golvet.

"Jag vet inte om mor skulle tycka om det. Hon skulle kalla det vådligt."

Det skulle hon inte alls ha sagt. Hon skulle ha kallat Elisabeth för en hynda. En löpsk tik som får alla män att titta på henne med det där röda iögonenfallande håret och som leder till hjärtesorg för gifta kvinnor när männen cirkulerade runt henne med deras glupska blickar.

Elisabeth snurrade runt med honom i det trånga utrymmet. Hon var mycket stark för att vara kvinna och förstod inte innebörden av ett vänligt nej.

"Vet du inte om att hon är död? Hon kan inte ha något emot det, för hon lever inte. Jag vill leva och dansa med dig Arne. Det är inget fel med det."

Drömmen hade varit så levande. Han ställde sig på trappan och observerade däckspåren i leran bredvid sin bil. Två linjer som om någon hade trampat på gaspedalen, fått däcken att spinna en stund och sedan backat ut till vägen.

Elisabeth hade rätt. Hans mor levde inte längre, men han var inte riktigt övertygad om den saken. Hennes kropp hade begravts men vad gällde hennes ande besatte den hennes gamla rum på andra våningen. Hur skulle han övertyga sin mor om att lämna hemmet? Hon verkade inte vara så glad över förändringarna, det hade han märkt. Han kom att tänka på Skuggtavlorna där uppe. Han fyllde kaffepannan med vatten och satte på spisplattan.

På väg upp till mors rum hann Arne tänka både en och fler tankar och allt rörde sig kring hans mentala hälsa. Han hade börjat hallucinera i verkligheten och i sina drömmar. Han borde boka tid hos doktorn. Det kändes som om allt flöt ihop och han var inte helt säker på om han visste skillnaden mellan fantasi och verklighet.

När han stod utanför sin mors rum som var sänkt i mörker trots att solen sken in mellan de isärdragna gardinerna, fick han lust att nypa sig i armen. Det var inte lönt att gå in i rummet om han fortfarande drömde, för det hände obehagliga saker i rummet. Han sträckte ut handen och tände lampan. Ljuset från lampan orkade inte lysa upp rummet utan bildade en rund cirkel som sträckte sig en halv meter i diameter från ljuskällan. Det var som om rummet var täckt av svart sotdis som tillfälligt skingrats kring lampan.

Han nöp sig hårt i armen och hoppade till av smärtan. Ja, han var vaken. Varför hade han inte fått loss Skuggtavlorna? De var kvar på väggen, och de hängde på sina tavelsnören på spikarna. Han hade inte satt upp spikarna igår. Han böjde sig ner och tittade under byrån där spikarna hade rullat in, sträckte ut sin hand under byrån och sopade med handflatan. Det fanns ingenting där nere utom damm. En av spikarna hade böjt sig, men de såg nya ut. Han hade kanske drömt ändå, kände det växande obehaget i magen, men gick ändå fram till tavlorna och lyfte på en av ramarna. Den satt inte fast, men när han försökte lyfta av den från spiken spjärnade den emot. Han tog bort handen från tavlan. Ramen slog mot väggen med en mjuk duns när den lade sig ner för att vila mot väggen.

Toini hade målat dem och han hade sett vad hon kunde göra. Märkliga saker hade hänt månaderna hon varit hos dem. Saker rörde sig i huset, som om de hade egna ben att gå på och han vaknade till flera gånger om nätterna för att han hörde främmande människor prata och skratta högljutt.

Han öppnade garderoben och hittade resväskan. Han drog ut den och knäppte upp låset. Breven låg inte kvar där. Han hade sett dem flyga ut genom fönstret, men märkligare saker hände ju i rummet. Att de flög ut kunde ha varit en del av drömmen.

Han kom att tänka på kaffepannan på spisplattan, stängde väskan, tryckte in den i garderoben och skyndade sig ner.

Vattnet kokade inte riktigt än, men de första bubblorna letade sig upp från botten av pannan och steg upp till ytan där de löstes upp. Ur matskafferiet plockade han fram kaffeburken. Den var nästan tom och han sträckte sig efter ett oöppnat paket längre bak på hyllan. Den såg inte ut som den han brukade köpa. Löfbergs lila. Han köpte alltid Gevalia, för mor drack bara den sorten. Själv föredrog han Löfbergs och var glad för att han hade tagit fel i matbutiken. Mor bestämde inte längre vilket kaffe han skulle dricka, för hon var död.

Arne stängde skafferiets dörr, men öppnade den igen. Något hade fångat hans uppmärksamhet. Ett paket havrekuddar som dessutom var öppnad. Hälften av innehållet var uppätet och han var helt säker på att han inte hade ätit av den. Han åt mackor till frukost och det hade han alltid gjort.

Han väcktes ur sina dagdrömmar när det pep i kaffepannan, som en dov tågvissla, och han lade tillbaka flingpaketet. Han öppnade locket på kaffeburken och mätte upp två rågade mått med grovmalet kaffepulver som han hällde i pannan och lät den sedan sjuda upp igen innan han sköt den åt sidan.

Den där Elisabeth. Hans kinder blev röda när han tänkte på henne. Man skulle kunna tro att han hade gått och blivit kär i en låtsasperson. Det hade aldrig hänt honom tidigare, att bli kär i någon som inte existerade, men det var svårt att motstå hennes charm. Tänk om hon hade funnits i verkligheten. Då skulle de just nu diskutera vad de skulle göra på julsemestern.

Arne skulle ha föreslagit att de skulle cykla runt Fårö och tälta på olika platser varje natt. Kanske rentav tälta vid fyren på Norsta Auren, men inte för nära vattnet där det blåste för hårt, utan vid skogsbrynet. Men ändå tillräckligt nära vattenbrynet så att vinden kunde fånga upp doften av hav och tång bort till den öppna tältingången. Men så var det hennes släkt i Århus. Elisabeth tyckte att de borde åka dit för att presentera honom för familjen. Det tyckte inte Arne. Var det lönt att så här tidigt, i början av deras förhållande, utsätta dem för den påfrestning klanen von Überhausen innebar? De kände sig förmer än andra människor och de skulle inte tycka om Arne, en oäkting och son till en samekvinna och en alkoholiserad kvinnokarl som var gift med en annan kvinna. Det värsta var ändå att Arne var arbetarklass. Han var inte ens nyrik, vilket de hade kunnat förlåta honom för.

Elisabeth var en utbildad sjuksköterska och kunde ha läst till distriktssköterska eller barnmorska och gift sig med någon med bättre yrke än en målare. En advokat eller läkare med stamtavla. Familjen hade tjatat på att få träffa Arne och hon kunde inte säga nej till dem. Det var därför hon hade flyttat till Gotland, långt från familjen. De skulle inte sätta sin fot här för de hade bestämt att Gotland inte var något för dem.

Elisabeth ville leva sitt eget liv utan att bli styrd av det hon borde göra för sin familjs skull. Som barn hade hon trott att hon var adopterad, för ingen hade hennes röda hår och fräkniga kropp. Lillasyster Ingrid var blond och sval som deras mor Klara. Från vem hade Elisabeth ärvt sin bastanta kropp och den massiva benstommen? Alla andra i släkten var finlemmade och hade höga kindben i aristokratiska ansikten. Tidigt i livet hade hon bestämt sig för att bli bondkvinna, men det fick hon inte. Hon fick inte gräva efter mask i komposthögar, meta i näckrosdammen eller odla potatis bland de prisbelönta rosorna. Sådant gjorde man inte i deras familj. En kvinna skulle lära sig konversera på franska, hålla tyst på danska och nicka intresserat när en man talade, ta piano- och fiollektioner, för det kunde ju hända att man blev ombedd att spela en liten trudelutt innan middagen.

En kvinna skulle inte vara smartare än sin man, och de grämde sig fortfarande över den dagen de mätte hennes IQ som visade sig vara 140. Då rev de sönder testresultatet. Det var en stor skam och ingen skulle få veta. Hon skulle absolut inte få briljera på sin mans bekostnad.

Elisabeth hade när hon träffade Arne tre brutna förlovningar bakom sig. Hon hade blivit uppmuntrad och påtvingad av familjen att göra det enda rätta, att skaffa en liten familj av arvtagare och arvtagerskor. När hon hade passerat de fyrtio hade familjen tappat sitt intresse för henne och hennes skrumpna äggstockar och lagt all uppmärksamhet på lillasyster Ingrid som var så vacker att klockorna stannade. Hon skulle ha kommit med i Miss

Universum om inte familjen hade stoppat henne. Ingrid var dum som ett spån, inte en dålig egenskap i deras familj om man var kvinna, och hade inga önskningar i livet mer än att gifta sig rikt, spela tennis och göra som mamma och pappa sa. I deras familj kom skönhet och intelligens i två separata paket. Ingrid var vacker och Elisabeth smart och den första egenskapen var den som uppskattades mest i familjen von Überhausen.

Mitt under en middag, då det serverades rådjurssadel från ett djur som hennes far själv hade skjutit på deras tomt, berättade hon att hon hade fått ett jobberbjudande på Gotland. Hon nämnde inte att hon själv hade sökt tjänsten, för då skulle de aldrig ha förlåtit henne. I Stockholm, där hon tidigare hade arbetat och bott, fanns åtminstone den svenska societeten, men på Gotland fanns inget mer än kilometervis av strand. På sommaren var ön en turisthåla och resten av året en håla.

Nej, Århus fick vänta till ett annat år om Elisabeth inte ångrade sig för att hon var tvungen att träffa sin familj. Ingrid hade vid trettiofemårsålder träffat en man som hade klass, pengar och de rätta kontakterna. Elisabeth snörpte på munnen när han kom på tal. Hon ville inte säga vem han var, mer än att han var en idiot med en massa pengar. Han och Ingrid skulle passa bra ihop. Förlovningsringar hade redan växlats och det var sannolikt att de skulle hålla ett litet vinterbröllop för de tvåhundra närmaste. Ingrid blev inte yngre hon heller, trots att hon botoxade pannan, lyfte upp kinderna och brösten. Mor och far ville så snart som möjligt höra trippet och trappet av små barnaskor.

Ordet sambo tyckte de inte heller om. Arne och Elisabeth hade blivit sammanboende, i alla fall i hans dröm.

Det var vanligt nuförtiden att inte gifta sig, om man inte hette von Überhausen.

Arne hade en ledig dag idag. Han hade många semesterdagar kvar att ta ut. Det fanns inga pågående projekt på jobbet och Arne valde att ta ut semester istället för att rensa lagret. Magnus hade undrat vad han skulle göra, om han hade planerat något romantiskt med Elisabeth. Arne hade inte vetat vad han skulle svara. Han hade sagt att han skulle till begravningsbyrån och att Elisabeth jobbade kväll och natt, och ville inte kliva upp tidigt för att spåra en borttappad gravsten.

Arne bläddrade i Gotlands Allehanda som låg på köksbordet. Den var fuktig som om någon hade skvätt små vattendroppar på framsidan och fått sidorna att klibba ihop. Det gick att läsa tidningen om man skippade mittensektionen och några bokstäver här och där, som blivit suddiga när han försökte dra isär sidorna. En annons fångade hans uppmärksamhet.

"Katt bortsprungen i Fole. Hittelön 500 kr. Sågs senast måndagen 20:e maj, lystrar till namnet Tiger och är en gråröd spräcklig, rund bondkattunge på tre månader. Annonsredaktionen har vårt nummer. Arne och Elisabeth."

Arne och Elisabeth? Hur många sådana par fanns det i Fole? Det fanns bara en Arne och det var han själv. Det fanns en Elisabeth som inte stavade sitt namn med t och h på slutet, som bodde norr om Ryftes grönsaksodling och var gift med Anders.

Mycket märkligt och det tålde att tänkas på, fast idag fanns det viktigare saker. Mors gravsten. Inte konstigt att hon inte fick frid då hon bara hade en jordkulle på kyrkogården. Hon saknade säkert sin gravsten. Hon skulle ha kallat det för en fattigmansgrav och knappt ens det, för då hade hon åtminstone fått ett träkors med ristade initialer. Slarvigare son än Arne fick man leta länge efter, som sedan modern hade dött inte ens kunde hålla reda på en gravsten. Nu skulle det bli ändring på det.

När han stod vid bilen och betraktade sig själv i backspegeln kom han att tänka på att han hade samma tröja på sig som igår och förrgår. Det kändes bra. Förr skulle han aldrig kunnat tänka sig att ha samma tröja flera dagar i sträck. Det var viktigt att man var hel och ren. Nu skulle det inte märkas för han skulle inte träffa samma människor som på jobbet. Det var bara han som skulle veta det. Han skulle träffa begravningsentreprenörer, ett märkligt ord för folk som hanterade döda människor.

Han lutade sig ner för att titta på däckspåren bredvid hans bil, strök med fingrarna över avtrycket för att känna om de var verkliga. Han hade inte fantiserat ihop det, för de fanns där. Det var inte samma spår som hans bil skulle göra för det var ett annat däckmönster. Han hade heller aldrig så bråttom att han sladdade på gräsmattan.

Det gick inte så livligt till på begravningsbyrån och det var nog för att de flesta av deras kunder var döda och det mesta var redan överenskommet innan de dog. De efterlevande hade väl säkert sitt att säga om det, men den dödes ord vägde tyngst och begravningen skulle förrättas efter den avlidnes sista vilja. Arne hade inte en sådan tur att den avlidne snällt låg i sin kista och var död. Hon skulle prompt ha sista ordet.

En man klädd i grå kostym med en lika grå ansiktsfärg gick långsamt fram till honom och höjde på ögonbrynen.

Arne berättade sitt ärende, nämnde inte att modern som var död var mycket missnöjd. Gravstenen som han hade beställt hade inte levererats. Han ville ha den nu.

Mannen såg genast besvärad ut.

"Kan du beskriva den?"

Hur beskrev man en gravsten? Arne beskrev den som han trodde att den skulle se ut, lite som andra gravstenar: cirka tjugo centimeter i tjocklek, mellan en halv och en meter hög av polerad granit.

Mannen var inte nöjd med svaret.

"Vad står det på den?"

Det hade han helt glömt bort, att det skulle ristas in något i stenen. Då gick det upp ett ljus för mannen. Han trodde att han visste var stenen fanns.

"Jag kan ta den i min baklucka", sa Arne.

Då såg mannen återigen besvärad ut.

"Vi har inte stenen. Här, vill säga."

Tydligen hade stenen varit på villovägar och först hamnat i Burgsvik, sedan i Lau, tagit en sväng över Katthammarsvik innan den landade i Visby. Nu besökte den Endre kyrkogård. Eftersom stenen inte hade ett namn inristat visste ingen vart den skulle levereras och den dumpades hos alla kyrkor på vägen och ingen hade förrän idag gett sig till känna om den skriftlösa gravstenen. Alla som dog fick sina gravstenar, inristade och klara innan de kom till kyrkogården, utom mor Siv förstås.

Det blossade om Arnes kinder. Hans mor hade haft helt rätt vad gällde honom. Han kunde inte göra någonting rätt. Mannen med det gråa ansiktet lovade att fixa fram gravstenen så att den transporterades till Fole kyrka. Sedan lutade han sig besvärat fram.

"Vad ska det stå på stenen?"

Det hade Arne inte tänkt på. Vad brukade det stå på gravstenar? "Här vilar krukmakaren Anders Östlund med makan Helga", som om de tog en liten eftermiddagstupplur. Mor Siv hade varit en rak och enkel kvinna. Född och död räckte kort och gott och däremellan de datum hon levde, även om de sista dagarna nätt och jämnt kunde räknas.

"Och de efterlevandes namn? Vad vill du att det ska stå?"

Arne kunde inte svara på det. Varje bokstav kostade pengar och hans mor hade varit rak och klar med det. Ingen lyx. Hur skulle det se ut om någon spatserade på kyrkogården och plötsligt såg hennes gravsten med vita duvor i marmor som lutade sig bekymrat över gravstenen och ojade sig över inskriptionskostnaderna. Hur skulle det se ut om en kvinna som i sina dagar levt som snålheten själv plötsligt efter döden började strö pengar omkring sig som en miljonär. Det skulle inte vara klokt. Man ska leva som man lär, och baske mig också dö som man lever.

Gravstenen var hittad, men det skulle dröja ett tag innan stenen kom på plats, för begravningsentreprenören ville inte trycka in gravstenen i Arnes baklucka. Den måste ha text och sedan skulle rätt yrkesfolk med en bra vinkelmätare få gravstenen på plats, noggrant kontrollerat och kalkylerat så att den inte lutade åt något håll.

Vad gällde texten på gravstenen var Arne inte klar med den. Delen där det stod att hon var född och död var klar, men inte vad det skulle stå längre ner. Skulle det verkligen stå "saknad" på stenen? Hon var inte alls saknad. Hennes kropp låg i kistan, men det hände konstiga saker i hennes rum. Hon var missnöjd och så länge hon gav ljud ifrån sig varje dag, fanns det inte en enda dag han kom sig för med att sakna henne. Hon var närvarande dygnet runt. Och även om hon inte väsnades var han ändå inte helt säker på att hon var saknad. Det fanns inget att sakna hos henne, bara en djup lättnad över att hon var död.

Om hon ändå förstod det och kunde ta och försvinna.

10

Arne kunde inte sätta tummen på vad det var som kändes fel. Han hade redan ätit sin frukost, vilken idag hade bestått av två skivor gotlandslimpa med en tjock ostskiva på. För att göra det lite festligt hade han skurit en halv grön paprika i skivor och lagt över. Han betraktade mästerverket innan han tog sin första tugga. Hans mor skulle ha kallat det för dumheter att han inte använde upp hela paprikan direkt. Inte skar man väl upp en hel paprika för att sedan inte använda upp hela. Resten av den skulle bli mjuk om man inte tog riktigt väl hand om den, plastade in i folie och stoppade tillbaka den i kylskåpet. Nu levde hon inte och han kunde göra precis hur han ville. Elisabeth skulle inte ha haft något emot det. Hon var uppväxt i en rik familj och tänkte frikostigt, som om hela naturen stod till hennes förfogande för att behaga hennes frukostupplevelser.

Det hade inte varit något fel på frukosten eller den tillhörande koppen kaffe. Det fanns en känsla i huset, som inte kom från honom. Han var lycklig, kom han på sig själv med att tänka. Han hade drömt att Elisabeth kröp ner i hans säng och sedan försiktigt dragit till sig sitt täcke för att inte väcka Arne. Han hade ändå vaknat till, kisat med ögonen och sett henne kliva ner i sängen. Hennes ryggtavla lyste igenom nattlinnet och den hjärtformade bakdelen tryckte ner resåren på dubbelsängen så att hans sida av sängen lyftes upp. Han låg blickstilla och försökte låta bli att andas högt, för han ville inte vakna från drömmen.

Dubbelsängen de låg i var inte hans enkelsäng på nittiocentimeters bredd. Sängen var bredare och högre med en polstrad ljusblå tyggavel.

Känslan som fanns i huset var inte hans och inte heller mors. Hon fanns kvar i bakgrunden och pyrde missnöjt uppe i sitt rum. Det var som om hon väntade på något hon inte gillade. Han kunde förstå henne. Hon hade väl trott att jorden skulle sluta rotera när hon dog och att Arne inte skulle klara sig. Här satt han nu med en ostpaprikamacka och njöt av livet. Det var klart att hon blev förbannad när hon upptäckte sin egen ringa betydelse för människor som fanns kvar i livet medan hon själv var död.

Nej, känslan kom från någon som desperat kallade på Arne. Känslan växte sig starkare och han kunde inte få ner det sista av smörgåsen utan lade den tillbaka på tallriken. Han ställde sig upp och lyssnade efter ljudet. Var det kanske en mus som hade förirrat sig i en av råttfällorna nere i källaren och flämtade sina sista andetag? Nej, det kom uppifrån. Han tvekade. Var det ett av mors knep att låsa in honom i sovrummet? Han fick inte bli sen till jobbet, för han hade lovat Magnus att vara tidigt på plats. Han hade fått ett nytt uppdrag och skulle vara borta hela dagen för att mäta, skriva avtal och köpa målarfärg, gipsbruk och annat som tillkom beroende på hur ruckligt huset var. Oavsett om det var mor som lurades eller inte måste han upp och se vad det var som skrek i hans öron, ett ljust skrik som stack som nålar i öronen. Någons dödsångest.

Ljudet växte sig starkare för varje steg han tog uppför trappan. Han blev som vanligt stående utanför sin mors rum, van vid att tveka med stegen. Inte heller nu när ett liv stod på spel kunde han gå in med raska steg som om det var vilket rum som helst, för det var det ju inte.

Han gick in och drog isär gardinerna och öppnade fönstret för att släppa in morgonljuset. Arne svepte med blicken över rummet och kunde inte hitta något som var annorlunda, något som kunde förklara oljudet i hans öron. Ändå visste han att det var byrån han måste gå till. Han drog ut en av lådorna och det skrikande ljudet i hans öron upphörde. Någon flämtade och kippade efter luft. Han hade varit noga med att lägga tillbaka de ihopknölade bibelsidorna på bokmärksarken såsom de hade legat, men nu puttade han försiktigt dem åt sidan. Han visste inte vad han letade efter. Det var dumt om han så här långt kommen tog i med nyporna och dödade den som ville bli räddad.

Tre bokmärken saknades på arket och där det fjärde fjärilsbokmärket skulle ha suttit fladdrade en aurorafjärilshane till som om den precis skulle till att dö. Arne lade sin handflata mot botten av lådan och väntade på att fjärilen skulle krypa upp på hans hand, om den hade styrka till det. Han vågade inte själv ta tag i den och riskera att skada vingarna.

Fjärilen kröp sakta upp mot hans fingrar. Arne särade på ringfingret och pekfingret och lät den få en kortare sträcka. När den hade klättrat upp puttade han försiktigt med den andra handen fjärilen mot handflatan, så att den inte skulle ramla ner när Arne reste sig upp.

Han tog med sig fjärilen bort till fönstret, för att släppa iväg den när den fått tillbaka sina krafter. Där kunde han betrakta fjärilen som i mors mörka rum var mönstrat svartgrå. Som barn hade han försökt måla av alla fjärilar som flög i trädgården, men aurorafjärilen hade gäckat honom. Den ville aldrig stanna tillräckligt länge på en blomma för att låta sig bli beskådad. Han hade slagit upp fjärilsarten på biblioteket, men det var inte som att se den i verkligheten. Aurora betydde morgonrodnad eller gryning, början på något nytt. Vingarna på hanen var vita, men på framvingarna var det som om Gud försiktigt hade lyft upp den och sedan doppat framvingarna i magisk gul-orange färg. Andra fjärilar kunde bestå av en hel orkester av färger, den ena vackrare än den andra, men aurorafjärilen hade den vackraste färgen på jorden, gul i alla dess nyanser.

Fjärilen hade slutat ge ifrån sig ljud och andades nu lugnt. Den väntade på Arne. Var det något den ville att han skulle göra? Nej, hans uppgift hade varit att rädda den och det hade han gjort. Om den bara ville flyga iväg, då kunde Arne stänga till fönstret och fortsätta med morgonbestyren så att han kunde komma till jobbet i tid.

Fjärilen satt i hans hand och gjorde inte tillstymmelse till rörelse. Den ville inte alls lyfta och flyga iväg. Arne upptäckte att han inte var rädd eller kände sig obehaglig till mods, trots att han stod i mors rum. Vad vill du, Aurora?

Då plötsligt visste han. Han hade inte bara räddat en fjäril utan räddat sig själv. Han hade låtit det omöjliga ske, men han visste inte vad det var, ändå hade han vågat drömma utan att begränsa sig. Drömmar var laddade pistoler som sköt framåt i tiden och band dig med något längre fram som du fått en vink om. Föraningen kom i hans dröm och hans medvetande stökade om därinne så att den blev knappt igenkännlig. Aurora, en början på något nytt och vackert.

När fjärilen var klar med sitt budskap flaxade den till och flög iväg som om inget hade hänt. Arne skakade på huvudet och stängde fönstret. Märkligare saker än det här hade hänt, men nu skulle han inte stå där och dagdrömma utan bege sig till jobbet. Magnus hade sagt att han litade på honom, just honom. Lars-Ove kanske inte dök upp, för det var måndag. Vissa helger drack han dygnet runt, fortsatte sedan på måndagen och kom med rödsprängda ögon till jobbet på tisdag och klagade på att han varit sjuk och hade haft feber. Petter kunde man inte alls lita på och Acke hade svårt att jobba utan Lars-Ove. Han jobbade som bäst när han irriterade sig på en närvarande Lars-Ove.

Beatrice i receptionen hälsade glatt och frågade om Arne hade haft en bra helg. Det hade han. Petter hade inte alls haft en bra helg. Han satt på oljetunnan i verkstaden och sparkade ursinnigt på dess metallväggar. Han lyfte upp huvudet när han såg Arne.

”Hur såg din lönelapp ut?”

Han förstod inte vad Petter menade. Den hade sett ut som vanligt.

Petter drog fram sin lönespecifikation från fickan och pekade på några rader.

”Titta här. Han har dragit av timmar på mig. Jag frågade honom och han sa att han inte kan betala för timmar jag inte är på jobbet. Vad fan! Är det en ny policy? Bara för att jag skjutsade Anna några gånger med firmabilen till BVC på arbetstid och för att jag inte svarade i telefonen. Tror du man kan svara alla gånger när man står mitt uppe i färg. Jag kan väl för fan inte svara i telefon när jag målar.”

Arne stod kvar och lyssnade på honom. Han visste inte vad Petter ville att han skulle göra.

”Jag ska fan gå till facket och du Arne är mitt vittne.”

Arne sade som det var, att de inte alltid var på samma uppdrag, faktiskt nästan aldrig så han kunde inte vittna för honom.

”Du kan väl hitta på något som det här med tjejen. Du fick alla utom mig att tro på det. Du har blivit duktig på att ljuga. Om du kan ljuga ihop en hel flickvän kan du säkert dra en vit lögn till chefen. Du kan säga att du precis hade pratat med mig och att jag hade slut på batteriet när jag körde bilen.”

Arne protesterade och sa att han inte tyckte om att ljuga. Petter svarade med att skaka på huvudet.

”Vad tror du chefen ska säga när han får veta att du ljuger. Tänk vad snopen han blir, när han får veta att hans påläggskalv är en lögnhals.”

Petter vek ihop lönespecifikationen och stoppade tillbaka den i sin ficka. Arne mådde inte alls bra. Petter visste att han ljög och han skulle säga det till chefen om Arne inte hjälpte honom.

”Jag får pröva din lojalitet idag”, sa Petter. ”Jag måste iväg på ett ärende och du håller ställningarna. Lars-Ove har sjukskrivit sig. Måndagssjukan.”

Acke satt i fikarummet och spelade patiens. Han höjde trött upp handen till hälsning. Arne kliade sig i nacken. Han visste inte vad som behövde göras utan att ta en titt i kalendern.

Beatrice vinkade till honom med telefonen i handen.

”Han är här nu. Vänta så får du prata med honom.”

Hon log brett och räckte telefonen till Arne.

Det var Magnus.

”Vi ska starta med målningen imorgon. Femdygnsprognosen visar på vackert väder. Om jag ger dig färgnumren åker du bort till Målarboden och handlar? Vi behöver 300 liter färg till att börja med. Du kommer att gilla färgen. Citrongul.”

Arne kunde ta med sig Acke. Magnus visste att Lars-Ove var sjuk för han hade ringt och hans röst hade låtit rejält skrovlig. Influensa på riktigt den här gången.

”Var är Petter? Jag skulle behöva honom hit för att montera byggställningarna, så att du och Acke kan börja direkt imorgon bitti.”

Arne svettades under t-shirten. Han var inte bra på att ljuga. Att ljuga om Elisabeth kom lätt, för det kändes inte alls som om han ljög.

”Petter har åkt till …” han tittade på Gotlandskartan på väggen bakom receptionsdisken och prickade in ett område lagom långt från Visby. ”… till Akebäck.”

”Så bra, det är inte så långt från där jag är.”

”Jag kan inte ringa honom, för han har slut på mobilladdning.”

”Varför tog han inte en annan mobiltelefon? Vi har arbetsmobilerna på laddning och det är meningen att ni ska ta dem som är fulladdade. Så du menar att han åkte iväg med en oladdad mobil? Det låter konstigt.” Magnus tystnade. ”Om inte han bad dig att ljuga förstås. Du behöver inte skydda honom. Du är inte så bra på att ljuga. Jag hör på din röst när du ljuger.”

Arne svalde ner en slemklump i halsen. Han skulle hamna i trubbel hos chefen, förr eller senare. Varför hade han inte sagt som det var när han hade chansen. Nu var det för sent.

Med ens fick Magnus en gladare ton.

”Du kan inte gissa vem jag träffade idag.”

Det kunde inte Arne gissa. Det borde vara en person Magnus tyckte om och någon som han tyckte var så intressant att han sa det under en arbetskonversation. Han visste inte.

”Din käresta.”

”Vem?”

Arne satte sig på kundstolen vid receptionen. Beatrice betraktade honom nyfiket medan hon knappade på tangentbordet.

"Var inte dum. Elisabeth von Uberhausen. Hon är riktigt trevlig. Lena skulle tycka om henne. Jordnära."

Hade det blivit kallare i rummet? Eller hade han förvandlats till en isbit? Hans hjärta slog som besatt i bröstkorgen och den sa: Låt mig fly. Hans kropp hade fryst till och ville inte lyda honom. Trots att han ville slänga på luren och springa därifrån blev han tvungen att fortsätta lyssna på Magnus som pratade sig varm om Elisabeth. Hur stor var sannolikheten att han hade hittat på en kvinna som fanns i verkligheten, med samma namn och allt och som chefen sedan stötte på? Ödets ironi. Ljög man hamnade man i trubbel. Hans mor hade haft rätt, men hade han lyssnat? Snart skulle han bli arbetslös.

"Det är inte min Elisabeth."

"Hur vet du det? Hon är på pricken lik din beskrivning och hon är dessutom sjuksköterska. Hur många sådana tror du det finns på ön? Namnet är ovanligt, så det är hon. Vill du prata med henne? Jag såg henne precis."

"Nej, det behövs inte. Jag har bråttom."

"Okej. Vill du att jag hälsar till henne från dig?"

Det behövde han inte göra, men Magnus hade redan hängt på. Nu var han i en riktig knipa. När han pratade med henne, skulle han få veta om hans lögn och då skulle han få sparken.

Morgonen hade börjat lovande, med drömmen om Elisabeth och fjärilen, men nu ville han bara att dagen skulle vara slut så att han kunde gå hem och gräva ner sig under sitt täcke och aldrig mer gå upp.

Det var inte lätt att skrapa fönster, dra nytt kitt till fönsterrutorna när han hela tiden förväntade sig att chefen skulle komma in till målarverkstaden och när som helst skrika så att de nykittade fönsterrutorna sprack. Han visste hur arg Magnus kunde bli. Det hade hänt några gånger. När någon gjorde honom till åtlöje såg han till att den andra fick veta exakt vad han tyckte om den personen.

När klockan var en minut i fyra var han så lättad att han sprang ut till omklädningsrummet och var klar att åka hem fem minuter senare. Om hans chef fick sova på saken skulle han hinna lugna ner sig.

Det ringde uppfordrande i mobilen. Arne kunde aldrig veta om personen i andra ändan var en angelägen person eller en som bara ville prata bort tiden. Det här lät som en person som skulle jaga rätt på honom om han inte svarade.

Han kontrollerade först att det inte var chefen som ringde, men det var en vanlig fasttelefon som började med 0498, samma riktnummer som han.

"Är det Arne? Jag har något som är ditt och jag tänkte lämna bort den till dig innan jag åker till Krampbroboden."

Arne förklarade att han skulle vara hemma om en halvtimme. Saken som tillhörde honom kunde ställas ute i farstun.

"Den här saken ställer man inte ute för då försvinner den igen. Det var något med femhundra kronor också, som jag tar och hämtar samtidigt."

Arne försökte förklara att han inte var skyldig någon femhundra kronor och att det måste röra sig om ett missförstånd. Han ägde inte borttappade saker som tappade bort sig själv. Mannen verkade inte vilja lyssna och sa att han skulle vara över hos Arne om en halvtimme. Mannens röst osade ett kok stryk. Det var bäst att åka hem och försöka förklara över en kopp kaffe. Ingen kunde vara arg över en kopp kaffe. Det lovade de i reklamen.

En man stod lutad mot sin bil och fimpade en cigarett i marken när han såg Arnes Audi komma körande in på gårdsplanen. Det var något bekant med mannen. Det kan ha varit någon som han hade gått i samma klass med eller någon som liknade honom. Skoltiden hade varit ett enda töcken.

Arne låste upp dörren till huset och öppnade den välkomnande på vid gavel. Det här skulle redas ut över en kopp kaffe. Mannen öppnade bagageluckan och tog ut ett litet knyte, en knölig sjal. Han kunde inte se vad det var, men den sprattlade missbelåtet.

Den långa gängliga mannen klev in i hallen, skrapade fötterna på entrémattan och släppte ner det han höll i famnen på golvet.

Det sprattlade i sjalen. Först kom en liten tass som drogs in igen, sedan ett öra som verkade vara i behov av krafs för en bakfot kom ut och skrapade örat. Mannen grabbade tag i ena ändan av sjalen och det som varit inuti den rullade ut på hallmattan. En liten kattunge som inte kunde vara äldre än tre-fyra månader.

Arne sträckte ut handen och krafsade den lilla katten under hakan och den svarade med att ställa sig och stryka sig mot hans ben.

"Vad är det här för en liten sötnos?"

Mannen satte in en snusprilla under överläppen och tog fram sin plånbok.

"Det är Tiger och nu är han hemma. Det var något om en belöning. Det stod femhundra i annonsen."

Arne plockade fram plånboken och betalade mannen som utan ett ord gick iväg. Så det här var Tiger. Det måste ha blivit ett missförstånd. Tills han visste vilka som var dens rätta ägare fick han bo hos honom. Någonstans i Fole fanns det en annan Elisabeth och Arne som saknade sin katt.

Tiger jamade och krafsade mot väggen. Han hukade och klämde ut en bajskorv på hallmattan. Han krafsade på mattan i ett försök att samla ihop bajset till en mindre klump. Han luktade och jamade samtidigt som han försökte krafsa bajset under mattan.

Arne måste köpa en kattsandlåda, sand och lite mat. Huset var inte kattutrustat. Kanske några metallskålar också, en för vatten och en för torrfoder. Det var kanske bra med ett halsband också om han bestämde sig för att rymma fler gånger. Allt gick att köpa på Krampbroboden.

Dagen hade inte blivit så dum ändå, för han hade fått en ny vän. En liten pälsad sak som han skulle ta väl hand om tills hans riktiga husse och matte hade hittats.

11

Arne visste inte vart han var på väg. Acke hade varit vag med beskrivningen. Ett kommunalt äldreboende ute på landet behövde målas om. Byggställningarna hade fraktats dit av Magnus, och Petter skulle ha hjälpt honom att bygga upp dem. Magnus hade inte lyckats få tag på honom under hela gårdagen och han kunde inte montera dem själv. Nu låg de på marken och väntade på Acke och Arne. Ställningarna skulle räcka till en långsida, hade Magnus sagt som varit där och tagit mått på byggnaden. På den andra sidan stack balkongerna ut och där skulle det ta längre tid att bygga upp ställningen.

Färghinkarna låg bak i skåpbilen och innehållet väntade på att få bli överförda till sitt underlag. En nyans svagare än citrongul, som om någon hade hällt grädde i färgen och rört om. Det var Arnes favoritfärg, även om han inte hatade andra färger. Den gula nyansen lät honom ana att det fanns mer i livet, vilket fick det att pirra i kroppen av förväntan.

Acke pekade upp på himlen där små fjäderlätta moln simmade i det blå.

”Vi har ingen tid att förlora. Ställningarna måste vara uppe innan lunch, så att vi hinner börja måla.”

Acke oroade sig alltid för molnen på himlen. Inga moln betydde att färgen skulle torka för snabbt, stackmoln att regnet snart skulle stå som spön i backen. Idag var ett perfekt målarväder, men det kunde snabbt skifta.

När de passerade Lövsta center väcktes Arnes farhågor till liv. Trots att han inte visste vart de var på väg kände han det inombords, för hjärtat klappade hårdare som om den försökte tränga sig genom målaroverallen och kasta sig ut ur bilen.

Arne vevade ner bilfönstret och andades in den kalla morgonluften som svepte förbi. Acke saktade ner vid övergångsstället för att släppa fram en kvinna med barnvagn.

Han vände sig mot Arne med en bekymrad min.

”Mår du inte bra?”

Arne tittade ner mot asfalten vid sidan av bilen. Hur ont skulle det göra om han öppnade bildörren och rullade ner i diket när Acke tittade bort?

Arne tittade upp och mötte Ackes blick.

”Du är alldeles blek.”

Arne kände på sin panna. Den var kall och kändes klibbig mot handflatan. Skakningarna kom plötsligt över honom. Som en jordbävning vars epicentrum befann sig i hans kropp och lika plötsligt som de började var de över. Det märktes inte utanpå, men för Arne som upplevde det var det som om hela världen hade vänts ut och in. Något hade hänt, men han visste inte vad.

Acke såg oroat på honom.

”Vill du att vi ska vända?”

Arne skakade på huvudet. Han fick inte göra Magnus besviken. De måste hinna måla en omgång idag, åtminstone en av sidorna och kanske en gavel. De fjäderlätta molnen skulle ge målningen den allra bästa förutsättningen att torka precis lagom långsamt. Han skulle inte förlåta sig själv om han gav efter för sina drifter, att fly lögnen han själv hade planterat. Med lika stadig och ofrånkomlig färd som den dödsdömdes sista väg mot giljotinen skulle han färdas mot Elisabeth och få ett avslut på historien. En tafflig lögn som grott sig större för att han inte kunde erkänna den första osanningen som flugit över honom. Hon fanns, men var inte hans och skulle aldrig bli det. Ingen älskade honom, inte ens hans mor men de hade i alla fall haft varandra.

Acke parkerade bilen där det stod "för besökande". Arnes hand fastnade i bilens dörrhandtag. Handen ville inte lyda honom. Acke knackade på fönstret och pekade på sin armbandsklocka. Ingen tid att förlora. Han öppnade dörren åt Arne som långsamt klev ut.

"Vill du gå och heja på Elisabeth innan vi börjar?"

"Det behövs inte."

Arne kände inte igen sin röst. Torr och skrovlig.

Acke gick med självklara steg över gårdsplanen och när han hittade byggställningarna som låg slängda som ett jättelikt plockepinn ropade han till Arne att lägga på ett kol. Arne sneglade upp mot huset och fönstren. Ingen syntes till. Han tog upp en metallstång och sökte med blicken efter den andra stången som den skulle ligga mot. Hans händer darrade lätt. Acke suckade högljutt medan han fäste två bitar mot varandra och säkrade med en tredje så att han kunde ställa upp dem.

"Om du ska vara så kärlekssjuk är det lika bra att du får det gjort nu. Gå upp till henne, men kom tillbaka så att vi får någonting gjort idag. Innan lunch ska vi ha fått upp ställningarna."

Arne ville inte gå upp till Elisabeth, och svarade inte Acke, för han skulle säkert försöka övertala honom. Han låtsades som om han inte hade hört. Så brukade Magnus ibland göra när han inte ville svara på en fråga som Petter hade ställt. Han grabbade istället tag i en ny metallstång och fäste den mot dem som Acke redan hade monterat upp.

Solen tittade fram som en avlägsen värmekälla mellan de tunna molnen. Vädret var behagligt juniväder och inte lika kvalmigt som juli då de stängde fyra veckor för semester. Personalen på äldreboendet syntes inte till och Arne tog ett kliv uppför stegen och ställde sig på byggställningens andra våning och tittade in genom ett fönster. En äldre dam satt i en gungstol som hon vickade fram och tillbaka. Hon tittade på en flimrande teve-skärm. Arne ropade till Acke att räcka honom en färghink. Acke gick upp på tå, medan Arne hukade och lutade sig framåt och tog tag i hinkens metallhandtag. Med van hand tog han ut sin kniv från redskapsbältet runt midjan och bände upp locket. Han rörde om för att lösa upp den tunna hinna som bildat en skorpa på färgen. Han gjorde en utstrykning på väggen med en pensel. Han brukade alltid göra så, fastän det inte behövdes. Färgen dög ändå. Han tyckte om det första draget som han gjorde med pensel, som den första koppen kaffe på morgonen. Den lät ana storheten i det färdiga resultatet.

Acke ställde sig bredvid honom och innan de hittade balansen gungade plankorna till och Arne log. Han tyckte om att måla på hög höjd, det var ett spänningsmoment för honom. Han var lite rädd för höga höjder och det gav hans adrenalin en skjuts och fick honom att koncentrera sig bättre på det färdiga resultatet, allt för att slippa gå upp igen och ta om det han hade missat. De arbetade sida vid sida under tystnad. Det var en stor skillnad att jobba med Acke jämfört med Lars-Ove som aldrig var tyst. Det gick aldrig att beräkna hur lång tid ett projekt skulle ta med Lars-Ove. Det handlade om hur många människor det fanns runtomkring som lät sig bli underhållna av honom. Den enda som han egentligen kunde jobba bra med var Magnus, för han var den som kunde be Lars-Ove att hålla klaffen och få den att förbli stängd utan protester. Arne och Acke var nog den parkonstellation som fick mest jobb gjort i firman, och var det brådskande skickade man inte Petter och Lars-Ove till uppdraget. Petter skulle försvinna och inte synas till på flera timmar medan Lars-Ove gjorde sig hemmastad och förmodligen satt och fikade med någon ny vän han precis hade träffat. Kort sagt inget skulle ha blivit utfört och Magnus skulle ha fått en hög med klagomål som han skulle tvingas hantera samtidigt med allt annat som krävde sitt på skrivbordet.

Acke torkade svetten ur pannan med firmatröjan han tagit av sig. Ur bakfickan tog han fram sitt cigarettpaket, skakade det och fångade en cigarett med munnen och tände den. Han slog sig ner på kanten och lät benen hänga över. Arne tyckte inte om att sitta och titta ner för då blev han yr i huvudet. Det var ingen trevlig känsla, att inte veta vilket som skulle komma först, att han ramlade ner eller spydde upp tarmarna.

Acke höjde handen, skuggade ögonen och spejade bort mot bilparkeringen. En sköterska sköt en rullstol framför sig med en äldre kvinna, bort mot en väntande ambulans. Hon hejade på ambulansföraren som kom ut från bilen och han och en annan man öppnade bakluckorna och lyfte upp kvinnan ur rullstolen. Sköterskan backade, ställde sig med armarna i kors samtidigt som hon vickade med ena foten som om hon hade bråttom.

Acke ropade till.

”Är det inte Elisabeth? Det kan väl inte finnas hur många rödhättor som helst på äldreboendet.”

Hur visste Acke hur hon såg ut? Hade han berättat för honom?

Arne hejdade rollerns framfart på väggen och tittade bort mot det håll som Acke pekade. Hennes långa röda hår fångades av en vindpust och hävde sig upp från hennes rygg där det legat och vilat tungt. Lockarna såg ut som en sjö där vågorna fortplantade sig. Det var som om de ropade till Arne: "Kom till mig!"

Acke fimpade cigaretten och lutade sig ännu mera framåt.

"Hon är både attraktiv och skrämmande på samma sätt, har du tänkt på det? Det är verkligen en kvinna som vet vad hon vill och vet var skåpet ska stå. Samtidigt är det ju det en man vill ha. En lejonhona som spanar in hanen och låter honom få komma nära, om hon vill. Hur klarar du en sådan kvinna? Mycket krut i paketet."

Arne tittade ner på sina fötter. Hade de inte skruvat ihop ställningen ordentligt, för det vibrerade och skakade under hans fötter. Acke verkade inte märka något för han satt oberörd på kanten och svängde med benen. Acke formade sina händer till en tratt runt munnen och ropade bort till Elisabeth på parkeringen.

"Elisabeth!" Han vände sig om mot Arne. "Har hon något älsklingsnamn eller kallar du henne bara för Elisabeth?"

Arnes svar kom som en hes viskning, för han hade slut på saliv i munnen.

"Hon kallas för Myran."

Acke vände sig tillbaka och skrek Myran med hög röst. Arne ville säga till honom att bara de som kände henne kallade henne för Myran, han och hennes familj. För alla andra var hon rätt och slätt Elisabeth med t och h på slutet. Elisabeth von Uberhausen.

119

Hans röst bar honom inte längre. Med förfäran såg han hur hon reagerade på Ackes rop och tittade bort mot dem. Även om han krympte och försökte göra sig liten skulle han ändå vara som en bläckplump mot den gula väggen.

Hon gick över asfalten, klev upp på gräsmattan och närmade sig. Vid eken stannade hon och satte upp handen som en avskärmning för att inte få solen i ögonen.

"Arne, är det du?"

Arne tappade sin roller i färghinken med ett plask och färgen skvätte mot Ackes byxben. Hur var det man sa? Nu var det kokta fläsket stekt eller blev fläsket först stekt och sedan kokt? Han backade mot väggen och letade efter ett öppet fönster han kunde kliva in genom.

Hon satte händerna i de vida fickorna i sin sköterskeuniform. Det röda håret såg ut som eld som slickade i sig dräkten. Arne försökte svälja den stora klumpen han fått i halsen. Han ville fly, men ändå gå ner för stegen och ta henne i sina armar. Det var som om någon hade lagt en snara runt hans midja och lagt den andra ändan av repet i Elisabeths hand. Han kände hur repet spände och drog dem mot varandra.

Hon lutade sig mot eken och tittade upp på lövverket. Arne böjde sig försiktigt framåt. Han kunde inte se hur hon såg ut, mer än det tjocka kraftiga håret som lockade sig mot axeln. Han ville se hur hon såg ut i verkligheten, även om han visste för han hade sett henne i sina drömmar. De intensivt blå ögonen och de små fräknarna på pannan och näsan som fick henne att se yngre ut än sina 48 år. Hennes kropp som väckte begär i honom, som han inte visste vad han skulle göra med. Han hade aldrig känt så för någon kvinna, eller någon annan överhuvudtaget. Bara omogen tonårskärlek.

Hon rätade upp sig och borstade av bakdelen som rört vid trädets stam.

"Arne, det blir kåldolmar ikväll, med kokt potatis, brunsås och lingonsylt. Glöm inte det!"

Hur skulle han glömma. Det var ju han som hade skrivit upp menyn på en lapp och fäst på kylskåpsdörren med en magnet tillsammans med en komplett inköpslista som han hade vikt ihop och placerat i plånbokens myntfack.

Hon gick tillbaka till huset och försvann in genom den breda ingången. Arnes knän vek sig och han rasade ihop. Han gnuggade sina knäskålar som blixtrade till av smärta. Acke skrattade och slog händerna på låren.

"Nog ser jag att du är kärlekssjuk. Ack den där nybörjarkärleken, innan man vet att förhållandet sätter en på hårda prov."

Han tystnade en stund som om han tänkte på vad han precis hade sagt.

"Men det är värt det. Alla gånger."

Arne visste inte vad han skulle tro. Han fanns i hennes liv lika mycket som hon fanns i hans, fastän de aldrig hade träffats. Det var som om de båda ljög, hon om Arne och han om henne. Det kändes äkta, trots att det inte kunde vara det. Allt var ju bara fantasier och inbillning. Det var säkert Magnus som hade pratat med Elisabeth och nu hade de ett gott skratt å hans vägnar. Men det förklarade inte varför hon visste vad det skulle bli till middag. Kåldolmar var kanske en vanlig rätt, så hon hade nog bara tur när hon gissade.

Klockan hade blivit sen eftermiddag och de hade målat en sida två gånger med en snabbtorkande färg, monterat ner ställningen och börjat bygga upp den på andra sidan. De var inte helt klara än, men de hade i alla fall fått upp den till den första våningen. I morgon hade Lars-Ove lovat att komma till jobbet och då skulle de vara tre.

Elisabeth syntes inte till när de åkte därifrån. Han kanske skulle få se henne i morgon igen och om han vågade skulle han prata med henne och få ett slut på det här. Nu hade Magnus fått sitt skratt och var kanske inte lika arg längre.

Det jamade alldeles förfärligt inne i huset. Han hörde hur Tiger skrapade på dörren redan innan han hade stigit uppför trapporna. När han låste upp dörren och öppnade flög Tiger upp i hans famn och jamade i hans öra. Det måste betyda att han var hungrig. I morse hade han glömt att ställa fram mat, men vatten det hade han fått i en skål.

Tiger strök sig mot hans fötter när han gick och hämtade torrfodret och Arne gick försiktigt framåt för att inte råka trycka ner den lilla varelsen med sin stora fot.

Vart han än gick i huset, följde kattungen efter och jamade uppfordrande. ”Ta mig med, ta mig med!”

Vid mors rum, på tröskeln, blev Tiger stående, reste ragg, skrek och fräste.

”Men, se kom då. Det är inte farligt”, sa Arne.

Han lyfte upp honom och försökte ta med sig honom in i rummet, men Tiger var så rädd att han skakade och klöste Arne på armarna, så att han fick släppa taget om katten.

Det var något som skrämde honom där inne. Tiger släppte inte blicken från sängen och hans rygg reste sig upp till ett upp och nervänt u. Tiger hade alldeles rätt, Arne kände sig inte bekväm han heller i rummet, men fönstret måste öppnas om kvällarna för att släppa in lite luft. Det hade varit så kvävande där inne. Det kanske var något fel på ventilationen i rummet?

Han drog isär gardinerna som han dragit ihop på morgnarna och satte sig att vänta på sängkanten. Ibland kunde det dröja upp till fem-tio minuter innan han kände förändringen i rummet. Mindre tät atmosfär så att det gick att andas där inne. Han visste egentligen inte varför han lade så stor möda på det. Han kunde lika gärna ha spikat igen dörren och låtsats som om rummet inte existerade, som om det hade begravts med mor Siv.

Han kom att tänka på ordspråket att ränderna aldrig går ur en tiger. Han hade alltid gått och tittat till rummet för att se om något behövde göras, och när det inte längre behövdes var det som om han inte kunde sluta med det.

Tiger hade slutat fräsa, men satt avvaktande vid tröskeln och tittade in i rummet. Han fäste sina gula ögon på Arne och jamade svagt. Han ville att han skulle komma ut. Arne tittade på skråmorna katten hade gjort på hans armar. På vissa ställen blödde det. Det var inte så farligt. Tiger hade bara blivit lite rädd. Arne böjde sig ner och med handen trugade han på katten.

"Komsi, komsi, det är inte farligt."

Tiger tittade på honom som om han först måste bestämma sig om faran var över. När han hade tänkt klart ställde han sig upp, satte svansen rakt upp i vädret, trippade fram till Arnes hand och stannade för att lukta på den.

När Tiger reste sig på bakbenen, redo för att ta ett skutt upp på sängen var det som om en osynlig hand tog tag i honom och slungade honom ut i hallen. Han tumlade, rullade runt på golvet och slog mot väggen. Han blev omtöcknad, men när han vaknade till liv så pass att han förstod vad som hade hänt, kastade sig den lilla katten ut mot trapporna och ner till bottenvåningen. Dörren slogs igen framför Arnes ansikte, och inte förrän han använt mer våld än vanligt på dörren gick den att få upp.

Tiger var ihopkrupen i hörnet under soffan. Arne såg hans rädda ögon reflekteras mot ficklampan som han lyste med under soffan. När han såg Arne kröp han ihop och vände sitt ansikte mot väggen. Det var något som brast i Arnes hjärta. Var det de slocknade ögonen hos Tiger eller var det sig själv han såg i katten? Hur han varit en gång, men tvingats anpassa sig till ett liv i rädsla. Att han aldrig visste när han skulle få stryk. När han blev äldre och större kom glåporden. Han var misslyckad, en horunge, en odugling, en lymmel och ingen älskade honom, inte ens hans egen mor. Nu hade lilla Tiger, blott en unge som ännu inte lärt sig jaga möss, fått smaka på moderns hand. Han skulle inte kunna skydda Tiger när han gick till jobbet. I morgon skulle han kanske vara död. Vad skulle hans älskade Elisabeth säga om det?

Han reste sig upp för han hade fattat ett beslut. Likt en soldat som slogs för freden genom att kriga gick han tungmodigt trapporna upp. Han visste inte vad han skulle säga, men något måste sägas om det.

Han blev stående vid tröskeln. Han borde ha sagt det här för länge sedan, men han hade trott på henne tills han hade slutat tro. Det han skulle säga till henne skulle ta en stund. Han spände ögonen på sängen, där han för en stund sedan hade sett någon röra sig.

"Mor, du sa att ingen älskade mig, inte ens du. Det är inte sant. Jag har läst breven far skrev. Han ville att vi skulle flytta till honom, men av någon anledning gjorde vi det inte. Han älskade mig. De flesta människor älskar sina barn, för det har jag sett med mina egna ögon."

Han slutade prata och tänkte på hur Petter tog upp sin dotter i famnen och hur Magnus aldrig kunde sluta prata om sin son. Någon måste ha älskat honom, i alla fall för en stund.

"Du hatade Märta, eller hur, för att hon tyckte om mig. När hon flyttade med sin familj sa du att det var för att hon skulle slippa se mig. Hon flyttade till Norge med sin familj och hade inget val. Vi var femton, vad skulle vi ha gjort?"

Nu tänkte han på Tiger som kanske aldrig mer skulle våga lita på honom igen.

"Varför gjorde du så mot Tiger? Jag älskar honom och han är så liten. Han kan inte förstå något så elakt."

Han fick inget svar, men han visste det redan. För att hon kunde. Varje gång någon närmade sig honom såg hon till att den personen försvann eller började hata honom. Nu fick det vara slut på det.

"Och vet du vad mor. Du skadar aldrig Tiger mer, hör du det? Det här är hans hem nu och du är död. Jag vet inte varför du är kvar, men du får bara vara här om du sköter dig. Jag är inte rädd för dig längre. Jag tog inte hand om dig för att jag var rädd för dig. Jag gjorde det för att du är min mor. Och du hade bara mig och ingen annan."

Han tänkte se till att gravstenen fick sin inskription och sedan kunde mor flyga till kyrkogården, vila i frid vare sig hon ville det eller inte. Han hade en katt att ta hand om och hade inte tid med en död mor som propsade på uppmärksamhet. Det skulle ta lång tid att få tillbaka Tigers tillit. Det skulle bli svårt, men han skulle lyckas. Hur hade han själv annars fått tillbaka sin tillit till mänskligheten?

12

Magnus inspekterade väggarna de hade målat på Roma äldreboendes huvudbyggnad. Det var inte därför han kom, utan för att han behövde tala med Lars-Ove. Han hade fått veta att hans hesa röst inte kom sig av feber och förkylning. Ofta måndagssjuk men frisk som en vind på tisdagarna.

Magnus och Lars-Ove satte sig i bilen som stod på parkeringen. När Lars-Ove kom tillbaka visslade han, men Arne kunde se att det var något konstigt, för hans ögon log inte med resten av ansiktet. Han stoppade en broschyr i bakfickan och hojtade upp till Arne och Acke som fått upp byggställningarna och som nu laddade med färg och rollers. Han undrade om de behövde hjälp och Acke skrek tillbaka att det var klart som fan att de behövde. De måste hinna färdigt innan de förbannade molnen blev regnmoln. Arne tittade upp mot himlen. Det fanns inga moln. Acke oroade sig nog i onödan.

Magnus gjorde tummen upp. Han såg ut som vanligt tänkte Arne. Inte som att han hade upptäckt att en av hans anställda ljög om sitt liv. Allting var precis som vanligt. Arne borde ha räknat ut att av alla ställen de kunde ha fått som uppdrag så fick de Roma äldreboende. Synden straffade sig självt. Hur stor var oddsen för det? En sak var Arne säker på, att det var sista gången han tänkte ljuga. Och igår natt kom inte Elisabeth till honom i drömmarna. Kanske var det slut på det, nu när han visste att hon fanns på riktigt. Det var konstigt att han visste hur hon såg ut trots att de möttes för första gången igår. De hade kanske träffats någonstans vilket han hade lagt på minnet. Så måste det vara.

En röd Toyota körde in på parkeringen. Den hade sett sina bästa dagar och höll ihop med viljekraft. När den körde på en kantsten såg det ut som om bildäcket skulle vika sig inåt och trilla av. Han såg en välbekant rödhårig kvinna stiga ut ur bilen. Hon bar en tunn blommig sommarjacka över en vit klänning. Hennes röda, eldiga hår måste ha laddats upp med mer färg, för så rött kunde inte ett hår vara på naturlig väg. Kopparfärg som värmts upp av solen så att den glödde och sprakade.

Hon stannade upp för att prata med Magnus som stod med händerna i fickorna. Arne hukade på andra våningen och försökte gömma sitt ansikte bakom en färgburk. Lönlöst, för de hade redan upptäckt honom.

Magnus pekade upp på honom och Elisabeth tittade åt det hållet han hade pekat och vinkade till honom. Om Arne kunde ha svurit som hans mor, skulle flera svordomar kommit till användning. Nu nöjde han sig med att förtretat tänka att det var då konstigt att hon jobbade dagskift eftersom det faktiskt var Arne som hade hittat på hennes sena kvällspass. Det skulle bara vara kväll, kväll och återigen kväll. Hade hon bytt pass utan att säga till honom? Hade hon inte beklagat sig för honom att hon jobbade så mycket natt? Och av alla dagar han är där och målar, var hon tvungen att jobba dagtid två dagar i rad.

De stod säkert på parkeringen och planerade hur de skulle lura Arne. Han hade varit med förr. Elisabeth satte armarna i kors och vägde med fötterna som om varje ord Magnus sa gick rakt in i henne.

"Ska du stå och stirra på din tjej hela dagen, eller? Vi har jobb att göra."

Skamset vände sig Arne om och såg Acke stirra in i hans ögon. Acke gav honom en roller och pekade på väggen.

Han hade rätt, några moln var på väg in, och han gav dem en ilsken blick som om det skulle få dem att stå stilla på himlen.

Han hade glömt bort att Elisabeth existerade, nåja nästan och blev förvånad när hon plötsligt stod under byggställningarna. Hon hade bytt om till sin vita sjuksysterrock.

"Jag blir sen idag, jag har lovat Magnus att hjälpa Lena med Elliot. Hon ska tvätta fönstren, för hennes mamma kommer i morgon."

Hon skulle precis till att gå, ångrade sig och satte upp ett finger i vädret.

"Tiger vill fortfarande inte komma ut under soffan. Han kommer att svälta ihjäl. Det enda som kan locka ut honom är strömming. Skulle du kunna köpa från fiskbilen utanför Willys. Det är en liten omväg, men det var din mor som skrämde honom."

Stackars Tiger som fortfarande satt under soffan och skakade av rädsla. Det skulle inte bli en omväg, för de måste ändå köra firmabilen tillbaka till jobbet där hans egen bil stod. Han nickade till Elisabeth. Han kunde göra det, för det var deras gemensamma katt.

När hon hade gått iväg, kom Arne att tänka på det absurda i deras samtal. Om Magnus och Elisabeth bara skojade med honom, var det ändå för trovärdigt. Elisabeth hade fått en bekymmersrynka i pannan när hon pratade om Tiger. Dessutom hade han inte pratat med någon om katten som plötsligt hade dykt upp i hans hem. Såvida de inte själva hade skrivit annonsen och sedan lejt en granne att lämna den hos honom. Han skulle se till att få behålla katten när de hade skojat färdigt med honom.

När det var dags för lunch föreslog Lars-Ove att de skulle gå bort till Romabrunnen, där de hade både dagens lunch och pizza. Arne hade sin färdiga macka och Risifrutti med sig, men en pizza lät lockande.

Lars-Ove beställde in en öl och Acke tittade på honom medan han blåste av skummet och drack halva i ett svep. Han ställde ner glaset och skakade på axlarna.

"Det är varmt idag. Måste fylla på vätskedepåerna."

Dessutom var det inte han som körde, han hade ju inte ens ett körkort. Ville Arne ha en stor stark till pizzan? Han tackade nej, för det var dumt att börja dricka öl i hans ålder och dessutom på lunchen när de skulle tillbaka och måla klart resten av byggnaden.

När Magnus ringde höll Arne på att trycka ner locket på den sista färgburken, drygt 20 liter citrongul färg som skulle få stå i äldreboendets redskapsbod. Magnus meddelade Arne att de skulle ha ett extrainsatt APT. Revisorn hade tittat på firmans budget. Arne visste vad det betydde. Det var aldrig något positivt. En eller flera skulle få gå, om de inte bestämde sig för att lägga ner hela firman. Magnus pappa hade varit nära att stänga firman strax efter att hans fru hade gått bort. Han hade inte orken kvar att driva firman, som sköttes ända in på småtimmarna, när han blev ensam kvar med Magnus. Hans fru hade skött hemmet medan han jobbade och drog in pengar. När hon dog gick botten ur honom men som tur var hade han haft arbetsgubbarna som hämtade honom till jobbet. Magnus behövde mat på bordet och ett hem att bo i och sådant kostade pengar. Vad var det han alltid sa? The show must go on.

Arne vågade inte fråga Magnus om Elisabeth. Han kunde inte fråga hur det var med henne, för det borde han ju själv veta. Magnus hade bjudit hem honom på en kopp kaffe, för att hålla honom sällskap medan kvinnorna turades om att passa Elliot och putsa fönster, men han hade tackat nej. Det fanns en rädd katt under soffan som behövde sin favoriträtt. Han hade lekt med tanken att gå dit och sätta sig bredvid Elisabeth som om de var ett par och senare när de gick ut därifrån skulle han fråga vad hon hade att vinna på att upprätthålla charaden. Han kunde inte säga till Magnus att han visste att han blivit påkommen. Fast nu när han visste behövde de inte fortsätta ljuga för varandra. Det var ju inte så att Arne trodde att det var sant och nu lurade sig själv. Han hade blivit kär i Elisabeth i drömmen, men inte i den verkliga, för hur skulle det ha gått till? Han hade inte ens vetat om att hon fanns. Han ville ha henne tillbaka, men inte den av kött och blod.

Fiskhandlaren stod utanför sin vagn och stängde en av luckorna, men när han såg att Arne riktade sina steg mot honom öppnade han upp igen. Han verkade inte bli riktigt nöjd med Arnes inköp. Det var knappt lönt att hålla det öppet några extra minuter. Han försökte sälja en bit lax till Arne, men det ville han inte ha för det stod inte på hans lista. Det stod två hekto strömming och inget mer. Handlaren gav strömmingen inlindat i papper till Arne och smällde igen luckorna.

När Arne svängde ut på Skarphällsvägen såg han en välbekant röd Toyota svischa förbi. Elisabeth. Det måste vara ödets inblandning. Han måste se vart hon tog vägen. Hon åkte in i rondellen och sedan in i nästa för att slutligen köra mot Terra Nova, ett av Visbys barnfamiljsområden med småvillor och lägenheter. Arne sänkte hastigheten för han kunde bli upptäckt när som helst.

Elisabeth parkerade vid Magnus och Lenas radhuslänga, medan han själv fortsatte rakt fram. Det skulle se dumt ut om han parkerade bakom henne och sedan satt kvar hukad bakom ratten.

Han parkerade vid ett hyreshuskomplex längre bort och promenerade tillbaka. Elisabeths bil stod på deras garage-uppfart. Han hukade sig och smög längs med hennes bil bort till buskaget där deras groventré låg.

I skydd av buskarna såg han genom fönstret hur Lena och Elisabeth stod mitt i vardagsrummet och pratade. Elisabeth bar Elliot i famnen och han sög nöjt på hennes röda hårtestar. Magnus kom in och Lena tittade förfärat på honom. Hon pekade på hans målarbyxor och pekade sedan i riktning mot groventrén där Arne visste att de hade sin tvättstuga.

Arne smög vidare utmed husknuten och satte sig på en sten som låg mot en husvägg mellan två vardagsrums-fönster. Genom det öppna fönstret kunde han höra kvinnorna prata på. De pratade som om de känt varandra i flera år.

”Jag har sagt till Magnus att inte gå in med arbetsbyxorna. Vi fick byta en hel möbelgrupp i skinn för att han hade råkat spilla färg på byxorna som han sedan gnuggade av sig på sofforna. En dyr affär det.”

”Arne är inte alls så. Han byter alltid om på jobbet, så jag får aldrig se honom i arbetskläderna. Han är mycket noga med att ha vanliga kläder på sig hemma, och arbetskläderna på jobbet. Jag klagar inte.”

Tydligen hade Lena hört något i hennes tonfall.

”Men vad är det då?”

Elisabeth släppte ut en högljudd suck.

"Det är Siv, Arnes mamma."

"Hon är väl död, eller hur?"

"Hon dog för några månader sedan, men hon har inte fått frid i sin grav och vägrar släppa taget om hemmet. Allra värst spökar det i hennes rum. Hon slog till Tiger så att han flög rakt ut ur hennes rum och in i elementet. Hon hade tur som inte bröt revbenen på stackars kattungen."

"Kan ni inte hämta hem en poltergeist, eller vad de heter?"

"Du menar medium. Jag tror inte det är så enkelt. Arne kan inte släppa taget om henne. De har levt tillsammans så länge att deras system har flätats ihop. Så länge Arne lever, lever hon nog igenom honom."

Arne reste sig upp och smög sig tillbaka utmed knuten. Varför höll de på så när de visste att ingen hörde dem? De kanske visste att han skulle tjuvlyssna. Han hade inte tid med spekulationer. En katt skulle räddas.

"Arne?"

Han stelnade till. Ytterdörren hade öppnats och han hörde Magnus bekanta röst. Arne tog två steg bort från trottoaren och slank in bakom ett staket. Han andades häftigt. Hur såg det här ut? Förföljde han sin flickvän för att se vad hon hade för sig? Egentligen var hon inte hans flickvän.

Han stod kvar bakom staketet, men kikade mellan de smala springorna för att se om någon hade gått efter honom. Han kunde inte gå tillbaka till vägen utan gick mellan husen bort till bilen.

På bilresan hem försökte han få ihop det, men misslyckades. Vem var det som lurade vem? Den enda rimliga förklaringen för honom var att det var han som ljög, men att de andra trodde på vad de sa. Till och med Elisabeth. Vem var hon egentligen? Fanns hon i verkligheten eller hade hon antagit en falsk identitet och stulit Arnes påhittade namn? Hon hade tagit chansen att väva in sig i deras liv. Hon måste i alla fall vara sjuksköterska om hon inte också hade förfalskat sin yrkeslegitimation. Nu skulle Arne dras in i hennes skumraskaffärer. Han var det perfekta offret, sonen som sörjde sin bortgångna mor. Nu hade han hamnat mitt i ett danskt brott.

Det var tyst i huset när han klev in. Efter att han hade ställt ytterskorna i skostället hörde han ett skrapande läte som verkade komma från soffan och ett svagt jamande läte. Stackarn måste vara helt hungrig och uttorkad.

Han vek upp strömmingpaketet och lyfte upp en fisk i dess stjärtfena och gungade den fram och tillbaka så att Tiger skulle se huvudet från under soffan. Kattens ögon spärrades upp och han slutade föra oväsen. Han slickade sig om munnen och vickade med huvudet fram och tillbaka och följde med i fiskens rörelse. Efter en stund hasade han sakta på magen mot fisken. Arne puttade på vardagsrumsbordet och mattan som den låg på för att själv kunna backa bakåt. När Tigers huvud stack fram under soffan placerade han fisken på golvet en meter från soffan. Tiger skulle bli tvungen att krypa ut för att äta den. Arne backade halvhukande och slank ut i köket där han fyllde en keramikskål med grädde.

Han gick tillbaka till vardagsrummet och ställde skålen vid teven. Tiger tittade misstänksamt mot honom men böjde sedan ner huvudet och tog en ny tugga av strömmingen som han slet i med tänderna. Fiskhuvudet var svårt för honom att äta. Han kastade det i luften med munnen och tog ett nytt grepp om det. Det var för mycket för honom och han lade tillbaka huvudet på tallriken och puttade upp det på sidan medan han slickade tallriken ren. Han satte nosen i luften och sniffade. Han tittade på Arne och sedan på gräddskålen.

Arne flyttade sig längre bort och Tiger tog sina första skakiga steg mot gräddskålen samtidigt som han höll ögonen på Arne. Hans bakben var böjda och svansen slokade mot golvet när han smög utmed golvplankorna. Öronen stod rakt upp som om han letade efter minsta ljud att skrämma upp sig på.

Tiger slickade i sig all grädde och när han var klar satte han en framtass på tallriken så att skålen tippade och hamnade upp och ner. Smart katt.

Det knorrade i Arnes mage, men han tänkte inte gå därifrån förrän Tiger kunde tänka sig att ta honom till sitt hjärta igen. Klockan var slagen middag för 10 minuter sedan. Kvällsbestyren var försenade och de invanda rutinerna föll ihop som ett korthus. Sysslorna fick bli gjorda en annan tid eller en annan dag. Nu hade han en liten att ta hand om som varken kunde klockan eller veckodagarna.

Arne sträckte fram sin hand och lät den vila mot golvet. Tiger tittade på den och sträckte sin hals för att se om det var farligt. Tids nog skulle han komma. Det krävdes tålamod och sådant hade Arne gott om. Dessutom hade de bara varandra.

13

”Det är fråga om downsizing, inte företagsrekonstruktion”, sa Magnus och tittade ner i sina papper som han hade framför sig på bordet.

”Tala så vi förstår. Vi bor i Sverige, jag menar på Gotland.”

Petter stod med armarna i kors i ett av konferensrummets hörn. Han hade vägrat att sätta sig, för han hade bråttom, men vart visste ingen.

Magnus harklade sig och tittade bort mot Petter med en fast blick.

”Som jag sa räcker inte våra uppdrag till för att firman ska kunna behålla samma bemanning som idag. Om några månader befinner vi oss i ett akut läge och det handlar om att minska personalstyrkan med en eller två tjänster. Beatrice ...” sade han och nickade mot henne ”... har fått beskedet att vi skär ner på hennes timmar och förlänger visstidsanställningen med ett halvår. Lena kommer att ta över efter henne. Hon ska ta tjänstledigt från sin lärartjänst och hjälpa mig att få firman på rätt köl igen. Lars, min far som startade den här firman en gång, har lovat att komma in och stötta om det behövs trots att han är pensionär.”

Lars-Ove knuffade Acke med armbågen och viskade, men så högt att alla i rummet kunde höra.

”Sisten in, första ut.”

Petter stoppade en snusprilla under läppen och gjorde ett utfall:

”Vad fan? Ska vi verkligen låta chefen bestämma? Ska några av oss få gå för att han inte kan sköta fakturorna?”

Magnus gick fram till Petter, lade sin hand på hans axel. Petter tittade ner i golvet. Magnus talade med en lugn röst, men hans ansiktsmuskler var spända.

"Alternativet är att vi kör på som vanligt och går i konkurs. Då blir vi alla arbetslösa."

Petter backade bort från Magnus och ställde sig vid dörren.

"Jag ska prata mer med revisorn. Innan vi går på semester får ni veta vem eller vilka som får gå."

Petter brast ut i ett hånskratt och alla vände sig om mot honom.

"Ja, det kan väl vem som helst räkna ut vem det blir. Man behöver inte vara Einstein för det."

Arne hade haft det här på känn. Deras målaruppdrag hade blivit färre och projekten mindre. De stora regionala och statliga uppdragen kunde de inte vinna, för de var för få anställda. Dessutom var det de med fastlänningspriser som vann upphandlingarna. Vad hjälpte det att de hade bäst erfarenhet och kunskap att hantera K-märkta hus om priset och tiden var det mest avgörande. De fick små uppdrag som blev klara på några dagar. Skulle de klara sig på privata kunder och inte räkna med regionala uppdrag eller småföretag, skulle de behöva renovera kåkar, lantställen, kalkhus och herrgårdar från Hoburgsgubben i söder till Fåröfyren i norr, och sedan börja om från början i den andra änden och jobba sig ner igen. Alla behövde inte måla om sina hem och de som behövde hade inte råd med det eller så gjorde de det själva med billig målarfärg. Skulle det fortsätta så här, hade Magnus sagt, kunde han lika gärna stänga ner firman och sälja färg per liter i sitt eget ventilerade garage.

Magnus hade varit bekymrad och nu var han riktigt orolig. De kunde inte betala räkningarna i tid. Han hade anförtrott det till Arne som hade lovat att inte berätta det till någon hur illa ställt det var med firman. Några storkunder hade fått betala nästan allt i förväg, men det löste problemet för en stund. De hade inte tillräckligt mycket att göra, för att det skulle gå runt.

APT:n hade lagt sordin på stämningen och under resten av förmiddagen och eftermiddagen talade ingen mer än nödvändigt. Magnus hade åkt iväg till ett möte på Region Gotland, Arne skulle till Klintehamn och vara närvarande när en båt bogserades till målarverkstaden. Ägaren var i Spanien och ville ha den färdigtjärad och klar för nedsättning om några veckor. Lena hade lovat ägarens fru, som var en bekants bekant att även sy ett par vita volanggardiner av tunt tyg så att det gav insynsskydd samtidigt som solen släpptes in. Färgpytsen AB brukade inte måla båtinteriör eller -exteriör och inte heller sy båtgardiner, men nu räknades alla slantar som rullade in i firman.

Timmarna på jobbet segade sig fram och Arne längtade hem. Tiger hade sett så sorgsen ut när han lämnade honom. Klockan hade nästan hunnit bli midnatt innan Tiger till slut satt vid hans sida och slickade på hans handflata. Ytterligare en halvtimme hade gått innan Tiger hade accepterat att Arne smekte hans päls. När månen sken rakt in i Arnes bädd låg de två nyfunna vännerna i sängen och tittade innerligt på varandra. Tänk att han hade fått en fyrfota vän. Mitt i alla lögner och allt elände hade han fått en liten en. En som behövde honom och som bara hade kärlek att ge. Hans mor hade också behövt Arne, men återbetalade med att skrika och bära sig åt. Han tänkte att det var väl så med människor som med djur, att blev de illa behandlade och aldrig älskade, så började de morra och fräsa åt alla som försökte närma sig dem. Ingen hade väl haft samma tålamod med mor som han hade haft med Tiger. Mor kunde inte ha haft det lätt hos sina fosterföräldrar. När hon blev ensam med honom hade hon varit så rädd för att myndigheterna skulle ta Arne att hon hade slutat älska honom. Hon var rädd för att förlora en bit av sitt hjärta. Så måste det ha varit. Om hon inte hade älskat honom, på sitt sätt, skulle hon ju ha överlämnat honom till myndigheterna och sedan gått vidare med sitt liv. Varit fri att återvända till lappmarkerna med sin syster Toini. Istället hade hon blivit begravd på Gotland, kanske det sista stället på jorden hon ville vara på.

Klockan fyra promenerade Arne äntligen ut från jobbet där han sista timmen stått och stirrat på den slitna, rangliga båten som verkade vara bortom räddning. Sedan satte han igång med en liten detalj och sedan nästa. Det var ingen större idé att oroa sig för hela projektet utan ta en bit i taget. När han sedan visste vad han skulle göra, hade han gjort klart de små detaljerna och slapp tänka på dem. Han skulle åka till Krampbroboden innan han åkte hem. Han föredrog lantbutiken med den lilla ytan framför de stora i Visby. Han behövde inte gå flera hundra meter för att nappa tag i en mjölkkartong eller en burk oliver och inte behövde han tio olika varianter att välja på utan det räckte gott och väl med det som fanns. Inga konstigheter.

En röd Toyota stod parkerad utanför mataffären. Elisabeths bil. Arnes händer ville vrida ratten till vänster och bara fortsätta köra rakt fram och hem. Han skulle kanske klara sig utan mat idag, men så var det Tiger.

Kattmaten hade tagit slut och han behövde ett lock till kattmatsburkar för Tiger orkade inte äta upp all blötmat samtidigt. Om han först åkte hem och sedan kom tillbaka skulle han slösa bensin och det var alldeles för olikt honom. Om hans mor hade levat skulle hon ha blivit vansinnig på det omåttliga slöseriet och sagt att hennes pengar inte räckte till ett liv i lyx. Nu var det ändå så att det var Arne som tjänade fem gånger mer än sin mamma och som stod för alla löpande kostnader, men han hade inte haft hjärta att säga emot. Å andra sidan hade hans mor alltid rätt även om hon hade fel. Om hon hade fel var det ett större kosmiskt fel och hon skulle ha rätt ändå, för då var det universum som hade fel.

Hans mor hade varit tyst i många dagar nu och det var nog bäst att ta en runda i affären, medan han var i trakten och ändå körde förbi. Han lugnade sitt rusande hjärta och tänkte att hon inte kände igen hans bil. Om han bara satt kvar tills hon gick, skulle allt ordna sig.

Varför kom hon aldrig ut? Hon måste ha cirkulerat runt i butiken flera varv vid det här laget. Klockan var redan kvart över fem och han såg inte fram emot ännu en rutinlös dag. Ingen middag i tid och det skulle leda till att tandborstning och dusch skulle bli senare än vanligt. Han skulle bli tvungen att skippa Aktuellt om han skulle hinna diska, dammsuga golven och vika tvätten som nu måste ha torkat. Hans kropp mådde bäst av att göra saker som han alltid hade gjort. Gjorde man det annorlunda skulle man behöva tänka och om han tänkte skulle hans tankar gå till Elisabeth.

I natt hade han drömt att hon lade sig i sängen, den stora dubbelsängen med blå tyggavel, med Tiger mellan dem. Hon hade smekt kattungen och han hade kurat ihop sig till en liten boll mellan hennes bröst.

Han svalde när han tänkte på brösten. Han hade inte kunnat låta bli att titta på dem så där serverade rakt framför honom, oskyldig och lovlig hade hon utstrålat. Hon hade sett vart hans blickar hade vandrat och skrattat till lite hest. Hon drog upp guldkedjan som låg inbäddad mellan de tunga brösten och fiskade upp medaljongen.

"Är det den här du är nyfiken på, eller var det kanske något annat herr'n ville se?"

Arne hade skakat på huvudet och frågat vad hon hade i medaljongen.

Hon öppnade spärren och visade det sepiafärgade fotografiet som låg i. Elisabeths ögon såg sorgsna ut.

"Det är farmor. Hon var mitt allt. Det var hon som sa att jag fick bli precis vad jag ville och inte bry mig så mycket om vad andra tyckte. Hon lärde mig att meta. Hon var en bondflicka som blev gift in i adeln bara för att hon var vacker. Hon längtade efter att mjölka kossorna varje dag av sitt liv, men istället fick hon sitta i fina salonger, dricka kaffe och skvallra med societeten. Jag vill inte bli som hon, en vildfågel inspärrad i en vacker bur."

Elisabeth hade fortfarande inte kommit ut från Krampbroboden. Om fem minuter skulle klockan vara halv sex. Hon hade kanske parkerat bilen och gått någon annanstans. Arne öppnade butiksdörren som plingade till. Där var hon. Hon stod och pratade med kassaexpediten, medan en liten kö hade börjat forma sig bakom henne. De som stod bakom henne såg också ut att vara i trevligt samspråk. Som ett stående fikarep utan kaffe eller bullar. Arne gömde sig bakom strump- och garnstället.

Elisabeths händer gestikulerade vilt, för hon var mitt i en beskrivning av Tigers framfart över köksgolvet med en nyfångad fjäril som han hade lagt en tass på. Hur fjärilen hade kämpat under hans tass och hur hon försiktigt hade lyft upp honom så att fjärilen kunde flyga därifrån och ut. Vad var det för fjäril hade hon i kassan frågat. Elisabeth beskrev fjärilen och båda skakade på huvudet för de hade aldrig någonsin sett en sådan förut. Arne som hade sett en sådan i bokmärksarket i mors byrålåda visste genast vad det var: en karminspinnare. Åh, han skulle ha kunnat skatta sig lycklig om han såg en sådan i verkligheten. Vilken tur att Tiger inte tagit den i munnen. Den smakade ovanligt illa. Den sällsynta fjärilen såg ut som en kvinna som bar en lång grå slängkappa över en karmosinröd sammetsklänning som skymtade under. Hon borde ha tagit ett mjölkglas och lagt över fjärilen, för en liten stund, betraktat den och sedan släppt ut den. Vad han önskade att det hade varit han som hade fångat den.

Kassaexpediten såg att kön hade växt sig lång och utökats med fem kunder, så hon slutade pratade, sträckte ut handen till Elisabeth för att ta emot sedlarna som hon höll i handen.

Arnes fötter hade frusit fast vid strump- och garnstället där han hade god insyn bort till kassan, men där Elisabeth i sin tur inte kunde se honom så länge hon var upptagen med pengarna.

Hon fick tillbaka växeln, gick och ställde sig för att plocka varorna. En kartong havrekuddar, tre burkar kattmat och ett stort blått plastlock som passade till kattmatsburkarna. Arne visste ännu inte att det var det här ögonblicket, när hon stod och plockade in varorna i plastpåsarna, som skulle förändra hans liv så att den tog en annan väg, så olik den väg Arne befunnit sig på när han levde med mor.

Hennes röda, lockiga, svallande hår flöt över axlarna och smälte in harmoniskt med den röda bomullsklänningen med vita prickar. Klänningen smet åt kring hennes fylliga kropp och fick henne att se överkvinnlig ut. De gröna Tretorngummistövlarna gav till skillnad mot den somriga romantiska klänningen henne en jordnära ton. Hon var kvinnan han hade träffat i sina drömmar, den som han hade väntat på i hela sitt liv. Hon hade haft just de plaggen på sig i drömmen.

Hon var på pricken den kvinnan. Han hade inte sett henne så nära som på en, två meters håll förut. Han såg hennes mörkblåa ögon och det var samma ögon som suttit på påfågelfjärilens vingar, den fjäril som han hade släppt ut ur mors rum. Han lade händerna på det snurrande garnstället och stålsatte sig för att inte lyda kroppens impulser. Han kände en obeskrivlig lust att rusa ut på parkeringen och ställa sig där för att yla mot himlen. Elisabeth måste bli hans och ingen annan skulle få henne. Hennes svagt rosa knäskålar, där hon stod lätt knäböjd över ICA-plastpåsarna, var fulla av små bruna fräknar och om han drömde om henne i natt skulle han be henne klä av sig naken och sedan skulle han räkna alla fräknarna på hennes kropp. De måste vara lika många som stjärnorna på natthimlen. Han skulle inte ha något emot att leta efter fler fräknar som han kanske hade missat.

Galen av kärlek, det var han och det var en kraft som gick över förståndet. Arne backade längre in i affären för hon började bli klar och hade lyft upp ICA-kassarna. Dörren plingade till och Arne gick bort till ingången och såg hur hon slängde in påsarna i bagageluckan. Han måste ta en titt på hennes bil någon dag. Den såg trafikfarlig ut och färdig för kollaps.

Elisabeth backade ut från parkeringen, svängde ut till höger i riktning mot Fole. Han kastade sig ut till bilen och rivstartade den. Han måste ta reda på var hon bodde.

Hennes bil rullade långsamt framför honom och han bet sig i läppen för att inte göra en omkörning och sedan spärra av vägen. Inte en meter till i den skroten. Han måste skaffa en ny bil till henne.

Vid Missionskyrkan fanns en skylt som välkomnade honom till Byhålacity och där svängde hon till vänster och körde sedan förbi Ryftes. Strax efter att vägen lutade svagt uppåt fick hon möte med en bred traktor. Arne styrde sin Audi mot vägkanten för att inte åka in i traktorn. När den hade passerat hade Elisabeths bil försvunnit. Det var omöjligt, för han hade sett den hela tiden utom när vägen lutade neråt igen. Då skulle han ändå ha fått den i blickfånget några sekunder senare. Det fanns inget spår av bilen.

Besviket svängde han in vid vägskylten, Bro 5 km. Han måste titta till Tiger innan han åkte in till Krampbroboden igen för att köpa det han hade tänkt. Han hade hoppats att hennes bil skulle ha stått på hans infart, men det gjorde den inte.

Hade Arne glömt att låsa i morse när han gick hemifrån? Dörren var olåst. Han ropade efter Tiger, men han kom inte fram. I vardagsrummet plockade han undan en kaffemugg från vardagsrumsbordet och tog med sig den till köket. Det skulle ha varit middag för länge sedan men han hade tappat lusten för mat. Hungern hade flugit sin väg och ersatts med ett tomt hål som värkte och snurrade som en centrifug.

Han såg Tigers svans röra sig i sidled och han gick närmare för att granska vad katten gjorde. Han åt mat som var serverad på en rosenmönstrad tallrik, mors tallrik av alla tallrikar som fanns i skåpet. Mor skulle bli arg. Arne hade varit helt säker på att det inte fanns någon burkmat kvar till Tiger, men han hade haft fel. En skrynklad ICA-påse låg i diskhon och där hade den inte varit i morse. Han tog den och lade tillbaka den i lådan under dammsugaren.

Vart hade Elisabeth tagit vägen? En bil kan inte försvinna så där. Om han antog att den Elisabeth han drömt om och den verkliga var densamma, måste det ändå finnas uppgifter om henne på nätet. Hon var adlig och det måste stå saker om hennes familj och om henne.

Han hade inte använt sin dator på länge. Den stod i vardagsrummet på ett gammalt symaskinsbord och samlade damm. Numera kunde man inte få ut en enda myndighetsblankett om man inte hade en dator att skriva ut blanketterna med. Han tryckte på startknappen och datorn kom igång med ett rosslande. Under tiden kunde han sätta på en panna med kaffe. Pannan stod redan på spisen och vattnet kokade. Arne kliade sig i nacken och funderade på om han hade gått och blivit glömsk, för han kunde inte minnas att han hade satt på spisplattan. Han tog ut kaffeburken ur skafferiet och såg att två kattmatsburkar stod på hyllan bredvid den. Arne kunde svära på att de inte hade legat där tidigare, för han hade letat efter kattmat i skafferiet strax innan han åkte iväg till jobbet.

Med kaffemuggen i handen återvände han till datorn där Googles hemsida stod redo. Han hade aldrig sökt upp en person så han började med att söka på sig själv. Det borde inte stå någonting för han var inte känd för någonting. Det blev inte många träffar på hans namn. Han fanns med i

Eniro och det var inte konstigt och hela Sverige kunde också, om de var intresserade, få veta hans årsinkomst om de betalade. Arne trodde inte att någon skulle vilja veta, men om de ville kunde de alltid fråga honom och han kunde säga det gratis.

Elisabeth von Uberhausen. Han fick in flera träffar. Det fanns tydligen mycket att berätta om hennes familj. De hade kommit från Tyskland till Danmark och där blivit dansk brevadel. Varit rika, sedan förlorat pengar och till slut fått tillbaka lite av dem. Nazistkopplingar som ingen ville utreda. Det fanns bara en gren kvar och det var den som hade startats av Kristian von Überhausen med maka Klara von Überhausen. De hade två döttrar; Ingrid och Elisabeth. På Wikipedia såg han ett foto av Elisabeth. Hennes röda hår var nedtonat och gick mer åt det guldbruna hållet och var uppsatt i en knut i nacken. Hon såg inte lycklig ut, inte som nu. Det hade lyst om henne i lantbutiken. Han lät sitt finger löpa utmed texten och såg att det stod att hon var förlovad med Hans af Klebenholz. Han sökte efter hans namn istället, för han ville veta hur den där idioten hon var förlovad med såg ut. Han skulle gå raka vägen till honom och be honom bryta upp förlovningen. Han googlade hans namn och såg att han var förlovad med Ingrid von Überhausen. Enligt dansk skvallerpress skulle deras bröllop stå till jul, en vacker mässa där isskulpturer skulle importeras från Norrland, issvanar, bröllopsgångar kantade med frostblommor. Ingrid var minst tio år yngre än sin syster och hade tydligen tagit hennes pojkvän. Han slog upp Elisabeths namn på Eniro. Var bodde hon nu?

Det kunde inte stämma. Han skrev in hennes namn ännu en gång, men med samma resultat. Det stod att hon bodde på Arnes adress, i hans hem i Fole av alla ställen.

14

"Där går en man som har fått sig ett skjut", sa Lars-Ove och slängde en roller till Arne som fångade den i handen.

De hade fått i uppdrag att göra i ordning en lada för ett stort bröllop. Det skulle göras lättare snickeriarbeten, målas och sedan skulle det kläs med tyg. Lena, som inte hade hittat barnvakt hade åkt in till Visby med Elliot för att hitta matchande bomullstyg till det grönrosa temat. Efter bröllopet ville värdparet att de skulle måla om ladan till en faluröd färg så att de nyinflyttade kossorna kände sig hemtama. Det var två målaruppdrag i ett.

Arne hade ertappats med att vissla, sedan humma och det var därför Lars-Ove så fräckt hade antytt att Arne hade haft ett och annat för sig i går natt. Det var inte ofta de ertappade honom med att vissla och humma. Visst hade Lars-Ove rätt.

Igår natt hade Arne drömt att Elisabeth satte på Jill Johnsons bästa, cd-skivan som han hade fått när han köpte cd-spelaren. Hon hade visat baksidan på cd-fodralet till honom. Låttitlarna stod på engelska. Arne var inte bra på engelska så hon fick översätta. "Flirting with disaster"– Flirta med katastrofen. Hon pekade och knuffade till honom och skrattade. Arne förstod inte vad det var som var roligt och Elisabeth ville inte förklara. Istället sjöng hon: "I fought for you, did things I never do." Hon orkade inte översätta texten för Arne utan lade sig istället utmattad på sängen.

Hon var nyduschad och hennes hår luktade timotejschampo. Hon hade tagit på sig ett stort bomullsnattlinne där det stod "Big is beautiful" och det röda håret blötte ner nattlinnets halslinning, fast det brydde hon sig inte om.

Hon låg på sängen och vickade på tårna i takt med musiken. Hennes tånaglar var rosamålade. Arne stod i dörröppningen och tittade på henne. Han visste att han drömde, men det gjorde inget. Det han ville fråga henne om skämdes han att säga, till och med i drömmen. Det var inget man sa till en kvinna utan att få en örfil som svar. Det kanske var annorlunda om man bodde ihop. Elisabeth lyfte upp huvudet och placerade händerna i nacken.

"Vad Arne? Vad är det du tänker på?"

Han svalde.

"Jag skulle vilja räkna fräknarna på din kropp."

Hon fnissade.

"Jaså, det vill du. Kom då!"

Hon drog av sig det stora nattlinnet och han upptäckte att hon varken hade bh eller trosor på sig. Han hade aldrig sett en naken kvinna förut. Han hade sett nakna kvinnor på teve och på de där nakentidningarna i kiosken, men aldrig i verkligheten. Fastän han just nu befann sig i sin dröm så var det här det närmaste han kommit en kvinna.

Hennes könshår var något ljusare än hennes hår och glittrade i orange och guld. Huden var blek, men på armarna, halsen och i ansiktet hade hon fått färg av solen. Hennes kropp täcktes av små fräknar och prickar och på vissa ställen hade de smält ihop och format små oregelbundna öar.

Han satte sig på sängkanten och började räkna från tårna och uppåt. När han hade räknat från den ena foten upp till låret och sedan skulle hoppa över till det andra benet, räkna från låret och neråt, tappade han räkningen. Elisabeth hade

147

rört sig och böjt upp knät och han glömde helt bort hur många det var. Hade han räknat till 581 eller 851?

Elisabeth tog pekfingret han hade tryckt på hennes hud för att räkna hennes fräknar och förde upp den till brösten.

”Kan du inte räkna här istället?”

Arne märkte hur något exploderade i skrevet, kände hur hans rutiga pyjamasbyxor blev blöta där nere. Något kletigt rann i kalsongerna och nerför byxbenet. Sperma. Han hade inte fått utlösning sedan tonåren och då bara den gången med Märta, när hon plötsligt hade tryckt ner hans hand innanför kjolen och under trosorna.

Elisabeth skrattade.

”Hoppsan, lite ivrig på gröten. Ta av dig och lägg dig bredvid mig. Det är orättvist om jag ska ligga här ensam och naken. Jag borde kanske räkna dina fräknar på kroppen.”

Pyjamasen fick ligga kvar på golvet och kalsongerna likaså. Han torkade det som hade hamnat på låren och under naveln med pyjamasbyxorna. Hon klappade ivrigt på platsen bredvid henne och gav honom inte tid att springa bort till duschen och tvätta av sig. Hon kunde försvinna från hans dröm när som helst. Nu skulle han förlora det, det som alla talade om. Svendomen. Han visste teoretiskt hur det gick till, men hade aldrig haft chansen att utöva det praktiskt. När han och Märta hade planerat den speciella kvällen, hade hon flyttat till Norge utan någon som helst förvarning.

Nog hade han förlorat svendomen med Elisabeth och sedan övat på sexet fyra gånger till efter det. Han hade några år att ta igen och Elisabeths kropp var varm och mjuk och bara hans. Efter femte gången sa hon att det fick räcka. Någon gång måste de sova också och om han tyckte så mycket om det kunde de fortsätta i morgon kväll igen. Arne skulle till jobbet och Elisabeth skulle börja jobba klockan tio nästa morgon, för hon hade bytt skift med en annan kvinna.

Acke hade också antytt att det var något annorlunda med Arne idag, för han gick rak i ryggen och hade ett fånigt leende klistrat över hela ansiktet. Fast det var Lars-Ove som hade kommit på det först. Så såg man ut efter att man hade fått sex i överflöd. Han sa att Arne skulle passa på att få mycket av den varan nu när de var nykära. Sedan var det slut med det. Kvinnor klagade på att de hade mens, huvudvärk, båda samtidigt eller så vägrade de för att man inte hade plockat ur disken ur diskmaskinen eller spikat upp en förbannad list. Sex var ett enda köpslående i ett förhållande och Acke höll med. När han och Sol-Britt hade träffats hade de så mycket sex att de fick skavsår, men efter att sonen föddes var det slut med morgonknullet för sonen skulle prompt sova i samma säng. Nu hade sonen visserligen flyttat till fastlandet och gick på fotbolls-gymnasium, men tror du att Sol-Britt ville passa på när morgonståndet stod redo för tjänstgöring? Nej, för hon hade inte tid. Hon måste gå ut med soporna. Sedan när hade sopor blivit små hundvalpar som skulle ut och rastas varannan timme? Lars-Ove hade inte haft någon kvinna på ett tag nu, men kunde svagt komma ihåg hur det gick till.

Petter hade stått tyst under hela deras diskussion och målat i den andra ändan av ladan, men nu skrek han till dem.

”Vad fan är det för kärringfika? Snacka om känslor och sex. Vi har en lada att måla och ni pratar så munlädret blöder. Nu håller ni käften.”

Lars-Ove skrattade högt, tystnade och viskade sedan till Arne och Acke.

"Han har nog inte fått sig ett knull på länge."

Petter låtsades inte höra, men han pressade sin pensel hårdare mot laduväggen så att överflödsfärgen rann utmed penselns sidor i rännilar ner på golvet.

De satte sig för att äta lunch på ängen bakom ladan. Petter hade inte mat med sig och tog firmabilen in till Visby för att äta på en pizzeria.

"Tänk om han lämnar oss här?", sa Acke.

Lars-Ove tog ett stort bett från sin trekantiga sandwich och torkade bort majonnäsen som rann över hakan med sin ärm.

"Då ringer vi till Magnus och säkrar våra jobb på firman. Har ni sett hur Petter jobbar på idag? Han har inte ringt en enda gång eller fått en enda samtal, inte ens på rasten. Han vet att hans jobb sitter löst och det är därför han är så förbannad hela tiden. Jag har hört honom och hans tjej bråka om pengar."

Acke och Sol-Britt bråkade också om pengar. Sol-Britt tyckte att det var orättvist att hon hade så lite pengar och att Acke hade så mycket mer. Fast han jobbade ju och Sol-Britt var sjukpensionär på grund av sina utslitna axlar så hon hade väl sig själv att skylla. Hon skulle inte ha varit städerska. Hon borde för fan vara glad att han betalade hela hyran och elen. Han fick väl köpa vad han ville för sina pengar och om hon ville köpa gardiner och sådant krimskrams borde hon inte räkna med att han skulle punga ut med hälften. Göra hemmet trivsamt, sa hon. Han tyckte att hemmet skulle vara trivsamt med ett biljardbord i vardagsrummet och en minibar i hörnet. Men nej, det fick han inte ha. Jävla små porslinskatter överallt, lila ruggmattor och sedan skulle de bytas ut för att de i längden blev tråkiga. Lars-Ove höll med Acke. De få erfarenheter han haft med att bo med en kvinna kunde kortas ner med följande ord: förändringsbenägen, pengagalen kossa som hittade fel överallt. Förändringsbenägen hade han hittat i en ordbok. Kvinnor som aldrig var nöjda. När en kvinna tittade på honom, tittade hon på förändringspotentialen och föreslog att hans midjemått skulle bli mindre. Då fick hon dra, eller snarare att han fick flytta ut för han hade varit bostadslös i fjorton år.

"En man kan väl för fan inte stå ut med vad som helst, någon jävla måtta måste det finnas", sa han.

Arne kunde inte minnas om han och Elisabeth någonsin hade bråkat och det var antagligen för att de var nykära.

De stod och tittade på vad de hittills hade åstadkommit med väggarna. De var mycket nöjda. Med viss skepsis hade de antagit projektet. Att måla ladugårdsväggar dimgrågröna var inte vardagsmat för dem och att sedan måla över det efter bröllopet var slöseri med pengar. Nyrika människor måste det vara, för sådana som hade slitit hårt för pengarna kastade dem inte runt vind för våg. Arne hade målat rosa rosor med några av dem i full blom, några rosenknoppar och gröna taggiga rankor som förband väggarna med varandra. Lars-Ove tyckte att det såg fint ut och Acke höll med. Han hade talang för sådant. De som ägde ladan skulle vara bra dumma om de målade över, för det här kunde bli värt pengar någon gång.

Lars-Ove kollade tiden på sin mobil när han hörde firmabilen köra in på gården. Han gick bort till bilen och ställde sig med armarna i kors.

"Du har varit borta i två timmar och en kvart. Du har en timmes lunch, precis som vi alla andra."

Bilen hoppade till när Petter stängde bildörren.

"Det tar en halvtimme att ta sig till sta'n och samma tillbaka. Jag har rätt till en timmas lunch som alla andra."

"Restiden räknas in i lunchen och du kan inte slösa firmans bensin för att du glömde ta med dig en macka. Vad tror du chefen skulle säga om det?"

Petter ställde sig framför Lars-Ove och sniffade på hans tröja.

"Och vad tror du chefen skulle säga om han visste sanningen om dina måndagssjukor och att du dricker på arbetstid?"

Lars-Ove blev högröd i ansiktet och gick ut ur ladan. Acke försökte lugna ner Petter.

"Han har börjat på AA och har varit nykter i en vecka. Kan ni inte försöka vara vänner?"

"Vänner? Om han springer och skvallrar för chefen sådant vi själva kan hålla reda på har han sig själv att skylla. Chefen har tydligen flera gullegrisar."

De var tillbaka på firman för att byta om innan de slutade för dagen. Beatrice hälsade på Arne och vinkade honom till sig. Hon visade en bild på en känguru på datorskärmen.
"Är den inte gullig? Snart får jag se sådana i verkligheten."

Hon pratade oavbrutet i tio minuter, upprepade tre gånger att hon tyckte att det var helt okej att Magnus hade berättat att hon inte hade någon fast tjänst. Hon ville inte stanna kvar på en utdöd målarfirma på en liten turistö när det fanns större öar såsom Australien att utforska. Hon visade sin tioårsplan för Arne som hon hade skissat upp på ett inköpskvitto från Bingebyhallen. Först aupair i ett år, träffa en trevlig aussie-lad, åka hem igen, söka in på läkarlinjen, sedan gifta sig med honom, han som hon hade träffat i Australien och som flyttat till Sverige med henne. Han fick gärna heta Peter om det uttalades Pitir med stumt r på slutet. Sedan skulle Beatrice som var läkare och Peter som var lärare flytta till Afrika, borra brunnar och rädda barnen från malaria och kolera. Hon log och vek ihop pappret och lade det i sin skjortficka. Bra mycket bättre plan än att bli sambo med en gotlandssork och jobba på reception resten av sitt liv.

Telefonen ringde, hon lyfte upp luren och svarade med samma ljuvliga stämma hon alltid hade när hon svarade i telefon.

"Färgpytsen, det här är Beatrice, vad får det lov att vara?"

Hon grimaserade och vinkade adjö till Arne som gick bort till omklädningsrummet.

Arne var imponerad över hennes planer. Hade hon kommit på tioårsplanen idag? Hon var 21 år och visste vad hon skulle göra de närmaste tio åren. Han själv visste bara att när mor hade levt hade varje dag haft ett visst innehåll och att det upprepade sig dag för dag, vecka för vecka. Nu visste han inte alls vad han skulle göra i morgon. Han hade tvättat på fel veckodag och i morgon hade han en ledig dag att göra vad han ville på. Han tog en dag i sänder och ikväll planerade han att lägga en handduk, en kanna med hett vatten och en porslinsskål på sin byrå. Han tänkte tvätta sig om det blev aktuellt med sex i natt. Elisabeth hade lovat att han skulle få om han ville, det vill säga om han drömde om henne i natt. Om han kom fortare än planerat ville han åtminstone torka av sig och henne, för det hade blivit väldigt kladdigt igår natt och han hade fått byta lakan, påslakan och örngott trots att det inte var lördag. När han tänkte på henne kände han hur hans penis reste sig i byxorna och han lade sin arbetsjacka över för att dölja upphetsningen. Han skulle se till att natta sig själv tidigt och kanske rentav hoppa över Aktuellt.

”Tiger, var är du?”

Kattungen stod inte och väntade i hallen. Han låg hopkurad på en stickad kofta som han aldrig förut hade sett. En röd stickad kofta med vita hjärtan på. Hans eget hjärta tog ett litet skutt. Elisabeth fanns där på riktigt. Det fanns med andra ord chans till sex på riktigt. Han kunde känna hennes närvaro i vardagsrummet, hur alla möbler tycktes vara fulla av förväntan och glädje.

Han satte sig på soffan för att känna in atmosfären och förnimma att hon hade suttit på exakt samma plats som han nu satt. Hennes rumpa hade värmt upp soffdynan och hon måste ha rest på sig strax innan han kom in.

Ett par röda hornbågade läsglasögon låg över en Allers där hon hade fyllt i en halv korsordssida. Han tog upp glasögonen och lade dem på nästippen. Alldeles för starka för honom. Han klappade Tiger och strök hans mage medan han tittade sig omkring i rummet. Något kändes mycket annorlunda här, men han kunde inte se vad det var. Det kanske hade med luften att göra. Det gick mycket lättare att andas här inne, som om någon precis hade öppnat fönstren på vid gavel och öppnat en dörr och rört om i luften med ett korsdrag.

Han lyfte försiktigt upp Tiger och satte honom tillbaka på samma plats efter att han hade plockat upp koftan. Där kunde den inte ligga och skräpa. I hallen stod ett par klarröda lackskor mitt på hallmattan, han plockade upp dem och ställde dem i skohyllan. Elisabeth var visst lite slarvig med sina tillhörigheter. Det gjorde inte honom någonting, om hon bara kunde tillåta honom att plocka upp efter henne och att de kanske kunde ha lite sex varje kväll, eller varannan kväll. Hans penis kunde bli utsliten av den aktivitet de hade utfört igår.

I köket såg han att Elisabeth hade lagt en tallrik ovanpå en annan tallrik. Strömming och potatismos med lite lingonsylt. Maten var ännu varm. Stekpannan stod kvar på spisen och den var inte fylld med vatten. Så slarvigt. Mor skulle nog haft ett och annat ord för den sortens slapphet och lättja.

Ingen Elisabeth någonstans. Hon kanske redan låg naken på sängen och väntade på honom. Han tog av sig sin v-ringade orangea tröja och knäppte upp tre knappar på den bruna skjortan, som hon på Dressman hade matchat ihop. Han skulle inte räkna hennes fräknar den här gången utan istället pröva om man kunde ha sex och samtidigt titta på hennes runda rumpa. Han hade sett något sådant på teve, men visste inte om det var möjligt. Det kanske var samma humbug som när en person roterade huvudet 180 grader, sådant som var möjligt med stunteffekter.

Besviket stängde han dörren till sovrummet. Ingen naken kvinna på sängen. Hon befann sig inte på bottenvåningen och inte heller i källaren. Han hittade ett par röda spetstrosor och en vit bh som låg i fel tvättkorg. Han lade dem i rätt korg. Kulört med kulört och vitt med vitt.

Han hade inte letat efter henne på övervåningen, men redan när han tog det första steget upp var luften annorlunda. Här nere och i källaren dominerades det av Elisabeth och den blommiga parfymen hon tyckte om. Från trappan och uppåt var luften istället kvav och unken, som om något hade fått stå i vatten länge och börjat ruttna. Innan han ens hade gått in i mors rum, kände han det. Det var en uppdämd ilska där som bara väntade på att få träffa ett objekt. Nu flög det ut ur rummet och hamnade i hans huvud. Han täppte för öronen med händerna, men det gick inte att stänga ute svärorden som kom in på annat sätt. Alla ord han fått höra i hela sin barndom och vuxendom flög nu rakt in i honom och fick honom att vilja spy ut sina tarmar. Han hade ovetandes blivit föremål för en ilska som krängde som ett fartyg i oväder, där skrovet gungade fram och tillbaka samtidigt som blåsten tog tag i hans kropp och lyfte upp honom.

"Horunge, jävlar, fan, helvete, riehtis, helvet, biro válddálii du, satan, apskit, ungjävel."

Mor var riktigt arg och han kunde inte förstå varför. Hennes dörr stod på vid gavel och han pressade sig framåt samtidigt som han kände ett motstånd i luften, tät och kompakt av något okänt material.

På hennes säng låg ett krucifix och sängöverkastet böljade fram och tillbaka som om det ville kasta av sig korset, som höll sig fast, klamrade sig fast i luftmaskbågarna i det virkade överkastet som om livet hängde på det. Någon hade spikat upp en vitlökskrans ovanför hennes säng och placerat en svart bibel på nattduksbordet, vars sidor hade brunnit ner till hälften. På byrån stod en tallrik med en tändsticksask och ett knippe torkad salvia som någon hade bränt av. De tre skuggtavlorna på väggen såg ut att ha blivit slickade av eld och sedan blivit räddade i sista sekunden. Förkolnade rester hängde kvar på väggen och på en av dem såg han ett öga och en barnvagn. Resten hade brunnit upp. Det måste vara Elisabeths verk. Hon hade beklagat sig för Lena att Arnes mor Siv var kvar i huset. Arne log, för det var klart att mor blev arg. Hon var inte en vampyr och hon hade gått i kyrkan en gång per år runt jul. Hon var bara ett ensamt spöke och blev arg när någon gjorde det klart för henne, att hon inte var välkommen i huset. För Arnes del kunde hon få stanna, om hon skötte sig och inte bar sig åt. Han måste tala med Elisabeth i natt.

Det skulle nog inte bli sex i natt och med tanke på att mor var däruppe och hörde allt var det bäst att ligga lågt i några dagar. Tidigast på lördag.

Elisabeth skulle inte bli glad om hon fick höra att hon måste dela hushåll med en död kvinna, sin svärmor, och Arne hade hört att kvinnor inte ville ha sex när de var sura och inte fick som de ville. Just när han på det femte försöket lärt sig vad en kvinna ville ha.

15

Arne hade nog aldrig varit så glad för att det var lördag. I vanliga fall tyckte han inte om helgerna, tidigare hade det inneburit 48 timmar med endast modern som sällskap. Nu hade han Tiger i verkligheten och Elisabeth i sina drömmar.

Det hade inte blivit något sex igår. Arne hade lagt sig utan att titta på Aktuellt för han hoppades komma till drömmarna fort och så länge som möjligt. Han hade hoppats på att han och Elisabeth skulle hinna komma på vänskaplig fot med varandra innan han vaknade igen, men så hade det inte blivit. Hon hade surat, och bett honom sova på soffan för att hon behövde utrymme att tänka. För säkerhets skull hade han frågat henne om hon ville älska, för han ville inte gå miste om chansen. Man kan ju vara arg på varandra och ändå vilja ha sex och sedan sova i två olika rum, men det hade hon inte gått med på. Hon tyckte att han var dum som ens föreslog det. Han hade kallat henne vid hennes smeknamn, Myran, i ett sista försök att blidka henne och kittlat hennes knäveck, men hon hade knuffat honom åt sidan. Typiskt karlar att tänka på sex när de hade viktiga saker att diskutera.

”Din mor är död”, sa Elisabeth.

”Men hon är kvar”, sa Arne.

”Och död. Hon måste bort.”

”Hon känner sig ensam.”.

”Vad? Hon är ju död. Döda kan inte ha känslor.”

Arne var inte säker på det. Mor hade varit förbannad och arg och det var känslor. Om hon inte hade känslor skulle hon inte känna något eller uttrycka något.

”Då får du välja, henne eller mig.”

Arne gick upp för att prata med sin mor. I vaket tillstånd kunde han inte se henne, men i drömmen satt hon och surade på sin säng. Hon hade samma marinblåa klänning på sig som hon hade blivit begraven i. Hennes långa hår var fint uppsatt och begravningsentreprenörerna hade gjort ett fint arbete med att sminka henne, men glömt att sätta in hennes löständer. Hennes ansikte var alldeles ihopsjunket. Hon pekade på sitt ansikte och beklagade sig.

"Jag ser ut som en hora. All den här färgen på en döing, bortkastade pengar."

Arne visste inte att de hade sminkat henne, för begravningen hade varit med stängt kistlock.

"Har idioterna hittat gravstenen än?"

Mor Siv tittade ilsket på honom.

Gravstenen låg fortfarande kvar hos gravören och det enda som hittills fanns graverat på den var ett kors och en ros som han redan hade betalat för. Siv tittade strängt på honom, men Arne hade svårt att vara lika rädd som förut för hon kunde inte räta upp det ena ögat som stirrade snett ner på sängen.

"Vad är det för en hora du har hittat?"

Kvinnor hon inte tyckte om kallade hon för horor och han hade hört genom sockenskvallret att hon en gång hade kallat prästfrun för sockenhora såsom hon sprang omkring bland husen, drack kaffe och skvallrade om Sivs belägenhet. Mor hade bara gått på midnattsmässa efter det.

"Det är bara Elisabeth. Hon är fint folk."

"Jag ser vad hon är för en. Danskimport. Minsann har man inte satt en klänning på en häst såsom hon travar och galopperar här."

Arne tyckte att hon var otrevlig, men sa det inte till henne. Mor hade alltid rätt, även när hon var död. Han hade inte kommit för att prata om Elisabeths utseende utan gick rakt på sak.

"Elisabeth är bekymrad över att du är död och inte har funnit ro än. Såg du inte det vita ljuset? Du borde ta dig till himlen."

"Himlen? Och om jag åker till himlen, vem ska se till att jag får min gravsten? Glöm inte skriva saknad längst ner, fast det ska gudarna veta att du är själaglad att vara av med mig."

Nu var han ju inte riktigt av med henne, för hon hade inte åkt någonstans även om kroppen låg några hundra meter längre bort i sin grav. Hon ville inte färdas genom det vita ljuset, ville stanna kvar i huset och göra livet surt för honom, Elisabeth och Tiger.

"Känner du dig ensam", frågade Arne och lade försiktigt sin hand på hennes kalla hand som blivit alldeles vit och ådrig. Naglarna hade vuxit en centimeter sedan hon dog.

"Jag kan besöka din grav, varje dag om du vill."

Hon grimaserade och öppnade sin tandlösa mun på vid gavel. Ut flög en sexfläckig bastardsvärmare som satte sig på hennes hår och där den hade landat föll hennes hår av. Om Arnes mindes rätt var bastardsvärmare riktigt giftiga. Fjärilarna var farliga för alla, för de innehöll vätecyanid. Under sin livstid som larv drog de upp vätecyanid från värdväxten och när de var färdigutvecklade var de mycket giftiga. De såg ut som svarta spyflugor fast med rödprickiga grå vingar.

"Du tror jag är kvar för att jag är ensam, för att jag älskar dig. Jag är kvar för att jag hatar dig. Ingen älskar dig, inte ens jag. Du och jag har bara varandra och jag ska se till att det blir så till slut. Jag kunde ha valt att avsluta ditt liv innan du ens föddes. En galge rakt in och sedan dra ut dig. Du borde vara tacksam för att du finns, för jag kunde ha tagit dig till en änglamakerska. Jag känner en. Toini."

Arne kände sig tom inuti. Mor ville inte bege sig av och Elisabeth hade sagt till honom att välja. Nu fick han inte välja utan det gjordes åt honom, såsom det alltid hade gjorts och sedan skyllde man ändå på honom. Elisabeth skulle ta med sig Tiger och han skulle bli helt ensam. Den ensamheten skulle vara mycket värre än den som kom efter mors frånfälle. Det hade varit en skön ensamhet, att slippa tassa på tårna och att alltid få höra vilken idiot han var. Nu visste han inte om han ville bo kvar här utan Elisabeth och Tiger. Han borde flytta till fastlandet och leta efter ställena där hans far Hugo hade bott. Det skulle vara ett passande slut på hans liv, att irra runt på fastlandet.

Arne lade sig på soffan, tog en broderad kudde, som han inte hade sett förut och lade den under sitt huvud. En pläd som han ibland värmde sina fötter med fick tjäna som täcke. Elisabeth tassade försiktigt fram till honom.

"Har du pratat med din mor? Ska hon bege sig av?"

Arne skakade på huvudet.

"Hon vill inte. Jag har till och med frågat henne om det vita ljuset, men hon vill helt enkelt inte. Hon är för elak för att lyssna på någon. Hon har alltid gjort som hon vill."

Arne kunde se Elisabeths mun bli rak som ett streck. Hon var inte alls glad. Snart skulle hon och Tiger försvinna ut ur hans liv och bli en kort parentes i hans liv, de dagar och veckor som han verkligen älskat livet och dem.

"Arne? Gråter du?"

Han försökte dölja det, men det kom fler tårar när han torkade ögonen med sin t-shirt. Hon skulle säkert tycka att han var omanlig och försvinna från hans liv redan i natt.

Hon drog vardagsrumsbordet närmare soffan och satte sig på bordet. Hon ville veta varför han grät. Han sa som det var, att han hade funnit sin själsfrände och att en sådan hittade man kanske bara en gång i livet. Han tänkte inte nämna Märta som han trodde att han skulle gifta sig med när han var femton. Han hade trott att det skulle vara de för resten av deras liv eller i alla fall i hans drömliv.

Elisabeth lade hans hand på hennes bröstkorg och han kunde känna hennes hjärta slå där inne.

"Tror du inte att jag är verklig? Känn hur mitt hjärta slår. Jag stannar hos dig."

Hon drog upp honom från soffan, tog upp Tiger som låg ihoprullad under hans fötter och tillsammans gick trion mot sovrummet.

"Nu är det vi tre."

Tiger kröp in under täcket och rullade ihop sig vid Arnes fötter. Elisabeth kröp in under täcket, men skuttade lika snabbt upp igen.

"Det är en sak jag måste göra."

Hon stack in huvudet genom dörröppningen och höll upp ett paket finsalt.

"Om kärringen inte vill lämna hemmet, kan jag åtminstone se till att hon håller sig i sitt rum tills vi har kommit på hur vi ska jorda henne."

De hade legat hela natten i skedställning. Hennes rygg och rumpa hade varit vänd mot hans framsida, medan han själv försökte hålla avstånd mellan hennes stjärt och hans erektion. Han ville inte att hon skulle tro att sex var det enda han tänkte på, men det var just nu det enda han tänkte på. Han hade inte tänkt på sex i flera årtionden och nu när han äntligen fått en smakbit av det ville han ha mera. På morgonen hade hon gått upp i rök, men hennes parfymdoft hade bitit sig fast i hans kudde och han låg kvar en stund och luktade på henne.

Tiger jamade hungrigt och krafsade på sängen. Arne släppte ner sina fötter på golvet och drog fram morgontofflorna under sängen. Kattmatsburken var tom och han hämtade en ny och tömde lite av det på en tallrik. En frukosttallrik och en kaffekopp låg i diskhon och han diskade upp dem och lade dem i diskstället för att torka. Elisabeths röda klackskor låg utslängda i hallen, igen, och han ställde upp dem i skostället. Han stelnade till när han hörde sång från badrummet. Någon sjöng "Jolene, Jolene" för full hals där uppe. "He's the only man for me, Jolene. My happiness depends on you. Please don't take him because you can. Jolene."

Det tredje trappsteget knarrade till och han stannade kvar på stället för att lyssna om någon reagerade på det. Det var tyst så när som på sången som kom från badrummet. På tröskeln till mors rum var det ett vitt rakt streck på golvet som sträckte sig från dörrfoder till dörrfoder. Han tog upp lite med fingertopparna och smakade på det. Salt.

Elisabeth sjöng i badrummet och han hörde hur vattnet rann i duschen. Han hoppades att hon sparade lite varmvatten åt honom, men hon hade säkert duschat i tio minuter. Hon sjöng färdigt sången och började om från början. Tiger hoppade fram, svärmade runt honom medan Arne sjönk ner på golvet och satte örat till dörren. Han ville höra hennes röst. Hon stängde av kranen och öppnade skåpet för det knarrade till i gångjärnet. Hennes parfymer och smink hade dykt upp igår och hans rakhyvlar och borstar hade fått dela utrymmet med alla hennes miljoner pryttlar och tingestar. Tassande fötter på golvet och ett ryck i handtaget. Hon var på väg ut ur badrummet. Han reste sig snabbt upp och gömde sig i hörnet vid dörren.

Dörren öppnades och varm ånga rann ut ur rummet. Ingen Elisabeth. Hon kanske stod kvar i badrummet och hade bara öppnat dörren för att släppa ut ångan. Han var säker där han satt om inte Tiger avslöjade hans position.

Det hördes inget från badrummet. Ingen sjöng eller gick omkring därinne. Han kikade in och såg att rummet var helt tomt. Hon hade försvunnit från honom igen, just när han skulle få träffa henne. Det lät som om någon gick därnere i köket.

"Älskling, vad omtänksam du är. Tack för att du diskade. Jag ska bara ut ett ärende och kommer hem om några timmar."

Arne sprang ner, men det var för sent. Hon var inte kvar. Genom fönstret kunde han se en röd, skranglig Toyota köra i riktning mot Bro.

Tiger tittade uppfordrande på honom. Arne böjde sig nedåt och smekte honom under hakan.

"Vad sägs om att du och jag tar en åktur?"

När han var nere i källaren för att fylla tvättmaskinen med kulörta handdukar för 60-graderstvätt hade han sett en ouppackad kattbur som låg kvar i sin plastpåse. Från Roma järnhandel. Tiger gick rakt in i buren och lade sig ner. Matte var borta, men tillsammans skulle de hitta henne.

Arne log när han lyfte upp Tiger och buren och satte dem i sin gröna Audi. Det skulle bli som en klassisk roadmovie från 80-talet, Nu blåser vi snuten, fast utan handling och utan poliser. De skulle köra på vägarna och leta efter en röd Toyota av årsmodell -86. Vad de skulle göra efter att ha hittat den visste han inte, men sådant brukade lösa sig på vägen.

De skulle börja med att köra på väg 148 och sedan vid Shell åka uppför väg 147 upp till Krampbroboden. Det var ologiskt att hon skulle ha åkt till ICA Krampbroboden eftersom den öppnade klockan ett på lördagar, och hon skulle i så fall ha svängt vänster från deras hem och inte höger mot Bro. Var skulle hon annars vara om inte i matbutiken eller på sitt jobb. Hon hade bott tre månader på ön och inte hunnit skaffa några vänner såvitt han visste.

När Arne knackade på buren lyfte Tiger upp huvudet. ”Mjau!” sa han, vilket betydde att de skulle fortsätt leta efter matte. De körde förbi Visby och svängde in mot Slitevägen. De flesta bilar som körde på vägarna var inte skrangliga bilar utan katalysator så det skulle vara lätt att hitta bilen som kunde köra i högst 70 kilometer i timmen utan att vibrera och skaka loss bultarna och skruvarna som med nöd och näppe höll ihop bilen.

Det fanns ingen rostig Toyota utanför matbutiken. Det fanns ingen plats för honom att parkera så han svängde tillbaka in mot Visby. Han skulle ta en omväg via Endre och Barlingbo och svänga bort till Roma äldreboende. Hennes bil måste stå där. Han skulle ta med sig kattburen och Tiger, gå in genom porten och kräva att få tala med Elisabeth. Han skulle falla ner på knä och sträcka ut sina händer. ”Kan du tänka dig att leva med mig och Tiger så länge någon av oss lever?” Hon skulle gråta, krama dem och sedan skulle de åka hem, ha sex och på måndag skulle han åka till Guldfynd och köpa två förlovningsringar efter att han hade slutat för dagen.

I Barlingbo började Tiger jama och klösa i buren. Arne lyfte ner buren på en åker där han hade parkerat vid sidan av vägen och släppte ut katten. Tiger sprang in i buskaget och kom sedan tillbaka efter att först ha skrapat i marken.

Han klev självmant in i buren. Arne skakade på huvudet. Tiger var en konstig katt som betedde sig som en hund.

Det stod ingen röd Toyota på Roma äldreboende, bara en röd Fiat och det var inte samma sak. Om hon inte var i matbutiken och inte på sitt jobb, fanns hon ingenstans, så vida hon inte hade åkt till Lena. Han visste inte hur nära vän hon var med Lena, men tydligen hade de två funnit varandra kort efter att Arne så plumpt råkat försäga sig om sin påhittade romans med Elisabeth. Livet hade kort sagt tagit en helt ny vändning. En bra vändning ville Arne tillägga. När han ändå var i Romakloster körde han bort till ICA, till Konsum och till biblioteket. Det var ju inte helt omöjligt att hon hade fått ett ärende dit.

Hon måste finnas någonstans intalade han sig själv. Drömmar är drömmar, men den verkliga Elisabeth kan ju inte ha gått upp i rök.

Han stängde av motorn och parkerade utanför Magnus hem. Elisabeths bil stod inte där heller. Nu hade han varit på alla ställen hon kunde vara på och hon fanns ingenstans. Hon kanske hade åkt till Willys för att handla mera strömming till Tiger.

Han tog fram sin mobil för att se om han hade ett telefonnummer till Elisabeth. Det hade han. Elisabeth von Uberhausen. Det knackade på bilfönstret och han vevade ner rutan. Lena såg bekymrad ut.

”Är något på tok? Ska du inte med in?”

Arne gungade Elliot på sitt knä samtidigt som han försökte dricka upp kaffet utan att skvätta ner den gräddvita mattan.

”Ja, Elisabeth var här i morse. Hon hade bråttom hem.”

Lena blinkade förtroligt mot honom.

"Jag hör bröllopsklockorna ringa för dig och Elisabeth. Hon är den trevligaste människa jag har träffat. Hon är rak och ärlig och skulle aldrig få för sig att ljuga bara för att göra någon annan person glad. Jag tror ni kommer att bli mycket lyckliga tillsammans."

16

Båten, som Arne hade tagit sig an att måla både in- och utvändigt, började arta sig. Ägaren skulle komma nästa vecka från Spanien och inspektera jobbet innan den sjösattes. Arne hade aldrig målat en båt förut, men det var inte så mycket annorlunda än att måla hus. Varje objekt krävde specialbehandling. En mur, ett bulhus eller ett putshus krävde olika typer av färg och genomsläpplighet. En båt behövde båtfärg, trätjära och båtlack, allt för att den skulle kunna färdas över vatten. Numera var det svårare att hålla en båt algfri sedan de nya mindre giftiga miljöfärgerna hade introducerats. Det gjorde inte Arne så mycket för han hade ingen båt, han var istället glad att fiskarna inte fick i sig så många farliga ämnen.

Om två veckor skulle alla utom Magnus gå på semester. Han skulle bara ta en vecka och resten av tiden skulle han ta in anbud på lättare måleriarbeten, fönster och dörrar, för att hålla firman flytande. Under firmans glansdagar hade det varit lätt att hålla stängt en hel månad, men nu låg de redan efter med vissa av räkningarna. Beatrice hade viskat om att det kom många fönsterkuvert och att Magnus inte verkade vara glad att se dem när hon gav dem till honom. Han slängde in dem i en låda och stängde till den. Det var också klart vem som skulle få gå. På morgonen hade Petter blivit kallad in till Magnus kontor och några minuter senare hade han kommit utstormande som ett åskmoln. Magnus hade höjt på axlarna och skakat på huvudet. Någon måste gå om inte firman skulle gå omkull. Petter hade kortast anställning och var det självklara valet. Dessutom besatte han inte de mångåriga yrkeskunskaper inom måleriarbeten och lättare snickerier som de andra hade. Beatrice trodde att han ändå skulle ha fått sparken, eftersom de inte kom så bra överens.

Det hade varit meningen att Petter skulle hjälpa Lena med att dekorera ladan, bröllopsuppdraget, men han hade stuckit med sin egen bil och inte kommit tillbaka efter att han hade blivit varslad om uppsägningen på morgonen. Magnus bad Arne följa med henne till Tingstäde, för Magnus hade hört skvallret om att Arne var konstnärligt lagd. Var det inte han som hade målat rosorna på ladugårdsväggen? Det kanske var något de kunde utöka med i firman, dekorarbeten i trapphus, bröllopslokaler och kanske till och med skyltfönster. Lenas mamma som var på besök från fastlandet hade lovat att passa Elliot under några timmar.

Arne hade alltid tyckt om Lena. Hon var jordnära och inte ett dugg flamsig. De tjejer som Magnus hade haft sedan tonåren var inte många, men alla utom Lena hade varit tjejer som kom till jobbet och störde honom. De tyckte inte det var så viktigt med hans jobb, han jobbade ju bara med sin pappa och då kunde han ta ledigt och åka på solsemester när han ville.

Inte hade de tyckt om Arne heller. De tyckte han var konstig. En av hans flickvänner, Katta, hade fått för sig att Arne var pedofil för att han tyckte om barn men inte hade någon flickvän. Arne tyckte inte om alla barn, inte den bråkiga sorten, och inte alls på det viset som Katta hade antytt. Bara för att han bodde med sin mamma behövde han ju inte vara pedofil för det.

Sedan Lena kom in i Magnus liv hade han köpt ett radhus, fått ta över firman och nu fått sonen Elliot. De andra tjejerna ville bara ha kul, ville inte bilda familj och de ville att Magnus skulle flytta till fastlandet. Aldrig i livet, hade Magnus sagt.

Lena tyckte om Arne och hon förstod att han var blyg och inåtvänd och kanske inte hade haft det lätt i livet. Det hade hon inte heller haft, fast på ett annat sätt. Hon sa att man måste vara extra snäll mot Arne. Om inte Magnus hade gift sig med Lena kunde Arne ha tänkt sig att fria till henne, det vill säga innan han hade träffat Elisabeth. Hon lyssnade på en och brydde sig om vad man sa, på riktigt.

Arne var nästan klar med båten, han hade strukit på ett nytt lager båtlack över trädetaljerna av mahogny, så han kunde följa med Lena till ladan. Arne hade några idéer som han ville visa Lena. Han plockade upp henne på vägen och hon vinkade adjö till Elliot som stod i fönstret med sin mormor. Lenas mamma verkade vara den bestämda sorten för hon vinkade inte tillbaka utan stod och stirrade med bister uppsyn. Hon verkade inte vara glad över att passa sitt barnbarn några timmar.

Lena hade fem papperspåsar fulla med tyg. Det var voile, bomullstyg i rosa och dimgrönt, några meter krämfärgade och starkt rosa sidenband. Lena suckade och sa att hon inte hade sovit på hela natten. Hon hade fållat kanterna på allt tyg så att det inte skulle fransa sig och mitt i natten hade sytråden tagit slut. Till slut hade hon hittat några trådrullar som stått bortglömda i garaget i en plastpåse som någon stoppat i en blomkruka. Magnus tyckte inte om att slänga saker, sparade allt, och tur var väl det den här gången fastän tråden inte var i helt rätt nyans. Ingen skulle märka det i ladan för enda belysningen där skulle vara stearinljus från taket och från väggarna.

”Nå, har du friat till Myran? Du vet att hon väntar. Ingen av er blir yngre.”

Lena hade hoppat in i framsätet på den vita skåpbilen och stängt till dörren hårt. Hon verkade ha bråttom för hon andades häftigt som om hon hade sprungit flera mil.

Arne skakade på huvudet. Han hade inte haft tid till det. Det han inte sa till Lena var att om han bara kunde få träffa henne på tumanhand i verkligheten skulle han gå ner på knä och fria. Han hade letat efter henne, men hon var försvunnen.

”Du vet varför hon vill förlova sig, trots att ni bara bott och känt varandra i några månader?”

Det visste inte Arne. Han hade hoppats att det var för att hon älskade honom och att hon ville leva med honom för resten av sitt liv.

”Hennes syster Ingrid har förlovat sig med oduglingen Hans af Klebenholz och snart ska de gifta sig. Hon vill inte återvända hem utan en ring på fingret. Hennes familj tycker inte om hennes livsstil. Tre brutna förlovningar och allt. De säger att det måste vara något fel på henne, för det kan inte vara fel på tre karlar. Om hon kan visa upp dig, att du har ärliga avsikter med deras dotter, då kan de lugna ner sig.”

Elisabeth hade för ett kort ögonblick trott att hon älskade Hans och att han älskade henne, men så hade lillasyster Ingrid kommit hem från USA och struttat omkring utan bh, med tunt linne och ett par kortkorta jeansshorts. De låg med varandra innan Elisabeth och Hans hade brutit sin förlovning.

Arne stirrade på vägen framför sig. Han tänkte på hennes familj, den adliga familjen von Überhausen i sin vita herrgård med krattad gårdsplan av vit krossad marmor. Det knöt sig i hans mage. De skulle hata honom. Vad hade han att erbjuda deras dotter? Ett vitt litet putshus på 80 kvadratmeter med en trädgård full av tistlar, brakved och ett halvruttet körsbärsträd som inte burit frukt på flera år. Han hade bara 621 000 kronor på banken, ingen fin utbildning eller bra härkomst. Hans efternamn började inte med von eller af. De skulle skratta åt honom och sedan skulle Elisabeth göra slut med honom, för det skulle bli pinsamt när han inte visste vilka bestick han skulle ta till förrätten. Hennes syster skulle bo i en fin herrgård och hon själv i ett hus som inte renoverats sedan 1971 när de satte in en elspis och byggde ett badrum inomhus.

Lena avbröt Arne i hans dagdrömmar med praktiska planer till deras kommande förlovningsfest.

"Jag kan ordna förlovningsfesten om du vill. Det blir en intim fest för de närmaste och jag skulle kunna göra plockmat, sådant som man trär på pinnar och givetvis champagne. Massvis av det."

Arne lovade att tänka på saken, men han hade bestämt sig för att vänta med att förlova sig med Elisabeth. Det måste bli något av honom först. Han kanske kunde gå en kurs i kurbitsmålning eller hur man ådrar trä. Diplomen skulle sedan kunna hänga på väggen.

Han parkerade utanför ladan och medan han tog fram nyckeln för att låsa upp lastade Lena ut sina papperspåsar från bakluckan.

Hon hoppade till av förvåning och glädje. Inne i ladan var det snyggare än vad hon hade förväntat sig. Det var först nu som hon såg det färdiga resultatet. Hon kunde tänka sig att ha ett litet bröllop här, om hon inte redan varit gift. Hon strök över rosorna på väggen med sina fingertoppar och frågade flera gånger om Arne verkligen hade målat dem. Han var en riktig konstnär och borde kanske använda sin talang mer än till att stryka brett med målarfärg över plankor.

Med handen under hakan inspekterade hon utrymmet och hummade några gånger. Hon pekade ut från vilka hörn och väggar tygstyckena skulle dras, från och till vilken vägg eller hörn. I mitten av rummet skulle tygen korsas och bilda ett valv. Det skulle dekoreras med levande blommor också, men det var för tidigt då bröllopet inte skulle hållas förrän om fem dagar. Arne försökte föreställa sig slutresultatet när stolarna och borden hade kommit på plats. Magnus hade spraymålat dem i målarverkstaden och skulle frakta ut dem på fredag så att de var på plats innan blommorna kom. På söndagen skulle borden och stolarna staplas i ett hörn, allt tas ner och på måndag skulle de måla ladan röd igen. I slutet av nästa vecka, medan bröllopsparet fortfarande var på smekmånad, skulle kossorna komma från fastlandet i en stor fraktbil. Fem kvigor som skulle betäckas och i sinom tid bli mjölkkossor. Paret som köpt gården var stressade civilekonomer som skulle börja på ny kula på Gotland som månskensbönder, hobbybönder, som inte hade för avsikt att livnära sig på sitt jordbruk. Det skulle vara mer som ett avstressande pyssel efter en åttatimmars arbetsdag.

Lena stod högst upp på en stege och höll i änden av ett långt tygstycke.

”Arne, kan du ge mig häftpistolen.”

Han tittade sig omkring och gick sedan bort till papperspåsarna. ”Jag ser ingen häftpistol.”

Lena suckade och klättrade ner.

”Tog du inte med dig den från jobbet? Kolla om du har en i bilen.”

Arne tittade i skåpbilen, men där fanns bara silvertejp.

"Duger det med den här?"

"Fan också!"

Lena satte sig på golvet och misströstade. Hennes mamma var inte lätt att tas med och skulle hon bli tvungen att passa Elliot längre än fyra timmar hade hon hotat med att ta nattfärjan till Oskarshamn och ta in på ett hotell någonstans tills hon kunde ta sig hem. Hon hade inte kommit till ön för att passa barn, hon var färdig med den biten. Lena undrade varför hon överhuvudtaget kom och besökte dem när hon hade visat så lite intresse för dem. Arne hade inget svar på det, men föreslog att de kunde åka hem till honom och hämta hans häftpistol. Det var kortare väg än till jobbet och då skulle de bli färdiga i tid så att hon inte behövde boka om färjebiljetten till sin mamma.

Lena lugnade ner sig och såg glad ut när de satte sig i bilen igen. Hon hade aldrig varit hemma hos Arne och såg fram emot att se hur han och Elisabeth bodde. Arne svarade att det inte fanns så mycket att se, bara ett vanligt hus som han tänkte renovera nästa sommar.

Han hade inte tänkt den tanken förrän den slog ner i honom. Det var kanske dags för lite moderniteter såsom golvvärme i badrummet, ett badkar och en ny duschkabin. Kanske en bastu i källaren.

Grinden stod öppen och Arne tänkte att han hade glömt att stänga till den i morse när han åkte hemifrån. Han såg att mors fönster var öppet och gardinerna fladdrade i vinden. En stege stod lutad mot fönstret. Det måste undersökas. Någon verkade ha gjort inbrott på morgonen. Han såg fotspår runt stegen där gräset inte velat ta sig trots att han hade rivit bort mossan, lagt ny jord och sått med nya gräsfrön. Arne plockade upp en snusdosa som låg på marken och stoppade den i bakfickan. Han låste upp och släppte in Lena medan han själv gick ner till källaren för att hämta häftpistolen. Lena stod kvar i hallen där hon klappade Tiger som tryckte sig kurrande och sömndrucket mot hennes ben. Arne gick upp till övervåningen och såg att saltstrecket vid tröskeln till mors rum var borta. Någon hade sopat ihop den till en hög i hallen. Han stängde fönstret och försökte se om något var stulet. Krucifixet var kvar på sängen, men vitlökskransen låg slängd i ett hörn vid byrån. Tredje lådan var öppen och någon hade tagit upp bokmärkena och lagt dem på byrån. Det fattades minst ett ark. Han mindes att det hade funnits bokmärken av flera inhemska fjärilsarter såsom påfågelsfjäril, grön snabbvinge, karminspinnare och aurorafjäril. Det fanns tio ark kvar och var och en av dem innehöll 12 bokmärken. Han bläddrade i arken och noterade att alla bokmärken föreställde citronfjärilar. Det var konstigt, för när han först hade hittat dem hade alla arken varit precis likadana, kopior av varandra och med flera olika fjärilar. Det här var tio ark med citronfjärilar. Det blev 120 fjärilar totalt och alla såg likadana ut.

Han stängde dörren och gick ner igen, tog ett varv runt vardagsrummet, kikade in i sitt sovrum och i köket. Inget av värde verkade ha försvunnit. Dörren hade varit låst när han kom in, så den som varit därinne måste ha klättrat ut samma väg som han kom in.

”Vad fint ni har det”, sa Lena och försökte låta som om hon menade det på riktigt. Hon stod i vardagsrummet och tittade bort mot soffgruppen med grönt sammetstyg som hade blekts på några ställen av solen. Hon såg tjockteven och de svarta laminerade bokhyllorna som varit så populära när han köpte dem. Nu såg Arne sitt hem genom hennes ögon och insåg att han skulle behöva byta ut allt. Det här var inte ett hem passande för någon som hette Elisabeth von Uberhausen som efter att de gifte sig skulle heta Pettersson i efternamn.

Lena tittade på klockan och sa åt Arne att de hade bråttom. Hennes mammas favoritserie skulle börja om mindre än två timmar och hon måste vara hemma senast då.

Arne svängde till höger efter Lokrume kyrka och Lena hade varit tyst tills nu, försjunken i tankar.

"Jag tycker att det var elakt gjort av Ingrid att dejta samma kille som sin syster. Elisabeth har hört rykten om att hennes syster är gravid. Deras föräldrar har satt hårt mot hårt och skyndade på bröllopet som skulle ha hållits i vinter. Det blir ett litet sommarbröllop har jag hört. Hon är gravid i tredje månaden. Elisabeth och du hade väl planerat en cykelsemester på Fårö, men jag antar att ni får skjuta på det och åka till hennes släkt i Århus istället. Elisabeth behöver dig just nu, mer än vanligt. Du vet, hon kan ju inte få barn, i den här åldern alltså. Hon måste hem, för media kommer inte vara trevliga om hon inte är där och representerar sin familj."

Arne bromsade häftigt in vid ladan och Lena tittade undrande på honom. Hon höll händerna mot instrumentbrädan så att hon inte skulle tryckas mot bilrutan.

Lena pekade och satte tyget mot väggen och Arne tryckte av med häftpistolen. Hon kom med förslag, han nickade och gjorde som hon sa. Lena försökte inleda en konversation med Arne, men det enda han tänkte på var att han inte visste om han skulle ha kavaj eller smoking till bröllopet. En kostym från Dressman skulle inte duga för hans nya adelsfamilj och inte heller något från någon annan butik på ön. Nya läderskor i storlek 42 med inlägg för hans platta ankfötter måste specialbeställas från fastlandet. Kunde de göra ett par på några veckors varsel? Hur mycket skulle det kosta? Säkert mer än de extra bokstäverna på moderns gravsten som han hade våndats över.

Lena blev inte riktigt nöjd med resultatet, för tyget möttes inte exakt i mitten av rummet trots att hon hade mätt korrekt från början. Det var ett hål i mitten och nu måste hon komma på vad det skulle fyllas ut med och Arne hade inga idéer. Det var det bästa hon kunde göra, med tanke på att hennes mors teve-serie skulle börja om 30 minuter och om Arne trampade hårt på gaspedalen skulle de kanske hinna hem i tid. Om bröllopsparet inte blev nöjda kunde de dra av på räkningen. Tyget hade redan kostat mer än vad hon hade räknat med och med nya dekorationer skulle de gå back med några hundralappar.

Hon hade inte tid att vänta på att Arne skulle sakta ner. Hon öppnade bildörren medan bilen var i rörelse och han tvärbromsade så att hon inte skulle ramla och skada sig mot asfalten. Lenas mamma stod i fönstret med Elliot i famnen som om hon inte hade gjort något annat under alla de timmar de varit borta.

På målarfirman tycktes inget vara som vanligt. Beatrice hyssjade, vinkade Arne till sig och förklarade att Petter hade blivit tokig. Nog hade han alltid varit konstig med sina tider, men nu hade han gått över gränsen. Genom fönstren till Magnus rum såg han hur Petter gick fram och tillbaka på golvet samtidigt som han pratade högt.

"Kolla här, jag har alltid misstänkt att Arne inte är helt normal och sedan började ni alla tro att han har en fin flickvän och så, men jag säger att jag hade rätt om honom."

Magnus satt på sin kontorsstol och försökte lugna ner Petter.

"Jag har känt Arne i hela mitt liv. Han är inte konstig, men annorlunda."

Petter såg Arne genom fönstret och öppnade dörren. Hans ansikte var rött och svullet och något hade hänt med hans ögon. De var alldeles glansiga. Det såg inte ut som om det fanns någon Petter bakom ögonen utan någon annan som Arne vagt kände igen.

"Nämen se där vem som kommer. Nu kan han inte förneka det."

Petter tog tag i Arnes arm, drog in honom i rummet och knuffade honom mot besökssoffan. Magnus suckade, gick och satte sig bredvid Arne och satte handen på hans axel. Petter såg ännu argare ut.

"Jag vet att det är fel, men jag tog en stege som stod bakom en utbyggnad och sedan klättrade jag upp och klev in efter att ha lirkat upp fönstret. Fy fan, vad jag fick se i det rummet. Du är sjuk Arne. Din morsa låg i sängen och såg ut att vara nästan död. Du måste ha bankat skiten ur henne, för allt satt fel i hennes ansikte och ändå hade hon försökt måla ansiktet för att dölja misshandeln. Hon sa att du hade låst in henne i sitt rum. Och vet du vad hon sa om Elisabeth? En dansk hora som du hyr in om nätterna. Jag visste att du är sjuk i huvudet. Du borde spärras in. Och så hade du strött salt på hennes tröskel. Jag sopade bort det. Din morsa sa att du använder trollkonster mot henne."

Magnus reste sig upp och sa med en lugn ton.

"Petter, nu tar du och städar ur ditt skåp och när du är klar ger du mig nycklarna. Du stannar hemma med full lön tills din anställningstid är slut. Arnes mor är död och ligger begraven på Fole kyrkogård. Elisabeth är en respektabel sjuksköterska och min frus väninna."

17

Vem försökte han egentligen lura? Arne skämdes när han tänkte på gårdagen. Petter hade ställt till med en stor scen på kontoret och hade sedan fått lämna jobbet med omedelbar verkan. Allt var Arnes fel, för om han inte hade startat lögnen skulle Petter inte ha behövt sluta på ett så definitivt sätt.

Tempot hade skruvats upp i hans och Elisabeths förhållande. Nu var det tänkt att han skulle förlova sig med henne och träffa de blivande svärföräldrarna trots att han ännu inte hade träffat sin älskade i verkligheten. Han visste att han älskade Elisabeth och hade vid det här laget utforskat varje centimeter av hennes kropp. Men hur väl kände Elisabeth honom? Hade hon lika detaljerade drömmar om honom? Tänk om hon upptäckte att hon inte älskade honom? Skulle han bli dumpad när han var på en herrgård i Danmark, bar specialgjorda läderskor och kostym som tillsammans hade kostat mer än vad han tjänade på en månad? Von Überhausen, han gillade inte klangen i efternamnet. Pressen skulle vara där, ta kort på honom och undra vem han var. Han som inte ens kunde danska. Var det meningen att de skulle umgås med släkten en hel helg eller en hel vecka? Varför det? Hade inte Elisabeth sökt sig bort från dem för att få vara sig själv? Arne kunde inte låtsas vara någon annan än sig själv en endaste dag. Lena pratade om förlovning, så att Elisabeth kunde åka till Danmark och visa upp ringen. Vilken person som helst dög. Förlovning var inte som att köpa en bil, att man bara tog en för att köra med.

Hon hade lagt broschyren på köksbordet. Den låg där på morgonen, en liten turistbroschyr över Århus. På en av bilderna fanns Elisabeths föräldrahem, en turistattraktion med sin vackra park. Han kände en växande obehagskänsla. Var det meningen att han skulle tycka om Århus och att hon skulle få det till att låta som en semesterresa? Han vek ihop broschyren och slängde den i soporna. Århus hade inget som inte Gotland hade. Här fanns vattnet, ljuset, museum, konst, caféer, affärer, ett kulturarv och allt stod dessutom på svenska. Varför skulle han semestra i Århus när han kunde sätta sig i bilen med en fikakorg och inom en halvtimme se de mest vidunderliga utsikterna. Inget var vackrare än en gotländsk sommardag. Dessutom alldeles gratis. Nej, han tänkte inte åka till Danmark, vilken löjlig tanke. Om Elisabeth ville åka och träffa sin stela familj kunde hon göra det själv. Han behövde inte åka dit och skämma ut sig. Om familjen ville träffa honom fick de komma hit till hans naturliga miljö. Han vill inte vara en ful ankunge bland svanarna. Här var en dyr kostym opassande, speciellt när man kom ut på landet. Gummistövlar var det man hade på fötterna och inte sådana blommiga turistgummistövlar med lågt skaft. Och vem skulle ta hand om Tiger om han åkte iväg?

Elisabeth och Arne hade grälat i natt. Deras första gräl. Och det var innan broschyren dök upp, som var som ett hån rakt i ansiktet på honom.

Han hade vaknat upp i hammocken huttrande av kyla när filten glidit av honom. Elisabeth ville åka till Århus för att hennes dumma syster Ingrid hade förlovat sig med Hans af Klebenholz. Arne hade sett en bild av honom på Wikipedia och inte tyckt om honom. Han hade en kraftigt markerad haka med ett sådant rakt streck på som hans mor skulle ha kallat för en rumpskåra. Vad var det som var så märkvärdigt med den strutten? Att han aldrig hade jobbat i hela sitt liv, ägnat sig åt andjakt och sitt lilla hobbywhiskydestilleri. Och så hade de sagt att Elisabeth var problembarnet. Vad hade Ingrid gjort mer än varit vacker och hade skickats till USA för att hon hade en opassande relation med en gift man. När hon kom tillbaka hoppade hon direkt i säng med sin systers trolovade, som tyckte att det var ett lyckat drag att byta upp sig till en yngre i samma klass.

Nu var Ingrid gravid. Alla skulle låtsas vara en lycklig familj framför journalisterna. Tänk om en påläst journalist frågade om det inte var Elisabeth som hade varit förlovad med sprätten först och då skulle hon skratta och säga att det var ett vanligt missförstånd. Elisabeth hade snyftande sagt att det sista familjen ville ha var en skandal. Bättre att pressen skrev positiva saker om dem än att de grävde fram inbillade nazistkopplingar. Några konstverk som fanns i släkten och på herrgården hade köpts billigt från Tyskland och deras tidigare judiska ägare hade försvunnit under mystiska omständigheter. Och var de inte själva från Tyskland från början? Hur hade de blivit brevadel? Hade de myglat in sig i den danska adeln och ändrat namn från Braun till von Überhausen? Det var sådana skandaler de ville undvika. Hennes far hade noga understrukit att om hon inte kom hem till bröllopet skulle hon strykas från släktträdet i deras stora pampiga trapphall. De hade överseende med att hon var en simpel sjuksköterska och sambo med en ickeadlig man, men om hon lämnade släkten i sticket kunde hon glömma sin familj.

Var det inte lika bra det, hade Arne sagt, och Elisabeth hade fallit ihop i en liten hög på sängen. I hennes familj höll man ihop trots att man inte tyckte om varandra och inte delade samma åsikter. Om Arne inte följde med henne skulle hon inte klara av att träffa dem. Hon ville inte träffa Ingrid ensam och se den växande magen. Hon hade själv velat ha barn, men det blev inte så. Elisabeth sa att Ingrid hade förstört hennes chanser att få barn och Arne hade undrat varför.

När hon träffade Hans, var hon 45 år och alltså redan då för gammal. Men hon hade inte varit för gammal när hon förlovade sig med Erik eller med Johannes. Ingrid hade inte gått så långt som till att ligga med dem, men hon hade förvrängt deras huvuden. Det näst bästa är aldrig gott nog för en man. Ingrid var van att få all uppmärksamhet och det var väl inte hennes fel att alla män blev förtjusta i henne. Det var sådan hon var, flörtig och hon kletade på alla män. Arne hade blivit orolig och undrat om Ingrid skulle göra likadant med honom och Elisabeth hade skrattat. Inte en chans, för han hade inget att erbjuda en sådan som Ingrid. Varken pengar eller status. Arne hade blivit sur och satt sig i mörkret i köket och inte brytt sig om att tända lamporna. Tydligen dög han inte för överklassen och en dag skulle han inte duga för Elisabeth. Deras förhållande hade varit dödsdömt från början. Kärlek och attraktion kom man inte långt med. Hon var från en högre klass och snart skulle hon tröttna på att leka bonde och jobba skift och önska sig tillbaka till de fina salongerna.

Elisabeth hade inte hörts eller setts till på morgonen. Hennes frukosttallrik fanns inte i diskhon. Hennes rosa kofta låg slängd över soffarmstödet och en blå prickig strumpa hade hamnat under soffan. Tiger drog fram den och höll den i munnen, visade stolt upp strumpan som om det var en mus. Att hon aldrig kunde lära sig att städa efter sig själv. Det var inte svårt att lägga strumporna i tvättkorgen eller hänga upp koftan på en galge. Det var inte mycket han begärde, bara ordning och reda. Innan Elisabeth dök upp hade allt varit på sin rätta plats och nu hade hans nagelsax försvunnit trots att den under tio år legat på exakt samma plats i badrumsskåpet. Han hade inte gått och blivit senil. I natt när han träffade henne skulle han säga som det var, att passade han inte henne precis som han var, då fick hon åka tillbaka hem till familjen utan honom.

Vem försökte han lura? Det skulle inte gå. Till jul skulle hon kräva att de åkte till Århus och nästa jul igen så att de kunde vara med i en dansk variant av en svensk damtidning. Han ville bara ha Elisabeth och inget av det andra.

Han kunde inte sluta tänka på henne, att han älskade Elisabeth, så när han tog fram lunchmackorna tog han fram mobilen och letade upp hennes mobilnummer. Det måste bli ett slut på lidandet. Han skickade ett sms. "Jag gör slut, för vi passar inte ihop. Tiger kan få bo kvar." Hoppas att hon förstod att han egentligen älskade henne, men att de inte kunde vara tillsammans. Han hade blivit förtjust i Tiger och katten skulle inte tycka om att bo på en herrgård med fina tapeter han inte fick riva på.

Arne och Beatrice i receptionen var de enda på firman. Magnus hade inte synts till på hela dagen trots att han för det mesta satt i sitt kontor under några timmar, fakturerade och tog emot telefonsamtal. Acke och Lars-Ove hade åkt till Barlingbo för att inspektera ett hus och göra ett prisunderlag. Arne hade inte behövts, så han hade blivit ensam kvar på jobbet. Båten var klar och väntade på sin ägare och det fanns inget nytt projekt att ta tag i. Han hämtade hinken ur städskrubben och dammtorkade hyllorna i målarverkstaden med en fuktig duk och slängde alla rostiga färgburkar i en svart soppåse. Rost trängde sig in i färgen och förstörde den, ingen större idé att spara, som gammal rostig kärlek. Rummet och dess innehåll var täckt av ett tjockt lager av findamm. Under firmans glansdagar, innan Magnus mamma blev sjuk och dog, hade Magnus pappa haft Gun anställd, deras alltiallo-städerska. Varje fredag kom hon med fikabröd. Nu var det meningen att Beatrice skulle gå över golven minst en gång i veckan och städa rummen, men det blev inte tillräckligt ofta gjort. Dammet hade blivit ludd som sedan blivit till mjuk gråmassa som stelnat till hårdare än cement som inte kunde tas bort annat än med skrubbning och kniv.

Arne hade inget emot att städa, för det gjorde han alltid hemma. Han fick betalt för att vara på jobbet och då var det bra att han kom till nytta. Det gick inte bara att sitta där och rulla tummarna. Han ville ha något att tänka på, medan han väntade på Elisabeths svar på hans sms. Det gick inte att få tag på henne annat än så här. Om han kunde skulle han vilja träffa henne och säga som det var. Drömmarna kunde han inte styra som han ville, men där var han annorlunda och mycket tuffare. I drömmarna var han en annan person. Det var inte så konstigt om han fick panik. Det var inte så länge sedan de hade träffats och allt gick för fort fram. Han ville träffa henne först, känna efter och se om det höll i verkligheten.

Han hade ångrat sitt meddelande nästan direkt efter att han hade skickat det. Han kunde inte göra det ogjort. Om hon bara svarade, så att han kunde säga att sms:et inte stämde, att det inte alls hade varit meningen att göra slut. De var från två olika klasskikt. Han var helt enkelt rädd. Han kunde tänka sig att träffa hennes familj om några år och göra det klart för dem att de tyckte om sitt sätt att leva och att det inte var något fel på det. Var och en fick leva som de ville.

Arnes magkänsla sa att något var fel och det förstärktes när han satte sig i bilen för att åka hem. Elisabeth hade inte hört av sig. Hon borde vara på jobbet nu och nog hade hon väl en fikarast där hon kunde sätta sig och läsa igenom sina meddelanden.

Tiger kom inte fram när han kallade på honom. Han hade väl inte rymt igen? Elisabeths jacka var kvar i hallen, den blommönstrade sommarjackan hon tyckte så mycket om och hennes röda skor. Hade hon bytt skift igen? Skulle han äntligen få träffa henne? Det kändes fel att ropa på henne nu när han hade gjort slut. Istället gick han igenom huset och letade efter henne. Hon fanns inte på nedervåningen. Inte heller Tiger.

Han stannade utanför mors rum och gick in. Det var något som inte stämde, men han kunde inte se vad det var. De utbrunna Skuggtavlorna var kvar på väggen, fönstret var stängt och vitlökskransen var kvar. Det var något annat. Han gick till fönstret, tittade ut, och då upptäckte han den döda citronfjärilen på fönsterbrädan. Han lyfte upp den och såg att den var död. Så nära fönstret och friheten, död utan att någonsin ha lämnat rummet.

Arne hörde snyftningar från badrummet. Elisabeth? Han ställde sig utanför badrummet och knackade på dörren. Det kom fler snyftningar. Han ville säga att det inte hade varit meningen, men förmådde inte att säga det. Istället var det hon som talade.

"Vad har jag gjort för fel?"

"Det är inte du."

"Är det Ingrid?"

"Jag kan inte följa med till Danmark."

"Jag måste åka och min familj vill att du ska vara med."
"Jag vill träffa dig först."

Det var sant. Han ville träffa henne först.

"Jag vill också träffa dig. Jag har varit på Färgpytsen och du var inte där. Jag såg dig på Willys och jag gick efter dig, men du försvann. Jag tänkte att vi träffas om vi har samma mål, samma flyg."

"Vad gör vi för fel?"

"Jag vet inte."

Elisabeth berättade om sina drömmar, att han en dag bara hade dykt upp, ett svar på hennes längtan. Hon hade blivit kär i honom, men hon kunde inte säga vad det var som fick henne att falla för honom. Hon hade tre brutna förlovningar bakom sig och den senaste med Hans af Klebenholz. Det var nog Arnes ögon hon hade fallit för. Så mycket lidande i dem och hon ville sudda ut det med sina kyssar. Och han förstod henne, att det inte var lätt att vara någon annan än sig själv. Hur skulle de göra med hennes familj? Han ville säga att de inte skulle bry sig om hennes familj. Var det inte de som hade förstört hennes liv? Elisabeth snyftade till svar. Hennes familj var den enda hon hade. Men hon hade också honom. Räknades han inte in i hennes familj?

"Du är bara en dröm. Hur ska jag veta att du finns på riktigt?"

Det var Elisabet som sa det, men det kunde lika gärna ha varit Arne som hade sagt det, för det var sant åt båda hållen.

"Du bor i mitt hem."

"I ditt hem bor bara Tiger och din osaliga mamma. Jag ser dig i drömmen, men hur ska jag veta att du älskar mig på riktigt?"

Det var samma sak för honom. Hur skulle de veta om de inte möttes på riktigt? Arne sa det han trodde på.

"Tror du inte att vi skulle ha träffats om det hade varit meningen? Det här med oss är kanske inte meningen."

Han fick inget svar från henne, men det var nog för han hade rätt. Om det hade varit någon mening med att de skulle träffas skulle Han där uppe ha sett till att de gjorde det. Nu hade de mötts i sina drömmar och det var kanske så det skulle sluta. Att man inte kan leva i sina drömmar.

I natt tänkte han lägga sig ensam i sin säng. Elisabeth hade bara varit en hägring, men nu visste han att det hade varit önsketänkande från hans håll. Det var bäst att hon flyttade i natt, för han visste inte längre vad som verkligt och vad som var dröm. Att hon satt i badrummet och grät var en dröm.

"Kom ut, så vi kan prata!", sa han ändå och dörren öppnades.

Den enda som kom ut från badrummet var Tiger. Då förstod han, att allt bara hade varit en dröm producerat av hans tankar och längtan efter sammanhang.

18

”Vad är det med dig? Har du sålt smöret och tappat pengarna?” Lars-Ove klappade Arne på ryggen och vände sig om mot Acke.

”Lyckan varar inte för evigt. Suckarna är inget annat än fruntimmersbekymmer. Se på mig, fri som en fågel.”

Arne lyfte upp blicken från sandpappersklossen. Han slipade bort en fläck på båten som båtägaren inte hade varit nöjd med. Lars-Ove såg inte alls ut som en fri fågel eller som han trodde att en fri fågel skulle se ut. Puffiga, röda ögon med tre hål på t-shirten.

”Vi har pokerkväll hos Acke. Häng med och glöm tjejen en stund.”

Det var bättre än att vara hemma en fredagkväll. Arne ville glömma Elisabeth, men hennes saker fanns överallt i hemmet. Han lovade att dyka upp på kvällen och ta med sig ett sexpack folköl och en påse chips. Även om han inte drack, behövde han inte komma tomhänt som förra gången.

Magnus kom ut i verkstaden, Acke och Lars-Ove tystnade och vände sig uppmärksamt mot honom. Han såg bekymrad ut.

”Det är Elisabeth, hon vill prata med dig. Inne på mitt kontor.”

Arne reste sig upp och följde efter honom.

”Hon var här igår och sökte efter dig. Du svarade tydligen inte när hon ringde.”

Hon hade inte ringt, för han hade inte fått något meddelande. Han tittade på mobilen och såg att hon hade ringt och lämnat ett meddelande.

Arne trodde att Elisabeth var i Magnus rum, men han räckte Arne telefonen.

”Kan vi prata?” sa hon.

Var det inte det de hade gjort de senaste dagarna?

”Du förstår inte, men jag måste åka hem till bröllopet. Jag menar, vi måste åka.”

Nej, det kunde han inte förstå. Om de åkte skulle deras förhållande vara över. Han visste redan hur det var att vara annorlunda, för det hade hans klasskamrater i skolan låtit honom förstå. Han visste också hur det var att ha en kärlekslös mor med orimliga krav. Hans mor hade inte låtit någon komma nära honom. Nu var han en duktig målare och respekterad av sin chef för sina yrkeskunskaper. Och Elisabeth ville att han skulle åka till hennes familj, en samling osympatiska människor som inte verkade bry sig om andra utan bara om sitt anseende i societeten och pressen. Skulle han åka med och se på när Elisabeth blev förödmjukad av människor som borde älska henne? När hon bröt ihop av att se sin gravida syster? Vad skulle de kräva av henne nästa gång? Att de skar av familjebanden om hon inte bröt med Arne? Han hade redan förlorat en han hade älskat, Märta. Hon hade inte skrivit ett enda brev till honom och förklarat varför hon försvann. Inte ett endaste. Om Elisabeth ville ha honom, måste hon välja bort sin familj.

”Då får du välja bort din mamma.”

”Det är inte samma sak. Hon vill inte försvinna.”

”Du har inte försökt tillräckligt mycket.”

Det var inte sant. Magnus kom in på kontoret och gjorde tecken att han måste in på kontoret och jobba med sina papper.

”Jag måste gå”, sa Arne.

”Vi kan prata ikväll.”

”Jag ska spela poker med grabbarna.”

”Jag förstår”, sa hon och lade på luren.

Tiger satt på köksbordet och tittade sömnigt på honom. Han hade vaknat när Arne satte nyckeln i dörren. I hallen stod en stor resväska som han inte hade sett förut. En antik väska av skinn med detaljer som inte var påklistrade och ramlade av som på billiga kopior. Den såg dyr ut. Det var ytterligare en sak som skilde mellan honom och Elisabeth. Hon var en aristokrat. De köpte dyra saker som de behöll länge och fick antikvärde. Inte som de saker Arne köpte som tappade i värde så fort han hade gått ut ur butiken. Hon skulle lämna honom ikväll och det var lika bra. De hade förutom Tiger inget annat gemensamt.

Arne flyttade på resväskan och ställde den i hallen, närmast ytterdörren. Där stod den minst i vägen. Ingen skulle få hindra honom från att spela poker med grabbarna. Han skulle ta en snabb dusch och byta om till bekväma kläder. Vad hade de andra haft på sig förra gången? Han hade känt sig obekvämt överklädd. Jeans och t-shirt skulle vara bra. Någonstans i garderoben fanns säkert ett par jeans. Vad var det sista Lars-Ove sa innan de slutade jobbet för dagen, när alla bytte om i omklädningsrummet? Just det, åt skogen med alla fruntimmer. De var bara till besvär.

När han gick ner i hallen med handduken runt midjan såg han att resväskan var borta. Bra! Då var den ur vägen.

PÅ ICA Maxi blev Arne stående vid ölhyllan. Vilket öl ville grabbarna ha? De hade inte sagt något om den saken. Smakade inte alla bara öl? Och varför fanns de i två procentsatser?

”Arne?”

Han vände sig om och såg Lena stå vid frysdisken, med en sprattlande Elliot i bärsele.

”Har inte du åkt till Danmark?”

”Danmark?”

”Då åkte Elisabeth ensam, men det vet väl du. Bröllopet blev hastigt ändrat.”

Hon sänkte rösten, gick fram till honom och viskade förtroligt.

”Det hade något med hennes fars Hitlerkopplingar att göra. De försöker hålla låg profil på bröllopet för att undvika en skandal.”

Hon såg honom hålla ett sexpack öl i handen.

”Är allt bra med dig och Elisabeth?”

”Vi har gått isär”, sa han sorgset.

Han lade Mariestads öl i sin inköpskorg och lyfte också ner ett sexpack Pripps. Om grabbarna inte gillade det ena ölet kanske de tyckte om det andra.

Lena såg häpet på honom.

”Det kan inte vara sant. Jag trodde att ni var kära.”

Arne tittade bort mot hyllan med chips. Han ville inte titta på henne, när han sa det sista. Det var han som hade hittat på Elisabeth från allra första början och då kunde han också bestämma hur det skulle sluta.

”Vi är från två skilda världar.”

Det hade han hört någon säga i en såpaserie, men kom inte ihåg vilken. Det var vanligt att man gjorde slut för att man kom från olika samhällsklasser.

”Hon ska flytta tillbaka till fastlandet, men hon lämnar Tiger hos mig för han har blivit van vid mig.”

Han måste skynda sig nu. Grabbarna skulle börja pokern sju och de var rejält törstiga.

Han vet inte vem som hade lurat honom att dricka. Det måste ha varit Acke som hade öppnat flaskan och gett den till honom. Man var inte en riktig karl om man inte drack. Det var suspekt med en man som tackade nej till folköl. Om han behövde åka hem kunde han låta bilen stå och ta bussen hem. Arne hade tackat nej, men de hade trugat på honom en ölburk, att ta en klunk ur den, trots att han inte ville.

"Du blir inte en av oss om du inte dricker."

Han hade tagit en klunk och hade inte tyckt om smaken. Ackes sambo hade kommit med ett glas rom och cola som snabbt steg honom åt huvudet trots att den nästan bara smakade cola. Priset för att vara som andra. De andra hade spelat poker och han hade tittat på från soffan medan hela rummet snurrade. Sol-Britt hade varit hos honom flera gånger och frågat om han ville spy och när han nickade hade hon sprungit bort till Acke.

"Han ska spy nu, fy fan. Han måste hem. Tror du han spyr över möblerna?"

De hade satt honom i en taxi, efter att ha varit säkra på att han inte skulle kräkas mer. Sol-Britt gav honom några kex som han kunde tugga på om han blev illamående. De hade hjälpt henne när hon var gravid. Arne hade tittat på henne med tungan hängande utanför och med ostadig hand försökte han trycka in tungan som blivit för stor för munnen.

"Är du gravid?" hade han sluddrat.

"350 kronor för resan och 1000 kronor för att du spydde ner framsätet."

Han hade betalat med sitt kort. Chauffören öppnade dörren och han ramlade ut i trädgården.

Han vaknade i en buske och vid närmare granskning en brakvedsbuske. Han ryggade tillbaka när han såg de hundratals gröna larver som kröp på bladen och tittade på honom. Citronfjärilslarver. Han satte sig upp och kände hur sorgen trängdes sig in i hans medvetande. Ljudet växte i huvudet och han öppnade munnen och skrek rakt ut. "Elisabeth, Elisabeth!"

Han förvånades över de växande känslorna i kroppen. Det var som om spriten förstärkte det. Här och nu älskade han henne mer än allt annat över hela jorden. Om hon hade varit där skulle han tagit av sig alla kläderna och älskat med henne på gräsmattan. Och hon skulle aldrig lämna honom för de danska sprättarna.

Plötsligt stod hans mor på trappan, pekade finger åt honom eller hytte med näven. Han var inte säker på vad hon gjorde. Hur hade hans mor lyckats lämna rummet, tänkte Arne när han kom på att Petter hade svept bort saltkornen från tröskeln. Kunde spöken gå nerför trappor?

Han tittade på sin mor. Hennes klänning hade vita fläckar där den inte hade gått sönder och det luktade unket om henne, som sur blomjord som legat för länge i vatten.

"Min son", sa hon och Arne tittade förvånat upp.

Hon hade nog aldrig sagt något så trevligt förut.

"Jag sa till dig att kvinnor är farliga."

"Du är kvinna."

"Nej, jag är din mor."

"Är du en man?"

Arne såg fyra av henne och ingen av dem såg riktigt klok ut. Vita likmaskar hade krupit ut ur hennes öron och satt nyfikna på hennes öronblad och vickade som om de höll med henne.

”Idiot”, väste hon och spände ett dimgrått, grumligt öga mot honom.

Han skrattade och lade sig ner och pekade på henne. Hon såg rolig ut. Hon hade varit mer skrämmande när hon levde, men nu föll hon isär. Hon klev nerför trappan och gick mot honom.

”Elisabeth är en dansk hora.”

Arne höjde huvudet och såg likmaskar falla ner på brakvedsbuskarna. Citronfjärilslarverna tyckte inte om inkräktarna och kröp ihop vid brakvedsstammen.

”Hon är dansk adel”, rättade han sin mor.

”Skit samma, hon är inget för dig.”

”Jag, vet. Märta var inget för mig hon heller.”

Siv satte sig på en stubbe och försökte lyfta upp sin hand, men den ville inte lyda.

”Jag har träffat Märta. Hon hälsar.”

”Har du?”

”Hon skulle ha tagit dig ifrån mig. Märtas mor var desperat och kom till mig, ville att jag skulle använda mina trollkonster. Jag vägrade. Det var för ditt eget bästa. Märta vaknade inte upp efter hjärnhinneinflammationen. Hon dog två veckor efter att hon och du hade varit på dansen. Det är inte säkert att jag skulle ha kunnat bota henne.”

”Åkte hon inte till Norge?”

”Inte hon, men resten av familjen. Hon är begravd här i Fole.”

Han hade inte vetat om det.

”Du är ond. Varför berättade du inte?”

Hon tittade upp och försökte skratta, men inget kom ut ur luftstrupen. Bara ett läte som om någon kvävdes.

"Du skrämmer inte mig längre", sa Arne.

Hon lutade sig över honom och spände sitt fungerande öga i honom. Hennes hår var som gulnat hästtagel och tussar av det föll ner bredvid honom.

"Varför har du mig kvar här? Varför jagar du inte bort mig? Märta säger att hon älskade dig, men vad ska du göra åt det nu? Hon är död."

Det hade han inget svar på. Han var sugen på kaffe. Det skulle få honom att piggna till.

"Du, ska jag ta och sätta på en panna kaffe? Vi tar en kopp som vi gjorde när du levde. Du skriker på mig, säger att jag är dum i huvudet och att jag gör allt fel. Sedan gör jag som du säger och du skriker på mig igen, som förr i tiden?"

Hon tittade på honom innan hon vände sig om.

"Det är bara kaffe. Gör det på vilket jävla sätt som helst, för jag kommer ändå inte njuta av det. Jag är död. Har du glömt det, horunge?"

Arne log och slöt sina ögon. Mor mindes honom. Visst älskade hon honom, fast på sitt sätt.

19

På morgonen när han vaknade fanns det inga odiskade frukosttallrikar eller kaffekoppar i diskhon, inga spår av Elisabeth, och han längtade efter henne tills han kom ihåg att de hade gjort slut. Hon skulle aldrig mer komma tillbaka. Tiger hoppade upp i hans knä och Arne smekte honom. Det skulle bara vara han och Tiger från och med nu.

Acke skrattade när Arne kom in i verkstaden efter det som kändes som hans längsta helg någonsin. Acke stod och viskade till Lars-Ove som stod med armarna i kors. Det högg till av välbekanta obehagskänslor i magen. När några skrattade samtidigt som de tittade på honom visste han att de pratade illa om honom.

"Du måste vara försiktig med spriten."

Arne rodnade, men sa ingenting. Om de inte hade tvingat honom att dricka så hade han inte haft problem med spriten. Han hade vaknat bredvid en brakvedsbuske och räknat till fem döda citronfjärilar på bröstkorgen. Samt några tunna vita maskar vilket fick honom att minnas mor. Hon skulle försvinna när det inte fanns något kvar av hennes kropp. Det skulle ta några år.

Efter några timmars tissel och tassel mellan Acke och Lars-Ove, som tystnade när Arne var i närheten, fick han nog. Han orkade inte titta åt deras håll. Han trodde att de hade varit hans vänner, men nu visade det sig att de inte var bättre än hans gamla skolkamrater. Först lät de honom vara med och sedan retades de med honom. Arne bad att få andra arbetsuppgifter av Magnus. Han kunde åka till

Klintehamn och vara med och se på när båtägaren Melker inspekterade sin båt. Titta på sjösättningen och se om det gick bra.

"Arne, vi bara skojar med dig. Inte tar du väl illa upp?"

Han svarade inte utan snörpte med munnen, tog emot bilnycklarna som Beatrice kastade till honom, gick ut genom dörren och startade en av firmabilarna.

Efter jobbet gick han bort till kyrkogården för att plantera blommor på mors grav. Även om hon inte hade fått sin gravsten än kunde han göra det lite fint hos henne. Hon skulle tycka om murgrönan och porslinsblommorna. Mor hade sagt att Märta låg begraven på kyrkogården och han försökte leta upp var hon låg.

Hennes gravsten var täckt med lava och det verkade som om ingen hade tagit hand om den på mycket länge. Han skrapade med naglarna så att hennes namn blev läsligt: Märta Olsen. Hon hade varit 15 år när hon dog. De hade planerat att rymma tillsammans. Inget hade vetat om det. Inte ens hennes pojkvän som vägrat göra slut med henne. Han hade suttit inne i sitt rum och tyckt synd om sig själv för att Märta aldrig dök upp. De hade fått en sista dans med varandra och han skulle ha hållit hårdare om henne om han hade vetat att det var sista gången han såg henne i livet. Han hade aldrig misstänkt något när mor sa att hon hade flyttat till Norge. Hon hade låtit honom tro att Märta hade retats med honom, att det var hennes hånfulla avskedspresent till honom. Skolan hade stängt för sommaren och på hösten när skolorna började var hon en gammal nyhet och hade varit död i två månader. Det var bara mor som hade vetat om deras kärlekshistoria.

Arne grävde upp en sak ur fickan som han hade sparat under alla åren. Den skulle han ha gett till henne. Han lade den tunna guldringen, som han hade sparat ihop genom att sälja tidningar, på hennes gravsten. Nu fanns inget ogjort mellan dem längre. Han kände efter om det fanns någon sorg kvar hos honom. Nej, för han hade sörjt färdigt när han var femton år och trott att livet hade varit över för honom. Hon hade trots allt älskat honom.

Han tog upp växterna han hade i en plastpåse, hämtade en spade och började gräva. Mor gjorde det mycket svårt för honom att älska henne. Hon och moster Toini var häxor och nu var båda döda. Två häxor mindre i världen.

Han klappade till jorden med sin hand och förberedde sig på att gå därifrån. Det kändes konstigt att stå och plantera blommor på mors grav, när hon fanns kvar i huset. Hennes kropp var inte i kistan utan gick osalig omkring. Ett sådant tillstånd hade Arne aldrig förut stött på, att döda människor gick omkring som levande döda. Visst hade han träffat på ett och annat spöke, men kunde ofta avfärda det som ett hjärnspöke när han hade sovit för lite och fantasin satte sprätt på hjärnan.

Vad behövde han göra för att modern skulle lämna honom ifred? Han trodde inte att andeutdrivning, exorcism skulle hjälpa. Dessutom var han inte katolik. Protestantiska präster var övertygade om att en död kropp låg där den låg, själavård var för de efterlevande och inte ett samtal med den döda. Det var nog sant det Elisabeth sa, att det var han som inte ville släppa taget om sin mor. Tids nog skulle mor tröttna på huset, dess begränsningar och börja se sig om.

Lena stod i trädgården när han kom tillbaka från kyrkogården. Arne släppte ut Tiger ur huset och kattungen tassade försiktigt fram när han såg barnvagnen. Han ställde sig på bakbenen, lade frambenen på barnvagnens hjul och tittade med stora ögon på Elliot som gurglade mot honom med saliven rinnande utmed mungiporna. Lena klappade Tiger, lyfte upp honom i famnen så att han fick nosa på Elliot.

”Vad gör du här?” frågade Arne.

Lena log osäkert mot honom.

”Elisabeth bad mig titta till Tiger.”

Arne tittade oförstående på henne.

”Nej, det gjorde hon inte.”

Hon lyfte ner Tiger som skuttade iväg och försvann uppför körsbärsträdet.

”Jag hoppas det är okej om vi pratar en stund.” Hon slog sig ner på en vit trädgårdsstol som redan hade gjort sitt och som gnisslade högljutt. Nästa sommar skulle den behöva ny målarfärg och väloljade skruvar.

”Jag vet att ni har gjort slut, men jag hoppas ni gjorde det av rätt anledning.”

Arne satte sig försiktigt på den andra trädgårdsstolen och drog en lättnadens suck när den inte föll ihop till marken.

”Vi kommer från två olika samhällsklasser, det fungerar inte. Hon kommer någon gång gå tillbaka till det som hon var och jag kan inte följa med.”

”Är du rädd att få ditt hjärta krossat?”

Han skakade på huvudet, men han visste att det var sant. Han var rädd att bli lämnad igen.

”Man kan inte göra slut för att man är rädd för att den andra ska lämna en av fler anledningar än man kan räkna ihop. Hon kan träffa en annan, bli sjuk och dö, du kan träffa en annan och du kan bli sjuk och dö. Ni kan sluta älska varandra, men man gör inte slut när det är som bäst.”

Elliot skrek till när en stor dagfjäril landade på barnvagnens styre. Arne hyssjade och lät fjärilen vandra upp på hans handflata.

"Är du en fjärilsviskare?" sa Lena och tittade hänfört på den stora fjärilen.

"Jag tycker om fjärilar."

Arne berättade att det var en riddarfjäril av arten makaonfjäril och att det var den fjäril i Sverige som man förknippade med Afrika och mer exotiska platser. Man skulle kunna ta den för en främmande fjäril som inte hörde hemma i den svenska faunan.

"Främmande fjäril? Den är otroligt vacker, den har ett kantat mönster, som en bård som bryter av i metallblått och rött." "Jag tror vi låter den flyga iväg." Arne tittade oroligt bort mot Elliot som sträckte ut sin hand och gjorde ljud ifrån sig. Det var uppenbart att den första förskräckelsen hade vänts till en förtjusning. Fjärilen tog av som ett glidflygplan från hans hand.

"Elisabeth är lite av en främmande fjäril i Sverige och här på Gotland, med sitt annorlunda röda sprakande hår, sina färgglada kläder och sin danska dialekt som hon försöker slipa bort. Jag tycker så mycket om henne. Hon påminner lite om mig", sa Lena.

"Om dig?"

Lena skrattade och fick stora smilgropar i ansiktet. Hon förde sin hand genom det korta, blonda, rufsiga håret.

"Jag har inte alltid varit den jag är nu, lugn och avspänd, springer runt på loppisar och kränger billiga saker, syr metervis tyg om nätterna. När jag träffade Magnus gick jag alltid omkring i högklackat och bar det senaste modet."

Hon berättade om sin barndom och om föräldrarna som hade svårt att visa sin kärlek och aldrig gav kramar eller pussar, bara förmaningar om att uppföra sig. Det var viktigare att se bra ut än att må bra. Hennes mamma hade aldrig förlåtit Magnus för att han hade tagit Lena från Göteborg och västkusten. Hon skulle ha gift sig med en rik man med de rätta kontakterna så att hon hade kunnat tillbringa de långa lärarsemestrarna på kobbarna och skären, när hon inte reste runtomkring i världen. Hon skulle få ett bättre liv än sina föräldrar eller minst detsamma. Inte fastna på en turistö och bo i ett enkelt radhus i ett barnfamiljsområde. Men hon kunde inte rå för kärleken och hon föll pladask för den enkla Magnus, som på den tiden var en målarlärling.

"Blir inte Magnus orolig och rädd att du ska lämna honom för någon annan?"

Arne hade inte vetat något om hennes bakgrund. Han hade antagit att hon alltid varit den hon var, den enkla Lena som kunde gå i pösiga sweatshirtbyxor och t-shirt och ändå vara vacker som en fotomodell.

"Varför skulle han vara det? Han tycker inte om att gå på frackmiddagar med pampar och direktörer, men vi gör det tillsammans, biter ihop och ler tillgjort tills det blöder ur ögonen och öronen och sedan packar vi ihop och åker hem igen."

Arne kunde inte förstå. Om man inte tyckte om sin familj, behövde man inte träffa dem.

"Det är inte så lätt som du tror. Vi väljer inte våra familjer, men vi väljer vem vi vill leva med. Det går inte bara att lämna dem man växt upp med. De är där på gott och ont. Du har träffat min mamma, eller hur?"

När han nickade, fortsatte hon:

"Jag försöker vinna hennes uppskattning, att hon ska älska mig för den jag är, men hon hittar alltid något nytt att klaga på och ska vara där och korrigera. Det är antagligen hennes sätt att bry sig om oss. Jag kan inte förändra henne, utan det måste komma inifrån henne själv. Hon skulle aldrig komma hit till Gotland om hon inte tyckte om oss. Jag ser att hon lyser upp när hon träffar Elliot, i små doser, men med mig fortsätter hon att gå på som vanligt."

"Kan du inte säga det till henne?"

Lena sänkte ner blicken och hennes röst blev skrovlig.

"Jag vågar inte. Tänk om hon aldrig mer vill träffa mig."

Arne förstod. Det var så han hade haft det med sin mor. Han hade aldrig sagt till på skarpen och sagt hur illa han tog vid sig av hennes behandling. Hon hade fått hålla på oemotsagd.

"Tror du att det är samma sak för Elisabeth?"

Han hade haft den brännande frågan på tungan länge. Lena tittade upp med en stridslysten min.

"Hennes familj är en samling råsopor. De tycker att Elisabeth är det svarta fåret. Och så går hennes lillasyster och blir på smällen med von Fåntratt som har några miljoner på banken. Hon skulle ha behövt ditt stöd nu. Flera dagar med bara dem som sitt sällskap. Hon ringde och grät för att de satte henne på pulverdiet. De hade köpt en klänning åt henne som var en storlek för liten, fantasimått kallade hon det för, och om hon inte gick ner skulle de trycka in hennes kropp i en korsett. Ingen i deras familj har större storlek än 40. Hon skickade en bild på sig när hon hade tryckt in sig i klänningen. I den lila klänningen ser hon ut som Ariel, den lilla sjöjungfrun."

Lena visade upp fotot hon hade i mobilen till Arne som spärrade upp ögonen. Hon tyckte om vackra kläder och bar upp alla sina kläder vackert, men det här var den fulaste ryschpysch, som en gigantisk nåldyna, som han någonsin hade sett.

Lena lade undan mobilen och gav honom en dansk dagstidning som var en dag gammal.

”Och här, färskt från pressen.”

Arne stirrade in i en bild som Elisabeth var med i. Hon hade ett stelt leende medan de som måste vara hennes föräldrar, hennes syster och brudgum poserade världsvant. Om han hade varit där skulle han ha stått bredvid Elisabeth med ett lika stelt leende. Istället för Arne stod där en grå hårens casanova med bakåtslickat halvlockigt hår och ett leende som sträckte sig från öra till öra. Arne tyckte inte om honom alls. Han såg genomfalsk ut eller var det för att han inte gillade människor med konstgjort raka tänder.

”Vem är det?”

Han pekade på mannen och Lena lutade sig fram över tidningen.

”Det står Johan Svensson”, sa Lena och lade pannan i veck. ”Jag har inte hört talas om honom. Det måste vara en nyrik, för de gillar adel. Adeln har klass och den nyrike har pengar. Det kostar på att bo i stora dragiga ståndsmässiga hus utan centralvärme och med renoveringsbehov på flera miljoner. Ett uppgjort äktenskap, en himmelsk uppgörelse.”

Lena reste sig upp, lämnade tidningen till Arne och lyfte upp Elliot.

”Hennes föräldrar försöker para ihop henne med lämpliga män med tjock plånbok. Och hon har gått på det, vilket lett till tre brutna förlovningar. Snart duger vem som helst för dem, till och med en vanlig svensk.”

Lena tittade på Arne och slog handen för munnen.

”Oj, så jag pratar. Jag menade inte riktigt så.”

Arne tittade på smilfinken i tidningen. Han hade rumphaka, en populär egenskap hos dem, för alla tre männen, fadern, brudgummen och den där nyrike hade alla rumphakor. Om Arnes haka var tvunget att beskrivas skulle den kallas för vek och den gjorde inte mycket väsen av sig mer än att knappt finnas till. De kanske hade en rumphakeherrgård och när han tittade efter hade även Elisabeths mor en liten rumphaka. Elisabeth hade ingen rumphaka, bara en liten grop i mitten av hakan. Johan Svensson skulle bli fjärde gången gillt för Elisabeth.

"Jag vet att du och Elisabeth älskar varandra och ni är mer lika än olika. Du måste våga lita på kärleken. Du kan inte veta om det verkligen fungerar om ni inte har varit ihop ett tag. Hennes familj är för långt borta för att verkligen kunna sabotera era möjligheter till ett liv tillsammans. Hinder är till för att övervinnas. Det låter klyschigt, men om jag själv inte hade trott det hade jag suttit som en olycklig hemmafru i en pampig paradvåning i Göteborg. Jag har fått ut mer av livet genom att leva med Magnus."

När Lena åkte iväg stod Arne kvar en stund och såg när bilen försvann i kröken. Om Lena bara visste vilka hinder de hade att övervinna skulle hon inte ha låtit så övertygad. De hade inte ens träffats i verkligheten och hennes familj försökte para ihop henne med någon annan. Just nu försökte de säkert övertala Elisabeth att flytta hem igen och det skulle hon säkert göra. Om han skulle kämpa för kärleken skulle han få kämpa i uppförsbacke i motvind och ändå inte veta vad som skulle hända när han nådde toppen, om hon stod där uppe och väntade på honom.

20

Magnus räckte Arne sockerskålen, han tog två sockerbitar och tappade ner dem i kaffemuggen.

”Ska du inte röra om?” frågade Magnus och räckte honom en kaffesked.

Arne tittade på honom oförstående, men tog ändå emot skeden. Det gick inte att sova när mor förde oväsen.

”Jag har hört att du och Elisabeth har bekymmer. Du vet att min dörr är öppen om du vill prata om det”, sa Magnus och verkade mena det.

Arne tittade rakt fram, på ett objekt i fjärran.

Hans mor hade dykt upp strax efter tolvslaget. Arne hade vaknat av att det luktade stillastående kloakvatten i sovrummet. När han öppnade ögonen såg han mor stå vid sovrumsdörren och granska honom kritiskt. Ett öga hade ramlat ut och det andra ögat stirrade stint på honom. Hon pekade bort mot köket och sa med en anklagande ton:

”Du har inte diskat efter dig och du sover med samma t-shirt som du har haft på dig hela dagen.”

Han lyfte sitt huvud och höll sig för näsan, viftade med händerna framför sig för att skingra luften i sovrummet. Mor var inte sen med att kommentera det.

”Vad? Sjasar du bort mig? Har jag inte gjort allt för dig? Behöll jag dig inte? Fick du inte leva?”

Arne gnuggade ögonen och försökte få dem att koordinera sig.

”Mor, jag är trött efter en tuff dag. Jag lovar diska imorgon.”

Hans mor skakade så häftigt på huvudet att hårtussar föll ner på golvet. Hennes hjässa var nu nästan kal utom runt öronen där hårtussar låg kvar för att öronen var i vägen. Hennes marinblåa mögliga klänning hade tappat en knapp och hennes bröst hängde ner som skrynkliga blåmarmorerade tygpåsar. Hon ställde sig framför honom vid sängkanten och skrek.

"Jag har inte uppfostrat en lortgris. Nu går du ögonaböj och diskar. Har man inte gjort rätt för sig har man inte rätt att sova heller."

Arne mindes hur han som tioåring hade fallit i sömn i klassrummet. Hur orolig fröken varit för att hon inte kunde väcka honom på en lång stund. Han hade hållits vaken av mor för att han hade gått in i vardagsrummet med skorna på, fastän han bedyrade att han inte hade gjort det. Mor hade kokat av vrede och tvingade honom skura golvet tre gånger med tvättpulver och klor. Handblåsorna hade varit stora som tvåöringar. Därefter tvingades han gå baklänges hundra varv runt huset medan solen steg upp i horisonten och lova att aldrig mer göra om det han aldrig hade gjort.

Nu var han vuxen och behövde sin nattsömn. Ingen led skada av att disken togs om hand på morgonen. Det fanns ingen mer än han där. Han förklarade lugnt för mor att han inte tänkte stiga upp ur sängen. Ingen annan behövde diska efter honom.

"Säger du emot mig, pojk?" Du vet vad som händer när du säger emot mig. Var är käppen?"

Arne drog upp täcket över huvudet, när hon lutade sig över honom. Ytterdörren öppnades med en hård smäll. Arne blundade, vände sig på sidan och kröp ihop under täcket.

Dörren knäppte till efter vad som hade känts som en evighet. Något välbekant ven i luften. Mor stod bredvid sängen, skrattade och viftade segerlystet med sin käpp.

"Trodde du att jag hade glömt min kära uppfostringskäpp? Du hade gömt den i vedboden, men den kom fram när jag kallade på den. Ont ska med ont fördrivas."

Hon slog käppen mot sängen, men missade Arne med någon centimeter och träffade täckets kant. Han rullade över till andra sidan, undvek nästa slag samtidigt som han reste sig upp ur sängen. Hon slog frenetiskt mot sängen och slutade inte slå trots att hon stirrade chockat på honom.

"Var är dina pyjamasbyxor? Har jag lärt dig att sova i bara kalsongerna? Skyl dig!"

Något knakade till och hon tappade käppen på sängen. Hon tittade på sin hand som hängde ner i en konstig position och när hon försökte rätta till den med den andra handen föll den lealös åt sidan. Hon satte sig på sängen och jämrade sig.

"Se vad du har gjort? Gör bara som jag säger, horunge, så blir allt bra."

"Gör det inte dig till en hora?"

Hon gapade och stängde ilsket munnen med sin fungerande hand.

"Det ska inte tolkas bokstavligen. Du är dum i huvudet, precis som din far."

Hon tittade på sin handled.

"Jag skulle diska om det inte vore för att mina händer inte tål väta. Den satans kyrkan har grävt ner mig i ett dike. Så fort det regnar rinner det vatten ner i graven. Till vintern blir kistan en istärningslåda. Du skulle ha kremerat mig."

Arne tyckte det lät som en bra idé. Hon skulle definitivt inte ha hemsökt honom som en askhög, i alla fall inte som ett vandrande maskbo, som hon var nu.

"Jag låter dig vara ifred om du diskar först."

Hon försökte se ledsen ut genom att sänka blicken med sitt enda öga och klippa med ögonfransarna. Hon hade aldrig förut sett så ynklig ut.

Arne famlade i mörkret i hallen och tände lampan i köket. Det skarpa ljuset slog emot hans näthinnor och han kisade av den plötsliga smärtan bakom ögonen. Mor haltade bakom honom. Hennes fötter löd henne inte trots att hon lutade sig framåt med hela överkroppen. Hon manade på kroppen, som ägaren till en mulåsna som drog i ett rep från halsen. Hon tog tag om knät, det ena och sedan det andra, lyfte upp och flyttade tyngdpunkten framåt.

"Varför tar du kroppen med dig när du hemsöker mig? De flesta spöken, har jag hört, är halvt genomskinliga vålnader som med tankens kraft lyfter upp föremål."

"Inte fan vet jag", fräste hon till.

Ur mungipan rann en stor blekgul fet mask som kröp tillbaka in genom en näsborre.

I diskhon fanns en flat tallrik, ett glas, tillhörande bestick och kaffemuggen från kvällskaffet. De var blötlagda och det såg inte alls stökigt ut. De hade nog inte gjort så mycket väsen av sig om de hade legat där tills imorgon bitti.

"Nej, ta tallriken först", beordrade mor Siv honom.

Han vände sig om och såg henne stå med armarna i kors. Den ena handen hängde slappt från handleden. Hon borde gå till vårdcentralen och få den undersökt, men de tog förmodligen bara emot levande människor.

”Vad spelar det för roll? Det är bara en tallrik, ett glas, en gaffel, en kniv och en kaffemugg och eftersom de ligger i samma diskvatten spelar det ingen roll.”

Hon försökte ställa sig upp på tå, rakryggad och bysta upp sin kortväxta kropp, men det enda hon lyckades med var att töja halsen bakåt i en konstig vinkel.

”Du gör som jag säger.”

Arne suckade, tog upp tallriken, doppade ner den några gånger mellan skrubbningarna, sköljde med kallt vatten och ställde den i diskstället. Han tog upp glaset ur vattnet, men hans mor stoppade honom.

”Muggen före glaset.”

”Ibland har du sagt att glaset kommer före tallriken och ibland tallriken före glaset.”

”Vad? Det ska alltid vara i samma ordning, men om det finns en mugg kommer den efter glaset för den måste ligga längre i blöt så att sockret i botten löses upp. Har du glömt allt jag har lärt dig?”

Arne svarade samtidigt som han tog upp muggen ur diskvattnet.

”Nej, det har jag inte alls, men du säger olika varje gång.”

”Du inbillar dig.”

Så hade han haft det under sin barndom. Var det för att han inte lyssnade, var det för att han inbillade sig. Det var svårt att växa upp om man inte tilläts tro på det man hörde med sina egna öron eller tro på det man såg med sina egna ögon. När han tänkte efter var hans känslor inte hans egna, heller. Det han kände var inget att fästa sig vid.

Arne torkade runt diskstället och hängde tillbaka disktrasan på kökskranen.

”Jag går och lägger mig.”

”Stopp och belägg.”

Han hejdade sig.

"Det är grus i hallen och när du ändå är igång skurar du hela bottenvåningen och plockar undan."

Hon suckade högt och lyfte upp sin haka för att understryka att hon menade vartenda ord hon sade.

"Har du glömt att jag sa att du ska diska och sedan ta golven? Glöm inte att bädda sängen också."

"Jag har inte glömt och jag har inte lovat för jag måste upp om några timmar. Varför ska jag bädda sängen?"

"Herreminje, att det är svårt att uppfostra en pojke med vax i öronen. Vet du om att jag fick skrika till dig som treåring och du tog åt dig om öronen som om du verkligen kunde höra, trots att du inte lydde mig. Toini, din moster hade så roligt åt det, det lilla fula defekta barnet. Hon sa att vi borde ha lagat bort dig direkt vid födseln. Det var ju så på den tiden."

Arne gäspade och tittade längtansfullt bort mot sovrummet.

"Jag tvättar och städar i morgon. Bäddar sängen gör jag imorgon bitti."

Hans mor öppnade munnen för att skrika, men stängde den direkt. Hon lade sin fungerande hand på sitt enda öga medan ögonhålan stirrade tomt och svart på honom.

"Vad jag kommer att få skämmas. Fy fan, jag har lagt ner ett helt liv på att uppfostra dig och nu när jag är död, utnyttjar du att jag inte kan slå dig utan att tappa mina kroppsdelar."

"Mor, det gör ingen skillnad om jag gör det nu eller imorgon. Jag får aldrig besök."

Hans mor tog bort handen från sitt öga som verkade ha blivit intryckt i ögonhålan.

”Jag har redan meddelat grannarna som kommer hit på lördag.”

”Varför skulle de göra det?”

Mor hade aldrig varit intresserad av att umgås med grannar eller andra människor över huvudtaget. Det var bara Toini som hade varit hemma hos dem när mor levde.

Skulle grannarna våga sig in genom deras grind? Brevbäraren trippade försiktigt till brevlådan och smög sedan försiktigt tillbaka. Nu när mor Siv var död hade han blivit allt djärvare och tittade inte längre bakom sig innan han stoppade breven i brevlådan. Grannarna gjorde fortfarande korstecken när de passerade huset och sedan gick de över till andra sidan vägen.

”Har du glömt det, horunge? Du ska tända en brasa där ute, ha ett bål på allt som hör till horan. Allt ska bort. Jag har varit inne hos grannarna och påmint. De har lovat att komma.” Hon sänkte rösten. ”Det hade inte behövt bli så, om du inte hade gett dig i lag med en kvinna. Det är skam på jorden och skam ska med skam fördrivas.” Hon skrattade med ett läte som om hon gurglade halsen med vatten. "Se så, städa nu! Det ska vara fint när vi får främmat. Hur länge sedan var det du gjorde rent här? Innan du började springa efter fruntimmer.”

Arne skakade på huvudet och försökte övertyga sin mor att han inte skulle ha en brasa på gården. Tids nog skulle Elisabeth hämta sina saker. Det var något mellan dem och angick inte grannarna. Om han inte fick sova snart, skulle han sjukskriva sig. Det fick hans mor att studsa till av indignation. Maken till lathet hade hon inte varit med om. Sova var något man kunde ägna sig åt när man var död och inte ens då. Eftersom hon var en osalig ande hade hon all tid i världen att göra livet surt för honom. Att Arne aldrig kunde lära sig och var tvungen att göra allt i sista sekunden. Det såg ut som om mor skulle lyfta från marken, så arg var hon. Varje centimeter av henne glödde rött.

Det rann något vitt och skummigt från hennes mun, men det verkade hon inte märka. Var det kistvattnet, som frätte både hennes innandöme och omdöme? Det gick inte alls att resonera med henne. Var det sådan hon varit när hon levde och hur hade han stått ut? Han tänkte inte säga emot mor och gick till källaren för att hämta städhinken och skurborsten.

Hon hade nog inte förändrats, men han var inte densamme och hade börjat ifrågasätta henne, vilket fick henne att visa sitt rätta jag. Som barn hade felsteg och misstag piskats in i hans kropp med uppfostringskäppen. Att säga emot var som att tacka ja till en lång utdragen tortyr. Sin vana trogen hade han trots att han blivit längre och starkare fortsatt lyda henne, trots att han lätt kunde ha oskadliggjort henne.

Hans mor stod bredvid honom i vardagsrummet och övervakade att han gjorde rätt. Det skulle börjas i högra hörnet och sedan skrubbas neråt. Sedan skulle han flytta sig åt vänster och fortsätta tills han hamnade längst ner. Möblerna kunde han dra undan och sätta tillbaka allt eftersom. Han visste inte om han vågade säga det han hade på hjärtat, men hon verkade vara mån om att det skulle vara rent.

”Du tror inte att grannarna reagerar på den starka liklukten i huset?”

Hans mor stelnade till, luktade sig under armhålorna och tog sig sedan för näsan som lossnade och lämnade efter sig ett hål in till skallbenet.

”Du menar väl inte från mig? Jag känner ingen lukt.”

”Det ramlar av hudbitar, du flagar.”

Hon var envis och påstod att han inbillade sig, men han pekade på marken runt hennes fötter, där likmaskarna kröp in och ut ur henne. Han hämtade en tidning som han vek upp i mittenuppslaget och bad henne ställa sig på den. Om hon ville att det skulle vara rent, skulle han se till att det blev ordentligt gjort. Hon kunde inte stå där som en död strössel- och konfettiburk och sprida ut sig över golvet.

Han satte städhinken framför fötterna på mor.

”Jag går och sover nu.”

”Du måste bädda sängen först.”

Han kunde inte tro på hennes ord.

”Det är ingen idé att bädda sängen, om jag ska gå och lägga mig i den.”

”Du bäddade inte i morse. Man måste bädda sängen före man lägger sig. Du missade en gång.”

Det tog tio minuter att göra det rätt och om hon slutade tjata efter det var det värt det.

Han klappade det sträckta överkastet och tittade upp på mor. Hon hade gått med till hans sovrum och dragit med sig tidningspappret som fastnat under hennes vattenindränkta fötter. Han skulle minnas det här under resten av sitt liv, hur en död halvrutten kvinna hoppade på ett ben med en bruten handled som svängde fram och tillbaka som en pendel.

”Och sedan ska du vattna blommorna.”

”Det gjorde jag igår.”

”Du ska vattna varje dag.”

”Elisabeth har sagt att man inte ska vattna varje dag. Det är därför våra orkidéer inte blommar.”

”Vad vet den horan.”

Arne knep ihop munnen hårt. Hon hade inte rätt att säga så om Elisabeth.

"Blev du ledsen?"

Hans mor lutade sig fram och skrattade hårt och metalliskt. En kraftig stank av förruttnelse slog emot honom.

Arne visste att hon tyckte om att såra honom, kastade ord som om de var knivar hon slungade mot honom.

"Jag tänker inte vattna. Det är mina blommor."

"Hör du inte vad jag säger? Du ska vattna."

"Du sa först att jag bara skulle diska, sedan fick du mig till att skrubba golven och sedan bädda sängen. Det verkar aldrig bli något slut på hushållssysslorna."

"Allt måste göras. Jag har inte uppfostrat en latmask."

Han tittade på sin armbandsklocka. Klockan var fem på morgonen och han hade varit uppe i tre timmar.

"Jag måste till jobbet."

"Du ljuger, klockan är bara fem."

"Inte alls. Tycker du att jag ska sjukskriva mig?"

"Nej, men ska du inte ha frukost först?"

"Vi äter på jobbet."

Han tänkte på disken han skulle bli tvungen att ta hand om efter frukosten och hur han sedan måste torka av bordet. Det kändes som om han inte hade sovit på flera dagar.

"Det ordnar sig."

Han rafsade ihop sina kläder. Han tog ett par byxor som han hade hängt upp på en dörrkrok och en t-shirt som han hittade i tvättkorgen och slängde en fleecetröja över axeln.

"De kläderna hade du i förrgår. Det går inte."

”Mor, du har haft samma klänning sedan du begravdes och det var för tre, fyra månader sedan. Det är nog ingen fara om jag har på mig de här en dag till.”

Hans mor försökte ta tag i dörrhandtaget innan han gick men hennes händer ville inte lyda. Hennes gråa ansikte blänkte av oro.

”Du ska väl inte lämna mig för den där horan?”

Hon lade sin hand på Arnes hand och han tog ett steg tillbaka. Han hade känt hur kylan från henne trängde sig igenom hans kläder som om han hade doppat sin hand i isvatten. Det högg till och brände i huden.

”Jag älskar Elisabeth och jag tänker kämpa för att få henne tillbaka. Jag har levt ett liv utan kärlek, och nu har jag hittat en som älskar mig.”

”Jag har inte alltid varit sådan jag är. De tog mig från min familj och skickade mig hit till Gotland. Tror du det var lätt? Hugo lämnade mig med dig. De hotade ta dig ifrån mig. En kvinna utan pengar med en oäkting.”

”Jag måste gå nu.”

Hans mor knäböjde i hallen och tittade vädjande på honom.

”Jag gjorde det för att jag älskade dig. Jag har alltid älskat dig, Arne. Jag har inte sagt det, för du skulle ha fått en hållhake på mig. Tro mig, men jag blev kär den första stunden jag såg dig. Ingen annan skulle få dig, inte ens Hugo. Kan du förlåta mig?”

Arne svarade inte utan gick ut till bilen och startade den. Utanför Färgpytsen AB parkerade han bilen. Han öppnade dörren, larmade av och lade sig i omklädningsrummet. Om två timmar skulle grabbarna vara där.

”Arne, hör du mig?”

Han blinkade till när han kände hur någon knäppte fingrarna framför hans ansikte. Magnus backade tillbaka till kaffeapparaten. Han trummade med fingrarna på diskbänken.

"Om jag inte hinner träffa er innan ni går på semester, vill jag önska er en trevlig sommar och så ses vi i augusti. Jag kommer att vara kvar här i två veckor till och kommer tillbaka en vecka innan er. Jag hoppas firman snart kommer på fötterna."

Magnus knackade på bordet framför Arne.

"Kan du komma till mitt kontor? Båtägaren vägrar betala det vi har gjort. Han påstår att vi har förstört båten. Jag skulle vilja att du tar med dig alla före- och efterbilderna."

Arne stannade utanför Magnus kontor och plockade fram mobilen. Han tryckte på kontaktlistan, bläddrade fram till Elisabeths mobilnummer. Han måste ringa henne och säga att han älskade henne. Om hon ville kunde han komma till Danmark och tillsammans kunde de vara där i några veckor och lära känna hennes familj. Han behövde bara hitta någon som kunde passa Tiger. Han skulle falla på knä och fria till henne.

Arne gick igenom sina telefonkontakter flera gånger. Efter Elias Tobiasson skulle det ha stått Uberhausen, men istället kom J. Östlund. Vart hade hennes nummer tagit vägen? Han bläddrade igenom kontaktlistan en gång till. Hennes nummer var spårlöst borta.

21

Det var lördag och den första semesterdagen. Fyra veckor av härlig semester. Det var i alla fall vad han hade trott. När han fortfarande var ihop med Elisabeth hade han sett framemot den, men nu kunde han inte se det underbara med en död mor som planerade komma på dagliga besök med sin sönderfallande kropp. Juli månad var het och varm och skulle skynda på förruttnelsen. Han ville inte tänka på mor, utan på Elisabeth.

Han hade börjat glömma bort Elisabets utseende. Han mindes hennes röda flammande hår och fylliga kropp, men inte om hon hade ett runt eller avlångt ansikte. Han kunde ta fram tidningsurklippet och titta på henne, men då skulle han minnas henne alltför väl och det skulle göra ont i kroppen av saknad. Hon var säkert redan ihop med rumphakan. Lena hade sagt att hennes föräldrar kunde vara mycket övertygande.

Han försökte minnas hennes telefonnummer men mindes bara de tre första siffrorna. På Eniros hemsida fick han inte heller napp.

Arne satt ute i trädgården för det gick inte att vara inomhus. Det luktade lik i hela huset, som om någon hade lagt ut köttbitar i varje rum och låtit naturen ha sin gång. Hans mor satt i sitt rum och försökte göra en frisyr av sitt hår, trots att hon bara hade tussar kvar vid öronen. De lossnade när hon drog med hårborsten. När hon tog ett nytt tag med borsten perforerade den hennes vänstra öra som slets loss. Hon lade örat på byrån och fortsatte borsta.

Hon pekade på sex döda citronfjärilar på fönsterbänken. Dagens skörd. Igår hade han lagt fyra citronfjärilar i trädgårdskomposten.

Arne öppnade byrålådan och såg döda citronfjärilar på bokmärkena som blivit färre. Mor stod med ryggen till och märkte inte att han smög ner de resterande bokmärkesarken under tröjan. Han var på väg ner för att gömma dem inuti den stora familjebibeln och skydda dem mot svartmagin som hade lagt sig som en blöt filt över huset.

Skuggtavlorna hade reparerat sig själva och det var som om det aldrig hade brunnit om dem. De var lika otäcka som han mindes dem.

Hans mor öppnade sitt sovrumsfönster och skrek ner till Arne.

"Arne, ska du inte gå in och göra lunch? Klockan är mycket."

"Jag är inte hungrig."

Det gick inte att laga mat. Mjölken i hans mugg med kaffe smakade skämt kött. En uppsvälld mask hade flutit upp i kaffepannan. Han hade hällt ut kaffet och slängt kaffepannan in i vedboden.

"Om du inte kommer in och äter ska jag tvinga dig."

Han gick in i huset för att hämta en keps för att skydda sin röda panna mot den heta solen. Mor stod i hallen med en skiva bröd och försökte trycka in den i hans mun. Hon skrattade med sitt gurglande läte.

"Gapa och svälj", sa hon och försökte trycka in den igen.

Äcklad knuffade Arne undan henne. Kylan som sipprade ur henne var som huggande knivar och han tappade andan för ett kort ögonblick.

"Kan du inte bara gå iväg och låta mig vara ifred."

Hon skrattade igen.

”Det vet du att jag inte kan. Jag kommer att vara här för evigt och evigt. Snart kommer Toini. Det har hon lovat.”

”Är hon inte död?”

”Jo, visst är hon död, men det är jag också. Vi kan hitta på en helvetes massa sattyg hon och jag.”

”Över min döda kropp”, svarade Arne beslutsamt.

”Så blir det”, sa hon och fick ett nytt skrattanfall.

Han ställde sig framför henne och stirrade in i hennes dimmiga öga vars regnbågshinna täcktes av något vitt och mjölkigt.

”Du försvinner nu säger jag.”

”Tror du ens på dig själv?”

Arne svarade inte utan gick ut till köket för att hämta en vass kökskniv.

”Hade du tänkt döda mig? En som redan är död?”

Hon tog tag i sitt enda öra, ryckte loss det och kastade mot honom. Han duckade och det landade på köksbordet.

Hon hade rätt. Hur hade han tänkt döda en redan död person? Han slängde kniven i diskhon.

”Du kommer inte åt mig, horunge. Och jag ska säga varför du inte gör det. Jag existerar inte på riktigt. Jag är ditt hjärnspöke. Tänk efter, skulle en död människa gå runt i huset? Jag är nedgrävd i salig mark, för helvete. Skulle jag ha kravlat mig upp ur graven och grävt med mina fingrar igenom jorden? Titta på mina naglar, ser du jord under dem?”

Det enda som fanns under naglarna var hennes blåröda fingertoppar.

Arne gick ut och satte sig på trädgårdsstolen igen. Den höll inte för hans tyngd utan knäcktes och han föll ner mot träplankorna. Han hörde hur mor skrattade i köket. Hon hade sett honom från fönstret. Så hon existerade inte? Bara i hans huvud. Det enda han i så fall kunde göra var att utplåna henne från sitt minne. Han skulle börja med hennes rum. Vi skulle nog få se vem som skrattade sist.

Hon satt uppe i sitt rum och kammade sin flint igen. Hon tittade avmätt på honom och vände sig tillbaka till spegeln.

"Vad hade du tänkt göra? Jag är redan död."

Han tittade på en av Skuggtavlorna. Det fanns en ny figur i dem. Moster Toini. Hon blinkade åt honom. Hon fanns med i de andra tavlorna och alla tre vinkade till Arne. Det var dags att göra upp med sitt förflutna och skapa en ny framtid. Han tog tag i en av tavlorna, men den ville inte lossna från väggen. Han gav sig inte utan satte foten mot väggen och spottade på tavlan. Det fräste till och den lossnade från väggen med en djup suck. Han öppnade fönstret och kastade ut den. Hans mor hade slutat kamma sig och stirrade förfärat på honom.

"Vad i helvete gör du? Har du blivit galen?"

"Nej, jag har blivit klok och borde ha gjort det här för länge sedan."

Han tog tag i den andra skuggtavlan, såg ner på paret som var ute på söndagspromenad medan deras barn kröp iväg från dem. Toini stod i det vänstra hörnet av tavlan och höll sina armar brett isär. Babyn skulle krypa rakt in i hennes famn. När han hade fått loss tavlan genom att spotta på den skrek Toini i tavlan till och föll mot backen. Babyn hade glidit ur tavlan och försvunnit. Arne kastade ut tavlan genom fönstret och tog sedan tag i den tredje tavlan. Mor Siv stod upp och skrek mot honom. Hon kastade hårborsten som träffade elementet bakom honom. Han plockade upp borsten medan han med andra handen höll i tavlan. Han kastade ut borsten genom fönstret.

Det hade börjat blåsa i rummet och gardinerna vinglade till och försökte slå Arne i ansiktet. Han brydde sig inte utan kastade nu ut den tredje tavlan. Den sista tavlan hade gett upp utan motstånd när den upptäckt vad som hänt de två andra. Gardinerna snurrade sig runt hans midja och hals. Han kippade efter luft, men han drog sig in i mitten av rummet så att stången som gardinerna suttit på ramlade ur sina fästen och flög med en duns ner på golvet.

Medan gardinerna och stången hämtade andan snurrade han tyget runt stången och kastade ut dem genom fönstret så att de landade på tavlorna som stönade till. Arnes mor stod på sängen och höll sig om huvudet.

”Du tar kål på mig, horunge. Jag ska hämnas.”

Hon kastade sig mot honom för att klösa honom i ansiktet. Kylan från henne bedövade honom, men han knuffade till henne så att hon flög in mot väggen. Hon skrek till när axeln gick ur led.

Arne tittade ut genom fönstret och ner på trädgården och såg hur tavlorna kröp iväg. Det måste han hindra till varje pris. Han rusade nerför trapporna och lämnade mor som vrålade i sitt rum av ilska och smärta.

Han hittade bensindunken i garaget. Tändstickorna låg på en hylla över lerkrukorna. Han slet åt sig dem och såg att en av tavlorna hade släpat sig in under en brakvedsbuske. Han släppte bensindunken på marken och tog tag i tavlan. Den var stark och kämpade för sitt liv, men Arne hade beslutat sig en gång för alla och den råstyrkan kunde inte ens magi rå på.

Utmattad låg tavlan i hans famn och han kastade den på de andra tavlorna och på gardinerna. Han dränkte in allting i bensin och tände på. Hans mor ylade uppe i sitt rum samtidigt som den gröngula lågan flammade upp. Det luktade stickande svavel i luften. Han var inte färdig än utan såg om elden hade tagit sig innan han gick in för att hämta mer att kasta på.

Mor Siv satt i rummet och grät, något vitt rann ur hennes öga. Hon försökte rätta till axeln som hade gått ur led. Arne drog ut två av byrålådorna, lyfte upp dem och lade dem på byrån. Hon väste.

"Någon borde undersöka din hjärna. Är du inte klok som tänder en eld i glödheta juli. Du kommer bränna upp hela huset, ladugården, hela Fole socken med skog och allt. Det har alltid varit fel på dig. Som barn smög du utmed väggarna och hoppade till av minsta ljud. Du kissade på dig varje natt tills du fyllde sex år, trots att jag slog dig för att du gjorde det. Du ska in på psyk."

"Det var du som föreslog brasan."

"Skulle jag? Är du inte riktigt klok?"

Han lyfte lådorna och gick mot fönstret.

"Mor, du måste släppa taget nu. Du måste gå vidare." Hon hukade sig i sängen.

"Men, vem ska ta hand om dig när jag försvinner?"

"Jag har tagit hand om mig själv ett bra tag."

Hon tittade oförstående på honom.

Han kastade ut de två byrålådorna och såg hur hans mor ryckte till av smärta. Han måste påminna sig själv om att hon var ett hjärnspöke. Hon försökte få medlidande, men hos honom hade hon inget att hämta.

De två sista byrålådorna fick gå samma väg som de andra lådorna. Byrån var för bred för att kastas ut genom fönstret så han drog ut den i hallen. Hennes öra hade rullat ner bakom byrån och han lyfte upp det och lade det i sin byxficka.

Hon stirrade förfärat på honom.

”Vad ska du göra med det?”

Byrån var tung, men blev lättare för varje steg han tog nerför trappan. Dess styrka och tyngd kom från rummet ovanför. Det andra örat låg kvar på köksbordet och han stannade upp, stoppade in örat i fickan bredvid det andra.

Tavlorna hade redan brunnit upp. Ramarna låg kvar och glödde i elden. När byrån hamnade på dem tog elden fart. Slukande och slickande eldslågor slöt sig kring byrån. Den väste och ven så att Arne fick sätta händerna för öronen.

Det vibrerade och bultade i hans fickor och han kom ihåg vad han hade där. Han tog fram mors öron och kastade in dem i elden. Elden bildade en kastvåg, slängde sig över öronen och lyfte upp dem i luften där de brann samtidigt som de strålade ut ett rosa och svart sken. Arne hade aldrig sett något liknande.

”Nej!”

Mor Siv stod vid fönstret och ropade förtvivlat efter sina öron.

När han kom upp till rummet igen hade hans mor tystnat och låg orörlig på sin säng med händerna knäppta framför sig. Hon spelar död, tänkte Arne och öppnade garderobsdörren. Hon vände på huvudet och stirrade uttryckslöst mot honom.

”Ska du bränna mina kläder nu?”

”Du har inte behövt dina kläder sedan du dog. Eftersom du är död kan du önska dig vilka kläder du vill och vilken kropp du vill. Du kan bli ung igen och inte vara kvar i den där maskätna kroppen.”

”Det är vad du tror.”

Hon tittade upp mot taket och slöt sitt enda öga. Mor hade inte ägt många plagg i sitt liv. Kläder var något man hade på sig för att skyla sin nakenhet och var man hel och ren och bytte kläder varje dag, behövde man inte ha mer än fyra-fem ombyten. Sedan hon hade slutat gå i kyrkan behövde hon inte ens en svart vinterkappa eller söndagskläder. De vanliga städrocksklänningarna med blommigt tyg och knappar från hals till knä hade varit nog vardag som helg. Det enda fina och anständiga hon hade ägt var den marinblåa klänningen som hon hade burit vid speciella tillfällen såsom sin födelsedag och sin död. Vätan i kistan hade blött upp tyget och brutit ner det till trådar. Det var inte många ställen kvar på tyget där man kunde se att det någon gång hade varit marinblått med vita prickar. Färgen hade runnit av och fick det att skifta i regnbågens alla färger.

Han rafsade åt sig hennes klädesplagg och lade dem i hennes resväska som låg i garderoben. Han tog ut alla trägalgarna och med dem under armen och resväskan i den andra handen gick han nerför trapporna. Elden flammade upp igen och slukade allt som han kastade in i brasan.

Nu var det fyra saker kvar i rummet. Hennes säng som hon fortfarande låg på, den tomma garderoben, spegeln och lampan. Det gick lätt att lossa på garderobsdörrarna som han kastade ut genom fönstret. När garderobens dörrar var borta märkte han hur sned och skranglig garderoben var. Han drog ut den i mitten av rummet, sparkade till den med fötterna så att den föll ihop med ett brak. Hans mor svarade med en suck som ekade i det snart tomma rummet. Han knäckte garderobens väggar till mindre bitar och slängde ut dem genom fönstret. Lampan och spegeln var näst på tur. Hans mor satte sig upp på sängen och såg sig själv i spegeln. Det var som om hon för första gången såg sig själv. Hon petade på sin kind och tryckte in fingret genom den. Det blev ett hål som blottade den tandlösa gråa gommen och hon skrek till av skräck.

Det var bara sängen kvar och mor Siv satt nu på den. Hon såg att han tittade på sängen och reste sig upp. Hon skulle ge upp utan strid.

"Lovar du mig gravstenen jag har valt ut?"

Han drog bort det vita virkade sängöverkastet, nickade mot henne och kastade ut det genom fönstret. Överkastet fladdrade iväg ner till elden som kastade sig över det.

Hennes sängmadrass bjöd på en obehaglig överraskning. Den kryllade av vita likmaskar som måste ha krupit ur henne medan hon låg. De hade borrat sig in i skummadrassen. Äcklad rullade han ihop madrassen och tryckte ut den genom fönstret. Vinden tog tag i den så att den landade på hustrappan.

Han gick ner för trapporna, sparkade till madrassen med sina skor utan att nudda med händerna. Maskarna hade krupit upp på hans hand när han lyfte madrassen och försökte hitta en ingång. Med en snöskyffel som han hade hittat i garaget plockade han upp madrasskanten och drog den mot brasan. Den verkade inte vilja ta sig. Den var fuktig och måste torka upp innan elden skulle sluka den. Det väste och sprakade. Maskarna gav ifrån sig ploppande läten som popcorn när de sprack upp.

Mor stod lutad mot trappräcket.

"Du har sängen kvar."

Han gick upp och tittade sig runt i det tomma rummet. Tänka sig att han en gång hade varit rädd för det och nu var det bara ett tomt skal. Magin hade inte suttit i rummet och huset, utan i möblerna som samlat på sig årtionden av uppdämd ilska. Han hade kastat ut det sista av sängen efter att han hade huggit ner den i små bitar.

”Vad ska det bli av mig nu?” sa hans mor så tyst att det nästan inte gick att höra henne.

”Jag antar att du ska till himlen nu.”

”Tror du jag får komma in? Jag har gjort så mycket ont i mitt liv.”

Han hade inget svar att ge henne. Var och en fick sona sina brott och eftersom han ännu inte upplevt sin egen död, kunde han inte svara på hur det skulle gå till.

Hon tittade på honom en sista gång och försökte le tappert. Elden hade bildat en hand och hon tog tag i den och klev in i elden. Lågorna slingrade sig över hennes ben som klängrankor och hon formade sina sista ord i döden.

”Se nu till att inte hamna på barnhem.”

Han tog ett steg bakåt och betraktade det som hade tillhört hans mor. Det var inte mycket kvar av elden, men den flammade då och då upp i rosa, gult, orange, blått och grönt som norrsken som slingrade sig över horisonten. Han kände en tung börda falla från bröstkorgen. Det kändes underligt att andas utan att det stramade till. Han hade glömt bort hur det var att andas på riktigt.

En gråvit flicka formades i eldröken. Hon klev ut ur brasan samtidigt som hon fick färg. Arne hade sett den flickan på ett fotografi. Det var hans mor som tolvåring innan hon kom till Gotland. Hon bar sina högtidskläder, en mörkblå lång kolt och de brunsvarta flätorna stack upp ur mössan. Hennes armar pryddes av tunna skinnremmar med tenntrådsbroderi. Stolt lade hon sina händer på sin smala midja och trippade försiktigt vägen fram med sina spetsiga skinnskor. Hon stannade, snurrade runt ett varv och fortsatte trippa framåt tills hon försvann.

Han satte sig flämtande ner på trappan. Det hade varit en tröttsam dag. Han hade inte bara befriat sig själv utan även sin mor.

"Är allt bra, Arne?"

När han lyfte upp blicken såg han hur ett tiotal om inte ett tjugotal personer hade samlats runt staketet. En äldre lång man i stallkläder och gummistövlar stod lutad mot en spade. Han kände igen honom som närmaste grannen några hundra meter bort.

"Du måste vända upp askan och röra om så att det som ännu inte brunnit upp tar eld."

Han gick in genom grinden och började gräva i den pyrande högen. En liten flicka kom fram till honom och gav honom ett grönt äpple. Han tackade och tog emot det. Varifrån hade alla människorna kommit?

Mannen med spaden stannade upp i en rörelse och drog i sin keps.

"Din mor har varit hos oss och fört ett sakrans liv. Det väl för bra att hon drog till väders."

En kvinna som stått vid staketet lösgjorde sig från folksamlingen.

"Jag har med mig dopvatten från en katolsk kyrka."

En annan kvinna, en yngre som gick barfota i en vit tunika med glittrande paljetter och ett brett skinnskärp runt midjan visade upp en knippe salvia som hon höll i handen.

"Jag vet, den luktar som lik när man bränner den, men tro mig, allt osaligt och ont ryker bort den med den."

Kvinnorna begav sig in och började med monotona röster mässa på en uråldrig sång.

En man stod bredvid Arne och han visste direkt vem han var, Anders från skolan. Han satte sig bredvid honom på trappan och lade armen runt Arnes axlar.

”Du vet vad som hände med Märta? Ena dagen var hon kärnfrisk och nästa dag var hon död. Hennes familj flyttade sedan tillbaka till Norge. De anklagade din mor för att ha dödat henne. Nog för att din mor är ond, men det går inte att gå omkring och anklaga folk hur som helst. Jag har tänkt på dig många gånger, att jag inte var snäll mot dig i skolan. Var och en måste sona sina brott innan det är försent.”

Mors likvaka eller likbål hade till slut blivit en uppslupen fest, en sockenfest skulle man kunna kalla det. Alla var så lättade att det egentligen inte behövdes någon öl för att få sockenborna att bjuda upp varandra till dans. Med gemensam kraft hade de sista pyrande högarna av aska flyttats med skottkärra bort till den gamla gödselhögen vid ladugården där den inte längre kunde göra någon något ont. Flera grillar radades upp på gården och någon hämtade dricku som hade väntat på sitt högtidstillfälle. Att häxan i Fole hade försvunnit var värt att fira. Flera gånger tänkte Arne på Elisabeth, och drabbades av vemod. Tänk om hon hade varit där och fått se hur skickligt Anders hanterade fiolen och ackompanjerades av Mats på dragspelet. Lisen stod på bordet och drog skämt efter skämt som fick åhörarna att storkna av skratt. Då skulle han hållit sin Elisabeth om axlarna och tänkt att den vackraste kvinnan i Fole satt vid hans sida.

Arne klev över det som var kvar av festen och smålog medan han plockade upp tomflaskorna och lade dem i en plasthink. Mats låg kvar under trädgårdsbordet och ingen hade lyckats baxa upp honom på skottkärran och kört honom hem. Han hade grymtat och bett dem dra åt fanderns och sedan fortsatt snarka. I morgon bitti kunde han krypa hem.

Arne stannade vid brakvedsbuskarna som upptog en stor del av trädgården. Någon gång skulle han hugga ner dem och plantera körsbärsträd. Han tyckte om deras blommor, som när kronbladen lossnade såg ut som tusentals rosavita fjärilar. Det fick vänta. Brakvedsbuskarna var fulla med hundratals gråpuppor. Snart skulle fjärilarna kläckas.

22

Det var för tyst. Han öppnade ögonen och såg sig om. Hade han drömt alltihop? Var fanns mor? Levde hon fortfarande? Elisabeth, fanns hon på riktigt?

Han nöp sig i armen för att vara säker på att han inte drömde. Det var för tyst i huset. Hade mor något lurt på gång? Stod hon i hallen och väntade på att få hoppa fram och kasta en kroppsdel på honom?

Han smög försiktigt ut i hallen. Det fanns ingen där och han fortsatte ut i köket. Tiger ställde sig framför honom och jamade krävande. Arne bytte vatten i hans skål och fyllde på med torrfoder. Det hade varit gott med kaffe, men han mindes att han hade slängt ut kaffepannan. Han rös till när han tänkte på den uppsvällda masken i kaffet.

För tyst. Det var som timmarna efter ett åskväder, när ozonet hade lagt sig som en filt över marken efter åskan. När allt sprakade loss blev luften ren och det stack till i lungorna när han andades djupt. Liklukten hade försvunnit och luften var ren som efter ett massivt regn- och åskväder.

Med ett glas vatten i handen ställde han sig på yttertrappan och tittade på den runda ringen av utbrunnet gräs. Så det var sant. Han hade eldat upp alla mors möbler och sedan hade mor klivit in i elden och utplånat sig själv.

Förr eller senare måste han gå upp till övervåningen för att borsta tänderna och starta morgonen. Han bävade. Om hennes möbler var kvar där uppe, skulle han flytta, stänga ner hela huset, ta med sig Tiger till fastlandet och börja om från början. Inget mera bråk med mor, bara ge upp och låta henne ta över. Han ingick inte i övertagandet.

Hennes rum var tomt. Det ekade när han gick på golvplankorna. Tiger stod vid tröskeln och tvekade. Arne kallade på honom och han klev försiktigt in som om han trampade på glas. Hans päls reste sig upp när han nosade på alla listerna och skrapade på golvet, för att vara alldeles säker på att det var tomt därinne. Han hoppade upp på fönsterbänken, kikade ut, spetsade öronen och slickade sedan sin päls.

Vad skulle han göra med rummet? Det kunde inte stå tomt. Rummet var i behov av helrenovering. Det fanns överbliven färg på jobbet. Magnus hade sagt att han kunde ta det om han ville. Det skulle behövas nya lister och taket behövde målas. Han visste inte om han någonsin skulle våga sova i det rummet, men om han lät det stå tomt skulle någonting annat flytta in, något han själv inte hade valt.

Magnus satt på kontoret och masserade sin hårbotten med fingrarna. Han lyfte upp huvudet och tittade på Arne som passerade den tomma receptionen.

”Vad gör du här? Har du inte semester?”

”Jag tänkte hämta överbliven färg från förrådet. Du sa att jag kunde ta.”

”Javisst. Ta så mycket du vill. Vad ska du måla?”

”Jag tänkte måla om i mors rum och sedan om jag hinner målar jag resten av väggarna i huset. Jag har inte renoverat på mycket länge.”

Magnus skrattade men det nådde inte upp till ögonen. Han såg trött ut.

”Vad är det man säger om skomakarens barn, att de går utan skor.”

Arne gick ut till verkstaden och lastade färgburkar på rullvagnen. Han valde ut de färger han tyckte mest om; vitt, gult och ljusblått och lastade in dem i bagageluckan på sin bil. Efter det skulle han bara lämna tillbaka rullvagnen till verkstaden och sedan åka till färghandeln, köpa rollers och några penslar.

Magnus satt kvar i samma position, med fingrarna i håret och med stel blick på skrivbordet, när Arne kom in för att meddela att han var klar. Han var så lik far sin när han satt så. Magnus far, Lars, hade sett ut så i flera månader efter att Magnus mor hade dött, när farmor hade flyttat in och tagit hand om sonen så att han kunde gå till jobbet. Arne mindes vad han hade sagt: ”Vad ska jag göra nu?” för att sedan falla ihop i gråt. Arne hade inte sagt så mycket då utan bara väntat på att han skulle prata. Ibland behövde man bara någon som lyssnade.

Arne satte sig på stolen bredvid Magnus och väntade på att han skulle säga något.

”Titta på fakturorna jag har skickat ut. Flera vill inte betala. De bestrider fakturorna eller vill bara betala en del av dem. De tycker att vårt arbete var undermåligt och attityden hos en av våra anställda var, jag läser högt, under all kritik.”

Arne satte sig mittemot.

”Om det var jag, kan jag gå och prata med dem.”

Nej, nej, klart det inte var du. Det var Petter. Och vet du vad Petter säger nu? Att facket ska gå igenom hans uppsägning, om det verkligen var på skäliga grunder han sades upp. Verkligen? Jag kan ta honom tillbaka, så kan vi alla gå under. Jag går ifrån allt som pappa har byggt upp. Och Petter säger att han har flera års semesterersättning att ta ut, trots att han bara varit anställd i två år. Han har tagit semester som oss alla andra. Jag skulle aldrig ha anställt honom till att börja med. Jag skulle ha ringt till hans

233

referenspersoner och inte litat på hans ord. Det har bara
gått utför med firman.”

Det blänkte av vått i Magnus ögonvrår. ”Vad ska jag
göra?” frågade han.

”Jag vet inte. Din far ställde samma fråga för många år
sedan när din mor precis hade dött och firman hade
misskötts under några år. Han fick svaret: ’När det är som
allra mörkast, det är då det vänder.’”

”Du menar att det kommer att ljusna?”

”Det är som årstiderna. Det blir kallt, det blir varmt, det
blir ljust, det blir mörkt.”

Magnus ögon blänkte till av beslutsamhet och han
drämde till bordet med handen.

”Så fan heller att firman ska gå under och ska den det går
den med flaggan i topp. Jag behöver en finansiär, en som
kan täcka skulderna tills vi är på benen igen.”

Arne visste inte ens att han ville ha den här chansen,
förrän den dök upp.

”Jag kan gå in med pengar, om jag blir delägare.”

Magnus stirrade på honom.

”Jag hoppas du inte skojar med mig? Det skulle lösa
problemet för tillfället, tills vi har utökat verksamheten och
fått spinn på den.”

Det blev bestämt att Arne skulle gå in med pengar. Hälften
av firman skulle skrivas över på honom. Det var inte mer
än rätt. Han hade varit på firman lika länge som hans far
och han hade lovat att ta hand om Arne så länge han levde.
De skulle göra upp detaljerna när han kom tillbaka efter
semestern, göra ett riktigt överlåtande istället för
handslaget. Magnus skulle klara sig själv en månad till, nu
när han visste att det skulle ordna sig. Han skulle prata med

de som inte ville betala och berätta att han som utfört jobbet inte var kvar på firman. Att det inte skulle upprepas. Om de hade sagt det tidigare hade han kunnat göra något åt det. De var överens om att de inte skulle plocka ut lön från Färgpytsen förrän de var på plus igen.

”Jag önskar att Elisabeth hade varit här nu, så att vi hade kunnat fira det här”, sa Arne.

”Vem är det?”

Arne beskrev hennes utseende för honom, det han själv kunde minnas, men Magnus skakade på huvudet.

”Du har berättat om en tjej, men jag trodde att hon hette Märta. Jag kan inte minnas någon annan.”

Det var konstigt. Elisabeth hade varit hos dem flera gånger, så han borde ha kommit ihåg den färgglada kvinnan. Det var nog för att han var så stressad. Han måste verkligen få tag på Elisabeth innan hon glömde bort honom.

När Arne stod inne på Karlströms färg- och lack och valde mellan de olika penslarna kom en obehaglig känsla krypande över honom. Han kunde inte sätta tummen på vad det var, men något var fel. Han måste genast få tag på Elisabeth.

Lena stod i trädgården, höll i trädgårdsslangen och vattnade de små gröna växterna som stack upp ur jordplätten. Arne såg Elliot ligga och sova i barnvagnen med sin blåvitrandiga mössa på sned. Han klappade honom försiktig på kinden och gick sedan över till Lena.

”Du är på semester, eller hur?” sa Lena.

Arne och Lena kallpratade i fem minuter alltmedan det kröp som myror under hans hud. Han var egentligen inte intresserad av att veta vilka frön hon hade sått eller vilken färdighet Elliot hade utvecklat. Han ville få tag på Elisabeth.

"Jag måste få kontakt med Elisabeth. Det är mycket viktigt och Tiger saknar henne också."

"Elisabeth? Jag förstår inte? Är det någon gemensam bekant?"

Det kom som en kalldusch. Inte heller hon mindes henne.

"Elisabeth von Uberhausen. Dansk sjuksköterska på Roma äldreboende."

"Jag känner henne inte. Vill du att jag ska ringa runt och kolla om några av mina väninnor känner henne? Jag kan kolla med Eva om du vill, och Gertrud. De känner alla människor på ön."

"Det behövs inte."

Han vände sig och gick mot bilen för att åka iväg, men kom på att han hade sparat utklippet på Elisabeth och hennes familj i plånboken. Han vek upp tidningsfotot och gav till Lena.

"Känner du henne?"

Hon tittade på bilden och skakade på huvudet.

"De bor i Danmark. Jag känner inte så många där."

Arne hade rätt. Något var mycket fel.

Lena stod kvar och stirrade på hans bil som åkte iväg så snabbt att den sladdade i jorden och lämnade två däckspår. Han skämdes för det, men han skulle komma tillbaka och ordna upp det senare. Nu var det bråttom för Elisabeth hade börjat försvinna från ön. Han kunde inte tro att hon bara hade funnits i hans fantasi. Han hade faktiskt träffat henne och sett henne på Roma äldreboende. Hon hade pratat med honom, men han hade inte svarat. Och hennes katt Tiger var hemma och väntade på henne och han fanns i verkligheten.

Trots att det var varmt och soligt satt ingen ute på uteplatsen på Roma äldreboende. De hade kanske lunch, eller tog sina tupplurar. Han parkerade bilen och gick in genom de stora entrédörrarna. En bestämd dam med sjuksköterskeuniform gick fram till honom.

"Vem söker du?"

"Elisabeth."

"Är det en av våra boende?"

"Ni har en sjuksköterska vid det namnet."

"Vänta ska jag kolla."

Hon gick fram till en stor vit tavla och läste namnen på personalen. Hennes finger stannade på en rad och hon hyssjade till Arne.

"Vänta här, jag kommer strax."

Han stod kvar i korridoren och försökte fokusera på de fina tavlorna i korridoren, men hans ögon var för nervösa för att kunna fästa sig vid penseldragen.

"Är det din pappa?"

Kvinnan hade kommit tillbaka med en ung kvinna klädd i vit rock.

"Nej, jag förstår inte."

Arne blinkade till.

"Det där är inte Elisabeth."

Den unga kvinnan drog efter andan.

"Skulle jag inte veta vad jag heter?"

"Har ni någon annan Elisabeth som jobbar här?"

"Tyvärr", sa den äldre kvinnan. "Det här är den enda Elisabeth som jobbar hos oss. Hon kanske jobbar på ett annat äldreboende."

Elisabeth fanns inte där i alla fall. Arne mindes att hon hade åkt till Danmark för ett bröllop. Han kunde inte minnas vem som skulle gifta sig. En människa kunde inte bara försvinna så där och alla människor runtomkring drabbades inte alla samtidigt av minnesförlust.

Vägen hem till Fole var allt annat än rolig. Vad hade han kvar att leva för? Hemma fanns ingen annan än Tiger och ett för övrigt tomt hem. Han hade tänkt ut flera sätt han skulle överraska Elisabeth på, för att vinna henne tillbaka. Han skulle ta flyget till Århus och beställa en ståtlig svart limousine. Han skulle ha tusen orangea och citrongula rosor med sig som chauffören skulle strö runt henne som ett roshav och sedan skulle han falla på knä. Han räknade med att gårdsplanen var täckt av vitt marmorkross och Elisabeth skulle tycka synd om honom. Att han smutsade ner sin kostym för henne, en kostym som var dyrare än en månadslön. Hon skulle ha bett honom ställa sig upp, skåda skadan på byxbenet, borsta av gruset och sanden. Sedan skulle de ha gått arm i arm, alltmedan hon frågade om vädret på Gotland och hur Tiger mådde, och vid en prunkande berså skulle de slå sig ner på en parkbänk. Där skulle han återigen falla på knä och fria till henne och säga att han inte accepterade ett nej, precis som på film. Elisabeth skulle rodnande säga ja. Sedan på kvällen efter den stora släktmiddagen och när de var ensamma i sitt rum skulle han säga att han hade tänkt på det där med barn. De kunde adoptera ett barn eller om hon ville kunde hon pröva att bli med barn. Hon var inte över femtio än. Han skulle vara lycklig och nöjd om han fick ägna resten av sitt liv åt att älska henne och göra allt för henne. Han hade gjort allt för mor, trots att de inte hade tyckt om varandra, men med

Elisabeth var det en helt annan sak. Han skulle njuta av varje dag med henne, till och med när de grälade. Han skulle tycka om deras gräl, för då kunde de bli sams och kanske ha sex.

Han svängde in vid ICA Krampbroboden och funderade på om han hade ett ärende dit. Havrekuddarna hade tagit slut, men Elisabeth hade flyttat ifrån honom. Han satte foten på bromspedalen så att hans kropp åkte in mot ratten, tryckte sig bakåt och styrde bilen mot lantbutiken. Han måste ha en kaffeapparat, för han hade inte druckit kaffe på hela dagen.

Han kunde komma på tusen anledningar till varför Elisabeth inte skulle vilja ha honom. Han var ingen. Petter hade sagt att ingen ville ha honom och dessutom var han en lögnhals. Arne ljög, men räknades det som att ljuga när hon verkligen existerade och verkligen bodde med honom? En annan godtagbar anledning till att hon inte ville ha honom var att han var arbetarklass och hon adel. Hon hade till och med en eftergymnasial utbildning medan han själv hade lärt sig att måla genom att doppa en pensel i en burk och stryka på. Utbildningen hade tagit en kvart. Hon var vacker och han var ful. Hon kunde få vem som helst, till och med män med rumphakor och miljoner på banken. Varför skulle hon välja någon som honom när hon kunde få vem som helst. Han var tråkig också och saknade fantasi. Han kunde inte komma på en enda bra sak med sig själv.

Arne ställde bilen utanför grinden och såg Tiger kika ut genom fönstret. Han skrapade med tassen på fönstret och ställde sig på bakbenen. Det var något sorgligt med honom. Tiger saknade nog sin matte. När han vred om nyckeln i låset hörde han katten hoppa ner från fönsterbänken. Jo, det fanns en sak Arne var bra på. Han var trofast och snäll. Den som var med honom skulle aldrig bli lämnad ensam. Det var det han var bra på, att stanna kvar.

Tiger jamade besviket på honom och gick runt hans ben. Han försökte klappa honom men hans rygg lade sig platt på marken som om han inte ville bli rörd. Han jamade igen och skrapade på ytterdörren.

Arne lockade med kattmatsburken som han knackade på golvet, men Tiger var inte hungrig trots att han inte hade ätit på hela dagen. Mycket konstigt. Tiger borde inte heller finnas, eftersom hans matte hade försvunnit. Var det inte så det fungerade i en dröm? Att när man vaknade skulle sakerna man drömt om försvinna. Elisabeths kofta låg fortfarande på soffans armstöd, hennes korsordstidning var kvar och uppslagen på vardagsrumsbordet.

Tiger hoppade upp på handtaget till ytterdörren och dörren gled upp. Genom köksfönstret kunde Arne se hur kattungen gick omkring på gården. Han nosade och sniffade på marken och gick i cirklar. Mycket märkligt beteende. Mer hund än katt.

Tiger hade försvunnit från gården. Arne hade haft ögonen på annat håll för en kort sekund, men det hade räckt. Han kunde inte vara speciellt långt borta.

”Tiger!”

Han lyssnade på sitt eget rop och väntade på att få höra ett jamande läte. Strömming skulle få hem honom. Han mindes att det fanns några i kylskåpet som han köpt för två dagar sedan och fortfarande var inlindade i papper. Tigers fisk.

En skugga i ögonvrån fick honom att vända sig om. Han hade sett Elisabeths skugga. Det kunde inte vara någon annan än hon, med det långa håret i siluett. Hade hon kommit tillbaka från Danmark?

Efter att ha gått runt i alla rummen på ovanvåningen gick han till badrummet och där var hon inte heller. Hennes badrumssaker var borta. Det hade varit så många parfymflaskor och det kändes som en omöjlighet att hon hade lyckats trycka in allihopa i resväskan. Det fanns inget som var hennes i badrummet. Hon var kanske ändå tillbaka. Hon hade varit där och hämtat sina saker medan han var inne i Visby.

Han gick tillbaka ner till köket, för han kom ihåg att han skulle locka hem Tiger med strömmingen. Elisabeths kofta låg inte kvar på soffan. Även hennes tidningar var borta. På skohyllan fanns inte ens hennes gummistövlar. Han hade inte sett någon bil komma, för han skulle ha hört hennes bils oregelbundna motorljud.

Elisabeth höll på att försvinna från honom. Allt som någonsin hade påmint om henne hade sakta börjat suddas ut. Det fanns inget som var hennes kvar hemma kunde han konstatera efter att ha gått runt i alla rummen på nedervåningen. I källaren låg inte heller hennes smutskläder. Inte ens så mycket som ett hårstrå fanns kvar av henne. Det enda som fanns var Tiger. Tänk om även han höll på att suddas ut från honom? Han sprang ut till trappan och ropade efter honom. Ljudet av vindens sus genom löven kom tillbaka. Det var som om Tiger aldrig hade funnits.

Arne sprang in och drog nervöst i sitt hår. Något måste göras. Han var helt säker på att han inte var galen, för han hade aldrig varit galen. Det borde ha funnits tendenser till det tidigare. Något han kanske borde ha tänkt på innan han började fantisera om Elisabeth. Det var om något galet och ännu galnare blev det när hon började existera. Hon hade egentligen funnits i hans drömmar under flera år, som om han hade smygtittat in i hennes liv och väntat på att hon skulle få upp ögonen för honom. Det var som om de hade väntat på den rätta tidpunkten där deras vägar skulle korsas. Allt kunde ha varit en dröm, men en sak var inte det. Tiger. Han fanns på riktigt. Det fanns klösmärken på hans arm efter att Tiger hade använt honom som en språngbräda för att komma upp i körsbärsträdet dit han jagat upp en fjäril.

Vänta! Han hade kvar tidningsklippet där det stod om den bortsprungna katten. Han hade sett den i en låda när han letade efter Elisabeths tillbehör. I medicinskåpet fann han det han sökte. "Bortsprungen katt" kunde han läsa. Där stod det svart på vitt. Arne och Elisabeth och deras Tiger. Medan han höll i urklippet var det som om en osynlig glöd slickade upp pappret. Det föll ihop och smulades sönder i hans händer. Den sista länken till Elisabeth.

Han tittade på klockan. Dags för kvällskaffe. Det hade varit dags i en timme. Han plockade fram den nya kaffeapparaten från kartongen. Det hade varit den sista på Krampbroboden. Han hade ställt sig för att betala, när hon i kassan sa att han måste ha filter och kaffepulver för bryggning. Hon visste att Arne alltid köpte kokkaffe.

Han ställde kaffeapparaten på bänken vid fönstret och tittade ut. Tiger syntes fortfarande inte till. Han plockade fram kaffekannan och ställde den i kaffebryggaren och suckade djupt. Kvällskaffet kunde han inte vara utan, trots att hans hjärta nu sa honom ett och annat. Vad var det för mening med livet, ett liv utan Tiger och Elisabeth? Han intalade sig själv att Magnus behövde honom. Folk litade på honom och han gjorde ett förbaskat bra arbete. Var skulle

Magnus hitta någon som hade både pengar och kunskap? Det var bäst att göra som han hade gjort innan han hade träffat Elisabeth. Ta en dag i taget och låta dagarna bli veckor, månader och år. Glömma henne och låta allt bli precis som det var innan hon ens hade existerat. En klen tröst var att Elisabeth skulle ha blivit glad att få höra att han äntligen hade blivit av med mor. Mor hade stretat emot, men till slut gett upp.

Medan kaffet kallnade i muggen gick han ut och satte sig på trappan. Hur kunde en katt bara oexistera, som om han inte hade funnits. Arne hade väl inte gjort något för att förvärra saken, eller? Han hade bara sagt att det var konstigt att Tiger fortfarande fanns och efter det var han borta. Elisabeths saker hade också försvunnit i samma stund. Kanske var det ändå lite magi inblandad, den enda rimliga förklaringen. Tiger hade slutat existera för att han hade slutat tro på honom. Var det kanske samma sak med Elisabeth? Och den lilla gnutta magi som han hade skapat hade fått henne till ön, format två parallella liv där deras kroppar aldrig möttes. I deras tankar och drömmar fanns det inte tillräckligt med hopp, bara tvivel, för att få allt på rätt plats i verkligheten. Det var Arne som hade varit både gaspedalen och bromsklossen. Inte konstigt att hela universum tvekade om dem.

Alla bitarna föll på plats och han kände frid inom sig själv. Han visste precis vad han skulle göra. En hungrig katt fanns någonstans där ute. Arne gick in och hämtade strömmingen från kylskåpet och virade bort pappret. Han tog tag i stjärtfenan och vevade på strömmingen.

"Komsi, komsi Tiger. Husse har lite fisk till dig. Klockan är mycket och om du ska få en plats under täcket och värma mina fötter är det bäst att du kommer fram nu."

Det rasslade till vid brakvedsbuskarna och en välbekant gestalt hoppade fram.

"Där är du Tiger!"

Han lyfte upp katten som slickade hans hand som luktade och smakade strömming. Han bar in Tiger. Om han försvann, vem skulle hålla Arne sällskap i morgon när han målade om väggarna i mors rum? Och när han ändå hade dragit fram målarrullen var det lika bra att fortsätta i sovrummet, det han delade med Elisabeth. Den skulle få samma ljusblåa nyans som den hade haft i hans drömmar. Det var dags att hämta hem Elisabeth.

23

”Tiger, tycker du om det?”

Arne förväntade sig inte att katten skulle svara, men han slutade slicka sin bakdel och gav sitt utlåtande. Två mjau. Det måste betyda att han tyckte om färgen. Som litet barn hade Arne bestämt sig för att ha en favoritfärg och sedan hålla sig fast vid den. Att veta vad man tyckte om skänkte en viss trygghet, något som var beständigt. Mor hade lagt beslag på det mesta av hans liv, men han kunde inte ägna återstoden av sina år att gräma sig åt det. Han hade trots allt tillåtit henne, även om han inte hade trott att det fanns alternativ till hennes despotism.

Efter att mor Siv hade försvunnit in i brasan hade huset genomgått en ansiktslyftning. Huset hade tidigare suckat tungt och det var som om inget dagsljus hade orkat leta sig in i det. Nu fick Arne dra ner persiennerna för att inte pelargoniernas blad skulle bli alldeles mörkbruna av solsveda. Några av blommorna hade han redan burit ut i trädgården. Den polkagrisrandiga pelargonian prydde trädgårdsbordet medan några andra som gick i rött eller vitt hade placerats på trappan, där han kunde titta på dem när han drack sitt morgonkaffe. Orkidéerna tävlade om vem som snabbast kunde producera två stängslen av de vackraste blommorna i vitt, rosa eller syrén. Om det inte var för att Elisabeth inte var där, skulle Arne nästan kunna säga att han var lycklig om någon frågade. Han visste inte riktigt vad som hade förändrat honom.

Han hade vaknat på morgonen med en obeskrivlig lust att göra om hela huset. Att kasta ut saker som hade gjort sitt, men som bara hade funnits kvar i huset för att ingen iddes göra något åt dem. Nu skulle det bli ändring på det. Han hämtade färghinkarna och placerade dem i de rum de var avsedda för. Hans och Elisabeths rum skulle få den svagt ljusblåa färgen på väggarna som han hade drömt om. Han tittade kritiskt på den bruna byrån i sovrummet, som han hade köpt på 70-talet då grönt, orange och brunt hade tävlat i murrighet. Om byrån inte behagade bli vit, skulle den få se sig om efter ett nytt hem att misspryda. Mattan i sovrummet åkte ut direkt, för han tänkte på hur mor hade stått där och tappat likmaskar.

Det rum han tidigare hade bestämt sig för att måla om först var mors rum. Han måste kalla rummet för något annat, för mor fanns inte kvar i livet och hon skulle knappast göra anspråk på det där hon var just nu. Han hoppades att hon hade anlänt rak i ryggen till himlen, beredd att sona sina synder. Rummet måste få ett annat namn. Det fanns ett namn som passade, fjärilsrummet. Ett fjärilsrum måste målas i regnbågens alla färger.

Den första fjärilen han skulle måla var en citronfjäril. Det fanns fjärilar som var vackrare, men det var färgen och namnet han hade fastnat för. Citron. Citron var surt tills man sockrade den. Lite som livet när han tänkte efter. Livet kunde vara surt och jobbigt, men om man hittade glädjeämnena, de små sockerkornen, var det lättare att svälja allt det sura.

Han hade gömt de sista bokmärkesarken från mor innan han brände upp allt i hennes rum. Han hade också räddat orkidén som nu stod i hallen. Bokmärkena låg inte kvar där han hade gömt dem, i den stora familjebibeln. Det hade varit flera ark kvar av dem. De färggrannaste fjärilarna hade försvunnit men han hade sparat citronfjärilarna som nu också var borta. När han stängde den stora Bibeln och

skulle lyfta tillbaka den till hyllan, flög några tidningsutklipp
ut och landade på golvet. Han plockade upp dem.

Tre begravningsannonser. Hugo Vindby, som hade dött
1963. Det hade varit hans far. Sörjd och saknad av fru
Ingrid och döttrarna Kristina och Maria. Inget om Arne
eller hans andra barn. Hans mor hade klippt ut den från
Eskilstuna-kuriren. Toini Tulitalo, det stod inte när hon
föddes, bara att hon dog 1992. De hade inte varit på hennes
begravning i Väinavaara. Saimi Tulitalo, född 1892, död
1933. Mor Siv hade bara varit tjugo år när hennes mor hade
dött. Han lade tillbaka Bibeln. Mors dödsannons skulle han
placera i Bibeln, så att hon kunde återförenas med sina nära
och kära.

Färgen i rummet hade torkat. Han hade ingen riktig fjäril
att jämföra med, men han målade fjärilar ur sitt huvud. De
var vackrare än de ute i naturen, fast det var svårt att veta
när han inte hade något verkligt att jämföra med. Han
backade ett steg och satte upp penseln i luften. Något
saknades. Ett helt rum kunde väl inte bestå av fjärilar på
väggen? En fjäril var som vackrast i kontrast med naturen.
Det gröna mot det gula. Han tittade ut genom fönstret och
målade det han såg. Även det fula var vackert. Han målade
brakvedsbuskarna och de gråa pupporna som fanns i
tusentals där ute. För honom var pupporna lite som magi,
att bakom något så grått och trist skulle något vackert
vecklas ut, som man inte kunde se först. Man måste bara
tro på dem.

Det var ändå något som saknades. Tiger måste finnas
med på bilden, så han målade av katten. Tiger stirrade
misstroget på den och gick fram och nosade, fast inte först
utan att ha lagt sin vänstra tass i burken med svart färg, som

Arne hade hittat i källaren. Där fanns också färgtuberna med oljefärg som han inte visste att han hade, men som han tog med sig upp och nu kom till användning. På sätt och vis blev det fint när Tiger gjorde ett svart tassavtryck på väggen. Han ville också göra sitt avtryck till världen.

Och Elisabeth. Hon måste finnas med på bilden och han själv när han tänkte efter. Hans mor kunde ha fått vara med. Hon kunde ha stått i sitt fönster och vinkat välkomnande ut mot gården, men det skulle vara helt olikt henne. Hon brukade stå med spaden i handen, som hon sprang ner till källaren och hämtade upp, så fort en bil svängde upp på gården. Sedan skulle hon ha sparkat upp ytterdörren och jagat iväg bibelförsäljaren, tevepejlingsmannen eller den stackars studenten som sålde teckningar. Numer vågade till och med grannen sig in. Mats hade varit inne hos honom fyra gånger sedan brasan och grillningen, när han hade vägarna förbi. Det var trevligt med sällskap till kaffet nu när huset hade slutat bråka med honom. Mats hade kommenterat det stora upprustningsbehovet som fanns i huset. Han var mäklare och nog borde han veta hur hus borde se ut.

Arne återvände till väggen och bestämde sig för att måla Elisabeths siluett bakifrån. Han hade glömt hennes ansikte. När hon kom tillbaka skulle hon kanske kommentera den främmande kvinnan på väggen. Han hade varit borta vid bilen för att hämta tidningsurklippet på henne, men det hade försvunnit från handskfacket. Världen, det stora alltet, var inte välvilligt inställd på att återförena honom med Elisabeth. Ett litet tidningsklipp kunde han väl ändå ha fått behålla för att minnas henne. Han målade det han mindes. Den runda och varma kroppen, den fräkniga huden. Han kunde ha målat av henne naken för han mindes varje kurva, men det skulle nog inte Elisabeth ha tyckt om, för alla som besökte dem skulle få beskåda henne i all sin nakenhet. Han målade dit den röda klänningen med vita prickar. Vad arg hon skulle bli när hon upptäckte att han inte tagit med de röda lackskorna med klack som passade så bra till klänningen, utan de gröna gummistövlarna som slitits under användning och blekts av solen. Hon var vackrast så i sitt mest naturliga tillstånd, på lerig jord som fick stövlarna att sjunka ner i marken. Elisabeth såg ensam ut där hon stod på gården. Det var som om ingen vill bjuda in henne. Han målade in sig själv i bilden, där han sträckte ut en hand till henne och stod med ansiktet vänt mot huset.

Arne lade ifrån sig penseln och backade, för att kunna se den i sin helhet. Det var den största målningen han någonsin hade gjort. Han hade inte fått måla hemma, eftersom mor hade sett det som bortkastad tid då han inte gjorde någon nytta på gården. Läraren hade berömt honom för de säkra penseldragen och hur han lyckades framkalla känslor i sina teckningar. Läraren grät när Arne målade en bild av när ladugårdskatten låg i sin korg med alla sina fem ungar och han i sin tur grät när mor dränkte dem, för det fanns för många av dem och ett hushåll behövde bara en katt. Nu kändes det som om han aldrig hade slutat måla trots att det hade gått trettio år sedan sist. Målningen såg verklig ut och han förväntade sig nästan att en traktor skulle komma körande på den lilla landsvägen och röra upp vägdammet. Grannens häst stod i hagen och tittade förvånat upp.

Vad tänkte Elisabeth på? Han gick fram till henne och försökte se vad det var hon tittade på. Han såg bara bakhuvudet på henne men huvudet var vinklat så att hennes ögon var vänt mot brakvedsbuskarna. Hon väntade på något.

Hon vände sig mot honom för ett kort ögonblick och viskade: "Gör något!" Arne blinkade till och hennes ansikte låg dolt i hennes hår igen. Hennes ögon hade varit sorgsna, men hon ville inte ge upp utan att ge dem en sista chans. Men vad? Vad skulle han göra?

En stor citronfjäril satt på hennes hår. Den hade fladdrat till för ett kort ögonblick och sedan satt den orörlig i hennes hår. Arne var helt säker på att han inte hade målat den. Han lutade sig framåt för att se detaljerna. En perfekt fjäril. Varifrån hade den kommit? Den blänkte till som om någon hade fört en ficklampa över den. En dum tanke flög in i Arnes huvud. Tänk om det där var en av bokmärkesfjärilarna? Det skulle förklara varför bokmärkena försvann en efter en. Fjärilen lösgjorde sig från väggen och satte sig på hans hand. Vilket sammanträffande, men ändå mycket märkligt. Genom livet hade han lärt sig att saker och ting hände av en anledning. Enligt skolan och andra människor fanns inget sådant som hette troll, knytt, häxor och magi. Och tro gjorde man i kyrkan. Synd att ingen hade varit hemma hos dem och sett det med egna ögon.

Han tittade ner på citronfjärilen, som låg orörlig i hans hand. Han petade försiktigt in en nagel under fjärilens vinge för att väcka den till liv, men inget hände. Vingen var alldeles för tung och hård för att kunna bära den. Han lyfte upp den döda fjärilen och vände på den. Den var vit på baksidan, men framsidan på fjärilen var färglagd. Varelsen var inget annat än ett bokmärke. Ändå hade han tidigare sett hur den hade fladdrat till och flugit ner i hans handflata.

Arne satte sig ner på golvet för att titta på målningen. Var det något han hade missat?

Rummet hade skapat fjärilar som han hade släppt ut i det fria. Inte en enda gång hade han tvivlat på deras äkthet, men det var för att han inte hade vetat om att de kom från den tredje byrålådan. Nu när han visste, var det som om själva vetskapen förvandlade fjärilarna tillbaka till bokmärken. Var det hans hjärna som satte stopp för allt som hände? Logiska förklaringsmodeller förstörde magin som fanns runtomkring honom, som bara väntade på att få hända. Det var ingen större idé att sitta där och förklara sönder saker och ting, för det skulle bara få Elisabeth att driva längre bort från honom.

Men varför fjärilar? Han hade alltid varit fascinerad av fjärilar. När visste en larv att det var dags att föra sig själv till nästa stadie och bli en fjäril? Den hade ätit sig mätt och sett allt den ville från larvperspektivet och nu var det dags att flyga och se saker och ting från en högre nivå. En fjäril kallades för imago och det ordet hade kittlat honom. Det var förknippat med magi och att föreställa sig. En larv satte sig ner för att byta skinn en sista gång och bilda en puppa. Under tiden rörde den sig inte utan lät allt det vackra ske. När den var färdigutvecklad bröt den sig ut en sista gång för att visa världen sin skönhet. Arne var en puppa. Han hade blivit kvar i larvstadiet alldeles för länge och hade inte ens kunnat föreställa sig något som var bättre än det han hade haft. Elisabeth hade ställt till det för honom och nu stod han och drömde, fast det inte skulle hjälpa honom. Hon hade sagt åt honom att göra något, men vad skulle han göra som han inte redan hade gjort?

Han hade försökt få tag på Elisabeth. Alla som han visste hade träffat Elisabeth kände henne inte längre. De var

mycket övertygande. Lena skulle aldrig ljuga. Tiger var i alla
fall kvar. Han hade en plats hos honom som ingen annan
kunde fylla. Hans kattlåda stod kvar i badrummet och hans
matskål stod i köket. Inget som påminde om Elisabeth
fanns kvar i huset.

Det var nog det han måste göra. Han reste sig hastigt upp
och Tiger skuttade också upp på sina tassar. Det var dags
att få hem matte. Arne tittade på klockan och bestämde sig
för att måla sovrummet senare. Måla kunde man göra när
som helst på dygnet, men möbelaffärerna stängde klockan
sex.

Tiger hade tittat besviket på honom när han stängde
ytterdörren. Katter fick inte följa med i sängaffärer även om
de satt i bur. På Sängjätten kom en försäljare fram till
honom och undrade om han behövde hjälp. Arne svarade
att han skulle behöva få en dubbelsäng levererad i
eftermiddag och försäljaren meddelade att de tidigast kunde
leverera på fredag om fyra dagar. Arne gick mot dörren och
sa att det i så fall var fel affär han hade kommit till. Hans
säng skulle levereras senast 15.00 idag. Försäljaren stoppade
honom i dörren och förklarade ursäktande att de hade en
leverans bort till Slite vid den tiden och om det var på deras
väg kunde de kanske ta med sängen.

"Vet du vilken säng du vill ha?"

"Jag ska bara leta reda på den."

Försäljaren stod kvar och kliade sig i bakhuvudet, medan
Arne gick med sökande blick ut i lokalen.

Där var den, sängen med den ljusblåa tyggaveln, hans och
Elisabeths säng. Han borde kanske pruta på sängen då den
redan hade använts av dem, men han var inte säker på att
magi gick att använda som prutningsargument.

Sängen skulle vara på plats innan Elisabeth kom hem.
Hon skulle komma till ett dukat middagsbord. Var skulle de
sova om inte sängen var densamma som den han hade
drömt om? Hon måste också få en present av honom, en
försoningspresent. Vad tyckte kvinnor om? Acke måste
veta något om kvinnor eftersom han hade en. Lars-Ove var
han tveksam till att fråga, för något fel gjorde han eftersom
han inte kunde behålla någon kvinna.

"Hur fan ska jag veta vad en kvinna gillar", svarade Acke
när han ringde upp."

"Kan du fråga Sol-Britt vad kvinnor gillar som
överraskning."

Acke lämnade över luren till Sol-Britt.

"Det kan jag svara på. De gillar trevliga överraskningar,
inte obehagliga. Presenten får inte vara för dyr, för då blir
de förbannade för att du har haft så mycket pengar i
plånboken utan att redovisa. Är den för billig gör de slut.
Det är ett knivigt dilemma. Ge inte en kvinna en present
eller en överraskning, för då går de genast till grannfrun och
jämför med vad de fick för alla hjärtansdagpresent eller
födelsedagspresent. Någon får skit för det i slutänden, du
eller grannen. Någon av er får sota för det och sedan köpa
en dyr Thailandresa på kredit. Köp blommor och en flaska
vin, det går alltid hem."

Men Arne ville köpa en present till henne, en som visade
hur ångerfull han var. Via flera småbutiker på väg till
Systembolaget hade han hittat den perfekta presenten till
Elisabeth. En guldbrosch formad som en fjäril. Arne
frågade expediten om hon tyckte att presenten var för dyr
eller för billig. Hon förstod inte frågan. Allting var relativt.
Om Arne var multimiljonär skulle presenten ha varit snålt
tilltagen i förhållande till hans bankkonto, men om han var

en sjukpensionär som levde från hand till mun skulle presenten betraktas som en dyr gåva. Då hade det varit bättre om han valt sköldpaddsbroschen av nysilver med zirkoninfattning. Sedan var presenten beroende på tillfället. Om kvinnan förväntade sig en förlovningsring efter flera år av sällskapande skulle broschen ifråga vara en direkt förolämpning. Det gick inte att svara på en så enkel fråga utan att beakta omständigheterna. Arne kunde inte riktigt svara på hur det förhöll sig med det, för allting tedde sig dimmigt för honom. Kunde han inte fråga vad Elisabeth önskade sig, undrade Arne. Det verkade mest logiskt, men expediten himlade med ögonen och svarade att en kvinna tyckte om överraskningar och hatade förutsägbarhet.

Det här med vad kvinnor ville ha blev Arne inte riktigt klok på. Han misstänkte att inte ens kvinnor visste vad de ville ha, så på Systembolaget frågade han bara efter ett vin i lagomprisklassen för att smalna av utbudet som tycktes svämma över på hyllorna. Skulle det vara rött, vitt eller rosé? Sällskapsvin, aperitif, till kött, fisk, eller kyckling? Kanske thai eller indiskt? Han ville ha ett som passade till potatisgratäng med kassler.

Arne hade inte tänkt ut någon efterrätt. Han hade hoppats att den skulle tas i sängen, efter att hon hade öppnat sin present. I filmer kunde de ibland skoja till det och säga saker som: "What do you want? Coffee, tea or me?" Han hoppades verkligen att hon skulle välja honom.

Elisabeths bil stod inte på plats och han körde bilen rakt in på gården för han hade mycket att lasta ur. Det var nog så att hon inte skulle dyka upp förrän allt var på plats, precis som i drömmen. Kanske när sängen hade anlänt?

Tiger hoppade upp i hans famn när han öppnade dörren. Han hade suttit och väntat, men Arne skjuvade honom försiktigt åt sidan. Han placerade papperspåsarna i hallen och tittade bekymrat på dem. Så stökigt hade det aldrig varit och han måste genast sätta igång med att placera ut alla saker han hade köpt innan han ångrade sig och stuvade in dem i bilen igen. Han hade finkammat flera butiker i Östercentrum och alla hade haft både en och flera trivselförslag, från dukar och kuddar till mer personliga detaljer. Han lade det senaste numret av Allers på vardagsrumsbordet tillsammans med en bläckpenna han köpt på Norrbys bokhandel, utifall att Elisabeth senare ville lösa korsord med honom. På Åhléns hade de föreslagit en filt som de kunde kura ihop sig i och efter att ha velat mellan en grå yllefilt med lamm-motiv tog han en som Elisabeth skulle gilla, en rödvitrutig. På Lindhs trädgårdsaffär hade de föreslagit rosa rosor och en liten träskylt som det stod "I love U" på, men han valde istället ut orange rosor och en tygfjäril mitt i buketten. Elisabeth skulle förstå att han vävde in små budskap i sakerna han hade valt ut. Alla betydde att han älskade henne så väldigt mycket att han var beredd att göra allt för att hon skulle stanna. Inne på apoteket blev han stående en stund. Han visste inte riktigt vad han ville ha. De hade kommit fram med en massageolja som kittlade, men vad skulle kittla förstod han inte riktigt. Han plockade fram läsglasögonen och läste: 100 % ekologisk värmande olja för intima stunder. Ätbar. Varför skulle man äta den? Hon på apoteket kunde inte heller förklara utan att rodna, men hon förklarade att han nog skulle komma underfund med det själv. "Köp den, du kommer inte att ångra dig", sa hon och han tog den direkt till kassan. Han hoppades verkligen att

Elisabeth visste vad expediten hade menat med det. Han tänkte massera hennes fötter med oljan och tänkte inte pensla maten med den.

Sängjätten anlände med sängen som leverades som ett platt plastpaket. För sent insåg han att han hade glömt att ta bort den gamla sängen. Han tittade bekymrat på klockan, som verkade ticka på i dubbel hastighet. Nu var det bråttom att montera ned den gamla sängen och bära den bort till ladugården, montera upp den nya innan han tog itu med middagen som han hade tänkt skulle vara klar till klockan sju. När han såg den brunmurriga väggen tillsammans med den ljusbruna fyrkanten, ursprungsfärgen på väggen där gaveln till den förra sängen stått insåg han att han måste måla väggen innan den nya sängen monterades upp. Som tur var använde Färgpytsen AB snabbtorkande färg, men han skulle inte hinna måla mer än en gång.

Sängen var precis som han hade tänkt att den skulle vara. Han lade sig i sängen för att provkänna. Det var exakt den sängen, för han kände hur resåren hade samma spänst som tidigare. Han skulle ha valt sängen även om han inte hade vetat att han skulle ha just den. Sängen såg naken ut utan sina sängkläder. Ett extra bolstertäcke hittade han ovanför en garderob, men sänglinnen som passade sängen fick han gräva långt inne i linneskåpet efter. Till slut hittade han några som han aldrig hade sett förut, broderade sänglinnen med monogram på. De måste ha varit mor Sivs fosterföräldrars, de som han aldrig hade fått kalla för mormor och morfar.

Tiger var inte nöjd med att få vänta på sin middag. När Arne tittade bort för en stund hoppade han upp på spisen och stal en kasslerskiva som han slank in under soffan med. Potatisgratängen stod på bordet och vinflaskan var öppnad och två vinglas till hälften fyllda med rött vin. Kronan på verket var de två vita stearinljusen i betongljusstakarna som han hade hittat på Garag1. De stod i mitten av bordet och skänkte rummet en viss allvarlighet och elegans. Presenten från Guldfynd hade han grävt ner bland de orangea rosorna. När hon skulle luta sig fram för att lukta på dem skulle hon se presenten som var inslagen i ett glittrande guldpaket.

Arne tittade på klockan. Varför kom hon inte? Var det meningen att han skulle ha hämtat henne från flyget? Hennes bil måste stå parkerad på långtidsparkeringen, för hon hade tagit sig dit för egen maskin, så det var nog inte det. Allt stod klart och väntade på henne. Han hade gjort något, det som hon hade bett honom om och mer därtill. Han hade skapat ett hem hon kunde leva i.

När ljusen hade brunnit ner och slocknat satt han kvar en stund till i mörkret. Någonstans inom honom gnagde känslan av att det han hade gjort inte hade varit tillräckligt. För att inte missa henne och ljudet av när nyckeln vreds om i dörrlåset satt han kvar på köksstolen tills han somnade med huvudet på bordet. Tiger låg ihoprullad som en liten boll i hans famn.

24

Solljuset kunde lika gärna ha släppt ner en ljusbomb, för han vaknade med ett ryck när den första solstrålen stänkte in i ögonen.

Tiger stod på bordet och slickade i sig av potatisgratängen. Vinflaskan var omkullvällt och det hade runnit rött över den vita linneduken som nu var helt förstörd. Det skulle bli mycket svårt att få den ren igen. Vad spelade det för roll? Elisabeth var inte här och skulle aldrig vara det. Arne skulle få leva resten av sitt liv ensam med Tiger som sällskap i minst tio år och sedan resten av sitt liv helt ensam. Han skulle längta efter livet som han hade velat leva men som han aldrig hade släppts in i.

Han kände ett sting av avundsjuka när han tänkte på att Magnus och Lena förmodligen satt hemma och åt frukost tillsammans, med Elliot mellan sig som kastade sin gröt mot väggen. Acke och Sol-Britt packade för sin Kanarieresa och vad hade Arne? Ingenting.

Nu fick det vara slut på drömmarna. Vad hade mor sagt om dem? De var farliga. Just det, de var farliga. De fick en att tro på det omöjliga och när löftena inte infriades väntade besvikelsen på en. Arne var mycket besviken. Tänk att han hade låtit sig tro att en liten tanke och en handling skulle få saker att hända. Det första han skulle göra nu vara att koka en kanna kaffe och sedan ta bort alla saker som han hade tänkt skulle vara Elisabeths. Allt skulle bort. Han ville inte minnas henne mer och eftersom alla andra hade glömt bort henne skulle det inte bli så svårt. Han skulle måla över väggen i mors sovrum som han hade målat. Den var fånig. Tiger kunde behålla rummet om han ville.

I hallen på väg mot toaletten snubblade han på något. Han gick ner på knä. Vad in i glödheta hade fått honom att snubbla till? En röd lacksko med klack. Han tog upp den och sniffade på värmen från Elisabeths fötter. Varför måste livet han inte fick leva göra sig påmint gång på gång? Inte en gång till, tänkte han.

Han fyllde kannan med vatten, hällde i kaffeapparatens tank, fyllde ett filter med kaffe och tryckte på startknappen. Sedan satte han sig vid bordet och grävde ner sitt ansikte i händerna. Han skulle förklara för Magnus när semestern var över att det var dags för honom att röra på sig. Dags att sälja huset och hitta ett nytt liv, ett som han kunde tänka sig att leva. Magnus kunde få låna pengar till firman av honom så länge han anställde duktiga målare. Hemmet påminde för mycket om Elisabeth. Det var här de skulle ha levt tillsammans.

Det ångade ur kaffeapparaten och han lyfte upp sitt huvud. En dansk tidning från Århus låg på bordet. Längst fram fanns en liten notis, bara ett litet foto och text under, men den fick honom att haja till. Elisabeth var med på bilden, ett societetsbröllop i Århus. Bredvid henne stod han själv iklädd en kostym och såg obekväm ut. Vid närmare eftertanke såg inte heller Elisabeth ut att ha trevligt, men de båda gjorde sitt bästa och försökte le mot kameran. Vad var det Lena hade sagt? Man åkte till släkten, pinade sig igenom middagarna och sedan åkte de hem och var sig själva igen. Arne Pettersson stod det längst ner, men det stod att han var en gotländsk konstnär. Det måste de ha fått om bakfoten för han var en gotländsk målare och det var inte samma sak. Det här hade inte hänt, för han kunde inte minnas att han varit i Danmark. Tidningen skulle tryckas om två år.

Arne reste sig upp och fyllde en mugg med kaffe åt sig. Det där fotot, han hade inte tänkt den där tidningen, aldrig ens drömt om att han skulle närvara vid ett danskt bröllop. Någon annan stod bakom den drömmen. Det måste vara Elisabeths dröm. Det var så hennes drömmar såg ut för framtiden. De skulle träffa hennes släkt och när de var klara med det skulle de åka hem och leva sitt liv i sitt lilla hus, som om de inte hade gjort något annat. Hon tänkte den tanken och nu när han själv tänkte efter verkade det inte vara helt omöjligt. De skulle kunna leva i båda världarna, den ena på riktigt och den andra på låtsas. De skulle låtsas vara adel och fint folk för pressen och de fick fantisera bäst de ville om deras liv och hur det såg ut.

Allt i livet är fantasier insåg Arne. Det fanns inget före tanken. Om han tänkte att något var omöjligt, så skulle det bli så, för att han inte släppte in de möjliga tankarna. Det var han som bestämde vad som var möjligt. När Arne tänkte just den här tanken var det som om någonting lossnade i hans hjärna. Tänk om problemet och lösningen på det fanns samtidigt och att de behövde mötas halvvägs. Kanske var det inte svårare än så.

Han trodde han visste vad han måste göra. Anledningen till att Elisabeth inte fanns i hans liv, var inte för att hon inte fanns. Hon fanns redan på riktigt. Arne och Elisabeth hade tänkt på varandra samtidigt och det hade gjort att deras liv hade börjat vävas in i varandra. Vem var det som kopplade ihop och gjorde det möjligt för dem att mötas? Han hade inte trott på Elisabeth tillräckligt mycket. De hade bara mötts i sina tankar och drömmar.

Än var det inte försent, tänkte Arne. Hon hade ännu inte lämnat ön. Han skrattade högt, för han kom på sig själv med att sätta in en begränsning, en som inte fanns. Det skulle inte vara omöjligt för dem även om hon lämnade ön. Om hon fanns skulle de träffas, det visste han.

Hon måste få en plats i hans liv, i hans hem. Det räckte inte bara med att han ville, köpte möbler och ändrade om. Han måste föreställa sig henne här, göra det möjligt för dem att ha ett liv tillsammans. Han hade stött bort henne genom sina ord och tankar och nu fick det vara slut med det.

Arne satte sig vid köksbordet, lade sina händer på det och blundade. Han visste inte hur lång tid som hade förflutit, medan han bara tänkte på Elisabeth. Hon hade suddats ut ur hans minne, men han fyllde ut det med nya minnen och mindes konturerna av henne och hennes färgstarka kläder. Han mindes det långa röda håret som trasslade in sig i hans skäggstubb när de låg bredvid varandra. Hennes fräkniga kropp och de prickar han försökt räkna. Hennes mjuka kropp som gjorde gropar i sängmadrassen och som fanns kvar långt efter att drömmen hade fasats ut. Han kunde minnas svettpärlorna i hennes panna och hur hon sparkade ner täcket ner till sängens fotända.

Han öppnade ögonen. Alldeles tyst i huset. Fortfarande ingen Elisabeth. Vad gjorde han för fel? Han insåg att det han gjorde var löjligt. Att önska sig henne där, skulle inte få henne dit hur mycket han än önskade.

Det var bara möjligt att hon skulle finnas där hos honom om hon redan gjorde det, att hon redan var där. Det var ju omöjligt, för hon var inte där. Hon var inte hemma.

Hon kanske var någon annanstans? Han visste var hon var. Hon hade åkt till Krampbroboden för att handla. Bilen stod inte kvar på gårdsplanen och det var för att hon hade tagit sin bil. Hennes Toyota var inte god nog att transportera en så kärleksfull sak som Elisabeth. Den skulle skrotas och sedan skulle hon få välja en bil, en bättre begagnad gotlandsbil, det hade de råd med.

Han såg inköpslistan som satt kvar på kylskåpsmagneten. Hon hade glömt ta den med sig. Mjölken fattades på inköpslistan. Det fanns inte många skvättar kvar i paketet som stod i kylskåpet. Det skulle inte räcka för kvällskaffet och till Elisabeths havrekuddar som hon åt till frukost. Han tog ner listan och lade den bredvid mobiltelefonen. Elisabeth mindes alltid hela inköpslistan utantill. Hon sade att hjärnan mindes det handen skrev ner. Hon skulle inte minnas mjölken för den stod inte uppskriven. Han tittade på tidsdisplayen på mobiltelefonen. Kvart i fem. Snart skulle ICA-butiken stängas. Hennes nummer fanns inte i mobilens kontaktlista, men det gjorde ingenting. Hans fingrar skulle minnas, bara han tillät dem.

Telefonen ringde upp, flera signaler gick fram ... Elisabeth svarade. Hon lät stressad och han kunde förstå det. Hon måste titta på alla extrapriserna först, sådant som kunde slinka ner i korgen för att det var nedsatt pris. Hon kunde aldrig motstå ett extrapris och kunde bunkra upp köttsoppsburkar om inte Arne satte gränsen vid tre. De skulle hinna gå ut i hållbarhet innan de åt upp dem.

"Ja?"

"Glöm inte ett paket mjölk. Det stod inte på listan."

"Arne? Hur visste du var jag var?"

Han tvekade. De kommande orden var avgörande. Om det skulle fungera måste hon också tro. Eller veta.

"Du sa till mig innan du gick att du skulle till affären innan den stänger."

Han blundade och såg henne framför sig hur hon tidigare hoppade på ett ben och försökte ta på sig gummistövlarna medan han höll i hennes vita regnkappa. "Du måste ha den på dig, för det kommer att börja regna snart." Oroväckande moln fanns på himlen och de hotade att spilla ut allt sitt innehåll mot marken.

Hon svarade inte, men han kunde höra hennes snabba andhämtning. Hon tänkte.

"Du måste tro att det var så. Lita på mig. Vi träffas senare och jag ska förklara allt för dig."

Hon svarade först inte, men sedan kom det så svagt att han nästan inte hörde det.

"Mjölken, ja. Den glömde vi skriva upp, men den var nästan slut."

"Skynda dig hem. De stänger snart. Det har inte börjat regna än, men dina däck är slitna och jag litar inte på dem."

Arne gick ut och satte sig på trappan. Det såg visst ut som om regnmolnen var på väg mot Visby och de skulle bara snudda vid Fole. Ett molntäcke sprack upp och solen lyste ner på honom. Han blundade och föreställde sig hur hon hastigt grabbade tag i ett mjölkpaket utan att se att den skulle gå ut om tre dagar. Vad gjorde väl det, men hon skulle gräma sig för att hon hade varit så slarvig. I kassan skulle expediten snabbt plippa varorna och sedan fråga om hon ville köpa en Bingolott och hon tog två stycken, en till var och en av dem. En av dem skulle innehålla en resa till Hawaii. Han hade aldrig varit utanför Sverige, men han ville till en plats där det fanns svajande palmer och han skulle få sin önskan uppfylld. Elisabeths resväska, den antika, skulle vålla problem vid incheckningen, för att den hade för många fickor och ihåligheter. Arnes marinblåa resväska som köpts på Ellos för trettio år sedan skulle ingen ens bry sig om att titta på, annat än att rynka näsan åt. När hon kom till bilen skulle hon titta kritiskt på däcken och förebrå dem för att de var slitna, trots att det inte var deras fel.

Bilen skulle ändå få komma till bilhimlen snart, med alla originaldelarna intakta som ingen tyckte var värda att ta hand om. Hon skulle tänka på Arne och önska att han stod i trädgården, tog emot henne och bar hennes tunga plastkassar. Det var klart att han skulle göra det.

Vad skulle han göra åt de tusentals fjärilspupporna som hängde i brakvedsbuskarna? De fanns inte med i hans drömmar, i det perfekta mötet med Elisabeth. Det var inte så han föreställde sig henne, klivande över alla buskarna med gråa puppor, med sin röda klänning, de gröna gummistövlarna och den vita regnkappan med den långa huvan. De måste bort innan hon kom om tio minuter. Och det var då han förstod.

De hade också väntat på det här ögonblicket. Det skulle inte finnas några fjärilspuppor när hon klev in genom grinden och mötte hans blick på riktigt den här gången. Fjärilarna som försvann från bokmärkesarken i hans mors rum hade antytt att något stort hände den där första dagen, när han undrat vad som skulle komma bli hans liv när mor hade dött. Han trodde att han hade varit ganska nöjd med sitt liv, ätit och bajsat och gjort det han alltid hade gjort. Som en larv. Tills en oundviklig förändring ställde allt på ända. Lika lite som en fjärilslarv kunde han spjärna emot livets storhet. Han hade levt färdigt sitt liv som puppa och han hade väntat på att något skulle hända trots att det var han som måste utföra förändringen. Nu var han redo att leva sitt liv fulländat med sin kärlek vid sin sida. Livet var ganska kort och det mesta av det var full av strävan, men nu var hans tid kommen. Han skulle ha missat den vackra delen av livet om han inte hade vågat drömma.

Han hörde henne komma, det gick inte att undvika. Hennes avgasrör satt löst och det gormade ut svarta spydigheter i luften och tog sina sista andetag hostande och skrapande mot asfalten som en gammal människa som inte orkade lyfta upp sina fötter från marken för att tyngdkraften var för stark på den svaga kroppen.

Han gjorde sig beredd att ta emot henne. Det kändes fel att stå vid trappan så han klev nerför betongtrapporna barfota, för han ville minnas stegen han tog med sina bara fötter.

Och där stod hon, vacker som en rödhårig gudinna, yppig och fulländad, kånkandes på två tunga matkassar. Han vinkade till henne och hon ryggade förvånat tillbaka. Hon hade inte riktigt trott att det var sant, att de nu skulle träffas för första gången. Hon måste bara ta några steg till, gå rakt mot brakvedsbuskarna och där skulle överraskningen vänta henne. Han kunde inte ha planerat det bättre.

Hon tappade matkassarna i backen när tusentals citronfjärilar slog sina första vingslag och unisont lyfte från grenarna. Citronfjärilarna hade väntat på henne och nu efter att ha legat i dvala i flera veckor var de förberedda att träda in i sitt nya liv som vingburna varelser. Så var även Arne. Han hade låtit sitt liv ligga i dvala, tills den här dagen.

25

Elisabeth och Arne hade gjort det till en söndagsvana, att efter lunchen promenera bort till kyrkogården. Det var någon kilometer dit och det gick om man tog på sig ett par rejäla skor. Sommarsäsongen var över på Gotland och turisterna höll som bäst på att stänga till sina sommarstugor. Barnfamiljerna hade åkt för sex veckor sedan för att hinna med skolstarten, men pensionärerna var ovilliga att lämna ön de älskade och som de bodde på från april till september. När oktober kom skulle de hårda övindarna ta över och de oberäkneliga regnskurarna som gick på tvären. Ön var grön året om, men blommorna hade vissnat och trädens gröna gulnat och fallit ner. De stod kvar och betraktade det som för Arnes och Elisabeths del varit en magisk och händelserik sommar.

"Ta på dig en tjock tröja", förmanade Arne Elisabeth.

Hon tittade sig omkring medan hon knöt sina kängor.

"Jag har ingen", sa hon med en beklagande ton.

Arne drog fram hennes stickade tröja som låg på hatthyllan.

"Är det den här du letar efter? Du hade slängt den bakom soffan, så jag tog hand om den åt dig."

Elisabeth tog fnissande emot tröjan.

"Hoppas din mor är på gott humör idag."

"Hon har hållit sig lugn sedan gravstenen kom på plats."

Arne lyfte upp en papperspåse som innehöll en murgröna, en flitiga Lisa, en silverek och en röd ros. Elisabeth tittade på den röda rosen.

"Är den till mor?"

Han skakade på huvudet.

”Du ska få träffa någon idag.”

Elisabeth bad honom stanna, för hon hade sett någon bekant. Arne tyckte också att det var något bekant med paret som stod vid Foleskolans gungställning och gungade ett litet barn. Var hade han sett de där rastlöst stampande fötterna, gesten med snusprillan som togs upp ur bakfickan och de åtföljande spottloskorna? Petter och hans Anna.

Elisabeth gick fram, kramade Anna och vinkade till barnet i gungan.

”Bor ni här i närheten?”

Anna pekade mot Ryftes grönsaksodling, där bakom fanns hennes föräldragård. Anna var mammaledig från sitt jobb som undersköterska på äldreboendet, men hon kom och fikade minst en gång i veckan och hade där lärt känna Elisabeth.

”Vi har flyttat hem till mina föräldrar. Det blev enklast så och billigt också. Sedan pappa och Petter startade möbelfirman på gården var det lika bra att flytta hem, så att jag får se dem, för de jobbar dag och natt i verkstaden. Tofta möbler har lovat att titta på deras hantverk. Eventuellt kommer de att göra en möbelserie åt dem. Jag känner på mig att de kommer att lyckas. Det här är bara början.”

Petter sparkade i sanden så att det flög upp lite på hans tennisskor. Han log generat och satte händerna i byxfickorna. Anna lyfte upp den lilla från gungan och gav henne till Elisabeth. Hon grävde in sitt ansikte i den lillas hals, sniffade och såg mycket lycklig ut.

”När en dörr stängs öppnas en annan. Tur i oturen att Petter fick gå från Färgpytsen, för annars hade han aldrig öppnat en egen firma”, sa Anna.

Petter tittade på Arne.

"På väg till mamma? Det var ett tag sedan hon var inne hos oss och störde, men jag fick säga till henne på skarpen, när hon skrämde vår dotter."

Arne log försiktigt mot Petter. Det var skönt att veta att han inte hyste något agg till honom och Magnus. Han var säker på att Petter var på rätt plats nu, för hans ansiktsdrag såg inte lika spända ut. Han var rastlös, men nu fick han kanske använda sin energi på rätt sätt och med sådant han tyckte om att göra.

"Men din mors grav är därborta", sa Elisabeth. Hon tittade på Arne i tron att han blivit förvirrad.

"Det är någon jag vill att du ska träffa."

Han släppte ner påsen och tog fram rosen.

Märta hade sin gravplats under en skuggande ask. Han sänkte ner rosen och klappade hennes gravsten.

"Märta, det här är Elisabeth som jag har pratat om."

Arne berättade för Elisabeth om Märtas korta liv. Elisabeth tog fram en näsduk ur sin bh och snöt sig i den.

"Åh, vad sorgligt. Och här går man omkring och klagar för att kroppen blir äldre och slutar fungera på morgonen innan den fått sin smörjning. Om jag tänker på alternativet, så blir jag hellre hundra år."

Arne tänkte bli minst 120 år, för han hade många årtionden att ta igen. Han skulle resa med Elisabeth, se sig om i världen och sedan slå sig ner i huset med henne. Först ut var resan till Hawaii, som han redan hade bestämt sig för. Han trodde att han skulle vinna en biljett på Bingolotto och hade varit helt tvärsäker på det, men när allt kom omkring kunde man inte alltid specialbeställa en order från himlen. Herrens vägar äro outgrundliga. Istället vann de

25 000 kronor på Triss, som de hade köpt veckan därefter. Han skulle ta med sig ett ritblock och sina färgpennor till Hawaii. Han var trött på att måla fjärilar och skulle testa att måla palmer med havet och horisonten som bakgrund. Kanske skulle Elisabeth få vara med i en av målningarna, sittandes med ett gult parasoll och speja efter båtar.

"Så där ja."

Arne trampade till med foten runt murgrönan. Den ville inte stanna kvar i jorden. Jorden hade höjt sig kring den i ett sista försök att spotta ut den. Elisabeth stod en bit bort och betraktade Arnes försök att få det fint hos sin mor. Gravstenen var på plats och några av blommorna hade fått planteras om i samband med det. Gravstenen var anspråklös, men så hade inte mor heller velat ha en prålig sista hälsning. En enkel sten av granit, slipad och blank på framsidan, men opolerad på baksidan. Hon hade varit tydlig med det.

"Var det tvunget att ha mitt namn med? Jag kände henne inte."

Det var inte sant. När mor levde hade inte deras vägar korsats, men i döden och i drömmarna hade de haft sina dispyter och kommit fram till att de inte tyckte om varandra.

Elisabeth kom ibland på att hon saknade henne, för nu var huset alldeles tyst om de inte satte på countrymusik. Om det sprakade och knakade i huset, var det för att huset var gammalt och inte för att en ojordad mor ville göra sin röst hörd.

"Det finns en annan anledning till ditt namn på gravstenen. Du ska inte försvinna från mig igen."

Det som är hugget i sten. Arne hade varit tveksam till ett av orden, för den beskrev inte hans känslor för mor. Hon hade spridit ondska och skräck när hon levde och försökt leva upp till de orden när hon var död. Fast Arne var inte snar att dra hastiga slutsatser. Om man inte blev älskad som barn eller vuxen, såg man till att få uppmärksamhet på ett annat sätt. Han var beredd att förlåta henne, men den största förlåtelsen var om hon kunde förlåta sig själv.

Nu hade hon förhoppningsvis fått frid i kropp och själ. Hennes gravsten var på plats och den hade satt punkt på hennes liv och levande död.

"Älskad och saknad av Arne och Elisabeth."

Det var ju inte riktigt sant, men om allt som sades mellan himmel och jord var sant, så hade inte sådana som Elisabeth och Arne någonsin träffats. Allt hade tagit sin början i en lögn och genom drömmarna hade de äntligen fått varandra. Riktigt säker på att allt inte bara varit en dröm kunde de inte vara. När allt kom omkring var det drömmarna som skapade världen. Utan att någon drömde och tänkte tanken skulle inget bli möjligt.